Los Consejos de la Paloma

Stephen Kelman

Los Consejos de la Paloma

Traducción del inglés de
Enrique de Hériz

Título original: *Pigeon English*

Ilustración de la cubierta: © Júlia Gaspar

Copyright © Stephen Kelman, 2011
Copyright de las ilustraciones: Holly Macdonald, 2011
Copyright de la edición en castellano © Ediciones Salamandra, 2015

Publicaciones y Ediciones Salamandra, S.A.
Almogàvers, 56, 7º 2ª - 08018 Barcelona - Tel. 93 215 11 99
www.salamandra.info

Reservados todos los derechos. Queda rigurosamente prohibida, sin la autorización escrita de los titulares del «Copyright», bajo las sanciones establecidas en las leyes, la reproducción parcial o total de esta obra por cualquier medio o procedimiento, incluidos la reprografía y el tratamiento informático, así como la distribución de ejemplares mediante alquiler o préstamo públicos.

ISBN: 978-84-9838-501-4
Depósito legal: B-11.051-2015

1ª edición, mayo de 2015
Printed in Spain

Impresión: Liberdúplex, S.L. Sant Llorenç d'Hortons

Para el viajero

Prefiero aprender a cantar de un solo pájaro
que enseñar a diez mil estrellas a no bailar

e. e. cummings

MARZO

Se veía la sangre. Era más oscura de lo que imaginaba. Manchaba todo el suelo delante del Chicken Joe's. Una cosa de locos.

Jordan: «Te doy un millón de pavos si la tocas.»
Yo: «Tú no tienes un millón.»
Jordan: «Pues un pavo.»
Daban ganas de tocarla, pero nadie podía acercarse tanto. Había una cinta a medio camino:

POLICÍA NO PASAR

Si cruzas esa línea, te conviertes en polvo.
No nos dejaban hablar con el policía. Tenía que estar concentrado por si volvía el asesino. He visto las esposas que llevaba colgadas del cinturón, pero no le he visto el arma.

La mamá del niño muerto vigilaba la sangre. Se notaba que quería retenerla allí. La lluvia estaba dispuesta a caer y limpiar toda aquella sangre, pero ella no pensaba permitirlo. Ni siquiera lloraba, sólo estaba allí, tiesa y rabiosa, como si su misión fuera asustar a la lluvia para que se volviera al cielo. Ha llegado una paloma en busca de algo que picotear. Se ha metido en pleno charco de sangre. Se ha puesto triste y todo, se le notaba porque tenía los ojos rosados y como muertos.

Los tallos de las flores se doblaban ya. Había fotos del niño muerto con el uniforme del colegio. El jersey era verde.
    Mi jersey es azul. Mi uniforme es mejor. Lo único malo que tiene es la corbata, que pica mucho. No soporto que piquen tanto.
    En vez de velas había botellas de cerveza y algunos mensajes que habían escrito los amigos del niño muerto. Todos decían que era muy buen amigo. Algunos tenían faltas de ortografía, pero a mí no me importaba. Sus botas de fútbol estaban colgadas de una barandilla por los cordones. Eran unas Nike casi nuevas, con tacos metálicos de verdad y todo.
    Jordan: «¿Y si me las pillo? Él ya no las necesita.»
    He hecho como que no lo oía. Jordan no iba a robarlas de verdad, porque eran de un número un millón de veces más grande que el suyo. Ahí colgadas parecían vacías, en serio. Yo me las quería poner, pero no había ninguna posibilidad de que me fueran bien.

El niño muerto y yo sólo éramos medio amigos, no lo veía mucho porque era mayor que yo y no iba a mi cole. Sabía montar en bici sin manos y ni siquiera te daban ganas de que se cayera. He rezado una oración por él, pero sólo por dentro. Sólo decía que lo sentía mucho. No recordaba nada más. He jugado a imaginar que, si aguantaba el rato suficiente con la mirada clavada en ella, conseguiría que la sangre fuera retirándose y recuperase la forma de un niño. Así le devolvería la vida. No sería la primera vez; donde yo vivía antes había un jefe que resucitó así a su hijo. Hace mucho de eso, fue antes de que yo naciera. Te lo juro, fue un milagro. Pero esta vez no ha salido bien.

Le he dado mi bola loca. A mí ya no me hace falta, tengo otras cinco debajo de la cama. Jordan sólo le ha dado un guijarro que se había encontrado por el suelo.

Yo: «Eso no cuenta. Tiene que ser algo tuyo.»

Jordan: «No tengo nada. No sabía que había que traer un regalo.»

Le he pasado un chicle Chewit de fresa para que se lo diera al niño muerto y luego le he enseñado a hacer la señal de la cruz. La hemos hecho los dos. Estábamos muy callados. Parecía algo importante y todo. Hemos vuelto corriendo hasta casa. No me ha costado ganarle a Jordan. Los gano a todos, soy el más rápido de séptimo. Sólo quería largarme de allí antes de que se nos contagiara la muerte.

Por aquí todos los edificios son enormes. Mi torre es alta como el faro de Jamestown. Hay tres torres seguidas: la Casa de Luxemburgo, la Casa de Estocolmo y la Casa de Copenhague. Yo vivo en la de Copenhague. Tiene catorce pisos, y yo vivo en el noveno. A mí no me acojona. Ahora soy capaz de mirar por la ventana y ya no se me revuelven las tripas. Me encanta subir en el ascensor, es brutal, sobre todo cuando vas solo. En ese momento podrías ser un espíritu, o un espía. Vas tan rápido que hasta te olvidas de que apesta a pipí.

Abajo de todo hace tanto viento que parece un torbellino. Ahí abajo, donde la torre toca el suelo, puedes plantarte con los brazos abiertos y fingir que eres un pájaro. Sientes como si el viento intentara levantarte, es casi como volar de verdad.

Yo: «¡Abre más los brazos!»

Jordan: «¡No puedo abrirlos más! Esto es de maricas, yo paso de seguir.»

Yo: «No es de maricas, ¡es genial!»

Te lo juro, es la mejor manera de sentirse vivo. Aunque no te conviene que el viento se te lleve de verdad, porque no sabes dónde te soltaría. Te podría soltar en un bosque, o en el mar.

Aquí hay un montón de palabras distintas para cada cosa. De este modo, si te olvidas de una siempre te queda otra. Va muy bien. «Marica» y «empanado» y «flojo» significan lo mismo. «Mear» y «regar las plantas» y «echar un meo» es todo lo mismo (igual que «cambiarle el agua al canario»). Hay un millón de palabras para llamar a la picha. Cuando llegué a mi cole nuevo, ¿sabes lo primero que me dijo Connor Green?
 Connor Green: «¿Tienes algo que se apoya?»
 Yo: «Sí.»
 Connor Green: «¿Estás seguro?»
 Yo: «Creo que sí.»
 Siguió preguntándome si tenía algo que se apoyaba. Venga a repetirlo. Al final ya me cabreaba. Luego me hizo dudar. Connor Green se reía, y yo ni siquiera sabía por qué. Entonces Manik me contó que estaba tomándome el pelo.
 Manik: «No tiene nada que ver con "apoyarse". Está preguntándote si tienes algo que sea una polla. Se lo dice a todo el mundo. Sólo es una broma.»
 Que-sea-polla.
 Connor Green: «¡Pillado! ¡Te la has tragado doblada!»
 Connor Green siempre está con sus jueguecitos. Es un liante. Es lo primero que aprendes de él. Al menos no perdí el juego. Sí que tengo polla. Si la tienes, la broma no funciona.

Hay gente que usa el balcón para tender la ropa o para cultivar plantas. Yo sólo uso el mío para mirar los helicópteros. Marea un poco. No puedes pasar más de un minuto ahí fuera porque te conviertes en carámbano. He visto a X-Fire pintar su nombre en la fachada de la Casa de Estocolmo. Él no sabía que estaba viéndolo. Iba tope rápido, pero las letras le quedaban que te cagas. Yo también quiero pintar mi nombre, pero esos esprays de pintura son muy peligrosos, si te manchas con ellos, no se va nunca, pero nunca jamás.

A los árboles recién plantados los meten en una jaula. Los rodean con una jaula para que nadie pueda robarlos. Te lo juro, es una locura. Total, ¿a quién se le ocurriría robar un árbol? ¿A quién se le ocurriría apuñalar a un niño sólo para quedarse su pollo frito?

Cuando mamá pone el altavoz del teléfono parece que hablen desde muy lejos. La voz de papá suena con un montón de eco, como si estuviera encerrado en un submarino en el fondo del mar. Me da por imaginar que sólo le queda aire para una hora y que, si no lo rescatan antes, la palmará. Siempre me da el yuyu. Mientras papá no consiga escapar, el hombre de la casa soy yo. Incluso él mismo lo dijo. Tengo la obligación de cuidar de todo. Le he contado a mi padre lo de mi paloma.

Yo: «Entró una paloma por la ventana. Incluso Lydia se asustó.»

Lydia: «¿Qué? ¡De eso nada!»

Yo: «Sí que se asustó. Dijo que estaba volviéndose loca con tanto aleteo. Tuve que atrapar a la paloma.»

Me puse un poco de harina en la mano, y la paloma se posó en ella. Sólo tenía hambre. La engañé con la harina. Hay que caminar tope despacio, si vas demasiado rápido, la paloma se asusta y vuelve a levantar el vuelo.

Lydia: «¡Date prisa! ¡Nos va a dar un picotazo!»

Yo: «¡De qué vas! Sólo quiere salir de aquí. Cállate, que vas a asustarla.»

Notaba en mi mano las garras rasposas, como si fueran de pollo. Era preciosa. Decidí que sería mi paloma especial.

La miré bien para recordar sus colores y luego la dejé en el balcón y se largó volando. Es que no hace falta matarlas.

Papá: «Bien hecho.»

A papá se le notaba la sonrisa en la voz. Me encanta cuando pasa eso, quiere decir que he hecho algo bien. Luego no necesitaba lavarme las manos, mi paloma no tenía gérmenes. Siempre te insisten en que te laves las manos. Te lo juro, aquí hay tantos gérmenes que no puedes creértelo. La gente se pasa la vida muerta de miedo con los gérmenes. Los de África son los más peligrosos, por eso Vilis se largó corriendo cuando intenté saludarlo. Cree que si respira mis gérmenes se morirá.

Yo ni siquiera sabía que había traído gérmenes al venir. No se notan, ni se ven ni nada. Los gérmenes engañan mucho, qué mal rollo. Tampoco es que me importe que Vilis me odie. Siempre hace entradas a lo bruto y nunca me pasa la pelota.

A Agnes le encanta hacer burbujas con la saliva. Todavía se lo permiten porque es una cría. A mí también me encanta que haga muchas burbujas. Todas las que quiera, sin parar.

Yo: «¡Hola, Agnes!»

Agnes: «¡**La**!»

Te lo juro por Dios, cuando Agnes dice «hola» es como si te sonara un cencerro en los oídos. Pero igualmente te encanta. Cuando Agnes dice «hola», mamá se pone a reír y llorar a la vez; es la única persona que conozco capaz de hacer eso. Agnes no pudo venir con nosotros porque mamá tiene que trabajar a todas horas. Pero la abuela Ama la cuida. Sólo será hasta que papá venda todas las cosas de su tienda, luego comprará más billetes y nos juntaremos todos otra vez. Sólo han pasado dos meses desde que nos fuimos, y no se empieza a olvidar a los demás hasta que pasa el primer año. Tampoco es que vayan a tardar tanto.

Yo: «¿Puedes decir "Harri"?»

Papá: «Todavía no. Dale tiempo.»
Yo: «¿Qué hace?»
Papá: «Sigue haciendo burbujas. Y tú tendrías que colgar ya.»
Yo: «Vale. Ven pronto. Tráeme caramelos Ahomka, que aquí no encuentro. Te quiero.»
Papá: «Te qui...»
Entonces se ha acabado la tarjeta de llamadas. Qué rabia me da cuando pasa eso. Aunque pasa cada vez, siempre me llevo un susto. Es como cuando me pongo a mirar los helicópteros por la noche y de repente se quedan parados, siempre pienso que se me van a caer encima. Te lo juro: luego, cuando se vuelve a encender el motor... ¡Qué alivio tan grande!

Una vez vi una persona muerta de verdad. Fue donde vivía antes, en el mercado de Kaneshie. A una mujer que vendía naranjas la atropelló un trotro, nadie lo vio venir. Me dio por imaginar que todas las naranjas que salían rodando eran recuerdos felices de aquella mujer y que iban en busca de una nueva persona a la que vincularse para no quedar convertidas en puro desperdicio. Los niños limpiabotas intentaron robar algunas de las naranjas que se habían salvado de los coches, pero papá y otro hombre los obligaron a meterlas de nuevo en el cesto. Los limpiabotas deberían saber que no se roba a los muertos. Los justos tienen la obligación de mostrar el buen camino a los impíos. Hay que ayudarlos siempre que se pueda, incluso si ellos no quieren. Ellos creen que no quieren, pero la verdad es que sí. Para ser justo has de ser capaz de cantar todas las canciones de la iglesia sin leer las letras. Sólo pueden hacerlo el pastor Taylor y el señor Frimpong, y los dos son tope viejos. El señor Frimpong es tan mayor que tiene arañas en las orejas, que las he visto yo con mis propios ojos.

En la iglesia hemos rezado una oración especial para el niño muerto. Hemos pedido que el Señor acoja su alma y que ablande el corazón de sus asesinos para que se entreguen. El pastor Taylor ha dedicado un mensaje especial a todos los niños. Ha dicho que si sabíamos de alguien que tuviera un cuchillo teníamos que contarlo.

Lydia estaba pelando ñame para hacer fufu.

Yo: «¡Tienes un cuchillo! ¡Me voy a chivar!»

Lydia: «Quita, hombre. ¿Con qué quieres que los pele? ¿Con una cuchara?»

Yo: «Podrías pelarlos con el aliento. Pareces un dragón.»

Lydia: «Pues tú tienes aliento de perro. ¿Otra vez lamiendo culos?»

Es nuestro juego favorito, a ver a quién se le ocurre el mejor insulto. Suelo ganar yo. De momento llevo mil puntos, y Lydia sólo doscientos. Sólo jugamos cuando mamá no nos oye. He cogido el tenedor y me he pinchado. Sólo en un brazo. Quería comprobar cuánto me dolía y ver cuánto duraban los agujeros. Iba a contarle a todo el mundo que eran unas señales mágicas de nacimiento y que significan que puedo leer la mente de los demás. Pero al cabo de un minuto han desaparecido. Y seguía doliéndome un montonazo.

Yo: «Me pregunto qué se sentirá cuando te clavan un cuchillo de verdad. Me pregunto si se ven las estrellas.»

Lydia: «¿Quieres averiguarlo?»

Yo: «O fuego. Seguro que se ve fuego.»

Mi Mustang echa fuego. Tengo cuatro coches: un Mustang, un Escarabajo, un Lexus y un jeep Suzuki. Mi favorito es el Mustang, superguapo. Es azul y en el capó tiene un fuego pintado con forma de alas. No tiene ningún rasguño porque nunca lo hago chocar, sólo lo miro. Cuando cierro los ojos sigo viendo el fuego. Morirse debe de ser algo así, sólo que el fuego ya no es tan bonito porque quema de verdad.

El papá de Manik me enseñó a hacer el nudo de la corbata. Era mi primer día en el cole nuevo. Escondí la corbata en la mochila. Iba a decir que me la habían robado. Pero cuando llegué al colegio me asusté. Todo el mundo llevaba corbata. Manik iba con su padre. Todo fue idea suya.

A Manik lo acompaña su padre a pie todos los días al cole. Tiene que protegerlo de los ladrones. Una vez, a Manik le robaron las zapatillas deportivas. Se las robó uno de la panda de Dell Farm. Cuando vieron que les iban pequeñas, las dejaron en una rama de un árbol. Manik no podía recuperarlas, porque está tan gordo que no es capaz de trepar.

Papá de Manik: «Que vuelvan a intentarlo. La próxima vez será distinto, cabroncetes.»

El papá de Manik da bastante miedo. Siempre se le ponen los ojos rojos. Sabe esgrima. Te lo juro, ¡suerte que yo no soy enemigo de Manik! El papá de Manik me puso la corbata y me hizo el nudo. Me enseñó a quitármela sin deshacerlo. Solamente tienes que agrandar mucho el agujero para que quepa la cabeza y luego te quitas la corbata por arriba. Así no necesitas volver a hacer el nudo cada día. Y funciona. Ahora ya no tendré que hacerme el nudo en toda la vida. ¡Les he ganado la partida a las corbatas!

En mi cole nuevo no hay canciones. Lo mejor del colegio de antes fue cuando Kofi Allotey se inventó una letra:

Kofi Allotey: *Ante el trono del Padre*
depositamos nuestro rezo.
No me agarres del pescuezo,
ni me montes un desmadre.

Te lo juro, ese día pilló tantas collejas que lo llamamos «El palizón de Kofi».

Al principio, Lydia y yo pasábamos el recreo juntos. Ahora, cada uno va con sus amigos. Si nos vemos, hemos de fingir que no nos conocemos. Pierde el que saluda primero. Yo me paso el recreo jugando a los zombis, o al terrorista suicida. El terrorista suicida es cuando vas corriendo hacia otro y chocas con él con todas tus fuerzas. Si el otro cae, pillas cien puntos. Si se mueve, pero no llega a caerse, sólo diez. Siempre tiene que haber alguien que vigile, porque jugar al terrorista suicida está prohibido. Si te pilla el profe jugando, te puede detener.

Para jugar a los zombis sólo hay que hacer el zombi. Si lo haces muy bien te llevas unos puntos de más.

Si no juegas a nada también puedes intercambiar cosas. Las cosas más deseadas para el intercambio son los cromos de fútbol y los caramelos, pero puedes cambiar cualquier cosa si alguien la quiere. Chevon Brown y Saleem Khan se intercambiaron los relojes. El de Saleem Khan da la hora de la luna, pero el de Chevon Brown es más gordote y está hecho de titanio de verdad. Los dos son guapos. Los dos estaban encantados con el intercambio, pero luego Saleem Khan intentó deshacerlo.

Saleem Khan: «Es que he cambiado de opinión.»

Chevon Brown: «Pero si ya nos hemos dado la mano, colega.»

Saleem Khan: «Es que tenía los dedos cruzados, mira.»

Chevon Brown: «Qué guarro, cobarde. Dos puñetazos.»

Saleem Khan: «No, tío. Uno.»

Chevon Brown: «Vale, pero en la cabeza.»

Saleem Khan: «En el hombro, en el hombro.»

Chevon Brown: «Anda ya.»

Chevon Brown le dio tan en serio a Saleem Khan que le dejó el brazo muerto. Culpa suya, por echarse atrás. Sólo lo hizo porque le daba miedo que su mamá se enfadara.

Yo todavía no tengo reloj y tampoco lo necesito. Sabes adónde hay que ir por la campana y luego en clase hay un reloj. Fuera del cole no te hace falta saber la hora, la barriga te avisa cuando es hora de comer. Te vas a casa cuando te entra hambre y así nunca te olvidas.

Yo hacía de niño muerto. X-Fire nos enseñaba a clavar el cuchillo. No usaba uno de verdad, sólo los dedos. Aun así, parecían bastante afilados. X-Fire dice que cuando pinchas a alguien lo tienes que hacer muy rápido, porque tú también lo notas.

X-Fire: «Cuando el cuchillo choca con algo al entrar tú lo notas. Si choca con un hueso o con algo es muy desagradable, colega. Lo mejor es buscar una parte blanda como la barriga para que entre suave y fácil y entonces no notas nada. La primera vez que rajé a alguien fue la peor, tío. Se le salieron todas las tripas. Me mareé en serio. Todavía no sabía dónde apuntar, yo creo que lo metí demasiado abajo. Por eso ahora apunto al costado, donde están los michelines. Así no se les sale toda esa guarrada.»

Dizzy: «La primera vez que yo pinché a alguien se me quedó atascada la hoja. Choqué con una costilla, o algo así. Tuve que tirar como un pu... para sacarlo. O sea, en plan, devuélveme la navaja, cabrón.»

Clipz: «Ya te digo. Hay que pinchar y darse el piro. Nada de líos.»

Killa no se ha apuntado. Estaba muy callado. A lo mejor todavía no ha pinchado a nadie. O a lo mejor ha pinchado a tanta gente que ya le parece aburrido. Supongo que lo llaman Killa por eso, porque es un *killer*.

Yo hacía de niño muerto porque me escogió X-Fire. Sólo tenía que quedarme quieto. A X-Fire no le gustaba que me moviera. Venga a darme tirones. Yo estaba bastante mareado, pero tenía que seguir escuchándolo. Además, quería escucharlo. Era como la primera vez que probé la crema de guisantes: daba asco, pero había que acabársela porque tirar comida es pecado.

Seguí notando sus dedos en las costillas, incluso cuando ya se había ido. Una cosa de locos. A X-Fire le huele el aliento a cigarrillos y a chocolate con leche. Tampoco es que me diera miedo.

Siempre vamos al mercado los sábados. Todo es al aire libre, así que mientras esperas a que mamá pague te congelas a tope, has de mantener la boca cerrada para que no se te escapen los dientes. Vale la pena, aunque sólo sea por las cosas guapas que se pueden ver, como un coche teledirigido o una espada de samurái (es de madera, pero da miedo igualmente. Si tuviera con qué, me la compraría y la usaría para echar a los invasores).

Mi tienda favorita es la de chuches. Tienen todos los tipos de Haribo que se te puedan ocurrir. Me he propuesto probar todos los tipos que existen. De momento llevo más o menos la mitad. Hay un millón de formas distintas de Haribo. Todas las cosas que existen en este mundo tienen una versión masticable de la marca Haribo. Te lo juro, de verdad. Hacen botellas de cola, gusanos, batidos, ositos, cocodrilos, huevos fritos, chupetes, colmillos, cerezas, ranas y un millón de cosas más. Las mejores son las que tienen forma de botella de cola.

Los únicos que no me gustan son los bebés de gelatina. Es muy cruel. Mamá ha visto bebés muertos de verdad. Los ve todos los días en el trabajo. Yo nunca compro los bebés de gelatina para no recordárselo.

Mamá buscaba por todas partes una red para palomas. Yo rezaba en silencio para que no la encontrara.

Yo: «No es justo. Sólo porque a Lydia le dan miedo.»

Lydia: «Quita, hombre. ¡No me dan miedo!»

Mamá: «No podemos tener palomas volando por la casa a todas horas. Es una marranada, lo ponen todo perdido.»

Yo: «Sólo fue una vez. Tenía hambre, nada más.»

Mamá: «No me mires así, Harrison, con los ojos achinados. No pienso discutir contigo.»

Hay gente que pone redes en los balcones para que no entren las palomas. Yo no estoy de acuerdo, porque no le hacen daño a nadie. Yo quiero que vuelva mi paloma. Incluso guardé un poco de harina de batata especialmente para ella en el cajón de los calzoncillos. No me la quiero comer, sólo quiero domarla para que se me pose en el hombro. Al fin, mis oraciones han tenido respuesta: en el mercado no venden redes para palomas. Te lo juro, ¡qué alivio tan grande!

Yo: «No te preocupes. Si vuelve le diré que se busque otra casa.»

Mamá: «No le pongas más comida. No creas que no he visto toda la harina del balcón. No soy tonta.»

Yo: «¡De acuerdo!»

¡No soporto que mamá me lea la mente! A partir de hoy esperaré hasta que se vaya a dormir.

Cuando Jordan le robó el teléfono a esa señora, hice como si no lo hubiera visto. No quería que mamá pensara que yo estaba de acuerdo. Ella ya odia a Jordan porque escupe en la escalera. Fue en el tenderete de ropa de Noddy. Lo vi todo mientras mamá pagaba mi camiseta del Chelsea. En realidad, los que pillaron el teléfono de la señora fueron X-Fire y Dizzy. Fueron muy listos: esperaron hasta que la mujer se puso a hablar y entonces chocaron con ella para que se le cayera el teléfono. Fingieron que era sin querer. El teléfono cayó al suelo y entonces apareció Jordan de la nada, lo recogió y se largó corriendo. Se perdió entre la gente y desapareció en un segundo. Como si fuera un fantasma, simplemente desapareció. La mujer se quedó buscando el teléfono, pero ya no estaba, no había nada que hacer. Fue una huida limpia. Jordan no cobra por ayudarlos, sólo le dan cigarrillos, o una semana de libertad en la que no intentan matarlo. Tampoco es que sea un gran trato. Si fuera yo, pediría diez pavos cada vez.

Mi camiseta nueva del Chelsea pica un poquito. Me tuve que poner tiritas en los pezones para que no me los rozara tanto. Aun así, es muy guapa. Al muerto también le molaba el Chelsea. Tenía la camiseta de verdad, la que lleva publicidad de Samsung, incluso tenía la segunda equipación. Espero que en el cielo haya porterías de verdad, con red y todo, así no habrá que correr no sé cuántos kilómetros para recuperar la pelota cada vez que metes un gol.

Por aquí hay un millón de perros. Te lo juro, hay casi tantos como personas. La mayoría son pitbulls, porque son los que más acojonan, si te quedas sin balas para la pistola puedes usarlos como arma. El peor es *Harvey*. Es de X-Fire, que le hace morder los columpios del parque para que acojone más todavía. De hecho, se queda colgado del columpio y se pone a dar vueltas en el aire como un helicóptero enloquecido. Cada vez que veo acercarse a *Harvey* aguanto la respiración para que no me huela el miedo.

Mi perro favorito es *Asbo*, tan divertido y simpático. Lo conocí cuando estábamos jugando a fútbol con Dean Griffin en el parque y vino un perro y se llevó la pelota. Era *Asbo*. Lo perseguimos y tratamos de blocarlo, pero corría demasiado. Pinchó la pelota sin querer. Ahora ya sólo nos queda mi pelota de plástico. Siempre se nos escapa porque es demasiado ligera. Es un fastidio. He de conseguir pronto una pelota de verdad, una que sea de cuero para que no se escape volando.

¿Sabías que los perros estornudan? Te lo juro, de verdad. Lo he visto con mis propios ojos. *Asbo* soltó un estornudo enorme. Al principio nos sorprendió. Nadie se lo esperaba. Soltó como unos cien estornudos. Después del primero no podía parar, era como una metralleta. Cada estornudo empalmaba con el siguiente. Hasta el mismo *Asbo* estaba sorprendido. Se tiró no sé cuántas horas sin parar.

Terry Takeaway: «No veas, es alérgico a la cerveza.»

Terry Takeaway se echó un poco de cerveza en una mano y se la ofreció a *Asbo*, pero *Asbo* no se la quiso beber. Puso cara triste y echó la cabeza a un lado y entonces fue cuando se puso a estornudar. Le habían subido las burbujas por la nariz.

Lo llaman Terry Takeaway porque siempre se lleva cosas. Sólo es una manera de llamarlo ladrón. Siempre lleva encima lo último que ha robado. Sobre todo DVD, o móviles, que son lo más fácil. Te pregunta si se lo quieres comprar, aunque seas un crío y no tengas con qué.

Terry Takeaway: «¿Me los quieres comprar? Es cobre de verdad, vale un pastón.»

Dean: «¿Y qué quieres que hagamos con un montón de tubos de cobre?»

Terry Takeaway: «Yo qué sé. Los podríais vender.»

Dean: «¿Y por qué no los vendes tú?»

Terry Takeaway: «Es lo que estoy intentando, ¿no te parece?»

Dean: «Quiero decir que por qué no se los vendes a alguien que los quiera para algo.»

Terry Takeaway: «Vale, nene, pisa el freno. Sólo era una pregunta.»

Ni siquiera teníamos ningún freno. Te lo juro, Terry Takeaway está zumbado. Es porque desayuna con cerveza.

Me encanta mear después de que mamá eche lejía en la taza. Salen unas burbujas gigantescas, es como mear en una nube. Siempre me guardo una meada bien larga para ese momento. Nadie puede tirar de la cadena para que se vaya esa nube hasta que yo la riego con mi meada especial. Me imagino que soy Dios, meando en su nube favorita. Una vez vi una nube por encima. Fue cuando cogimos el avión. Es que de verdad íbamos por encima de las nubes. ¿Sabes qué hay allí? Más cielo. Te lo juro, de verdad. Cielo y más cielo, nunca se acaba. El otro cielo, el de cuando te mueres, queda más lejos todavía.

Mamá: «Ése no puedes verlo hasta que te toque. Por eso Dios lo esconde más allá del cielo.»

Yo: «Bueno, pero tiene que estar por ahí.»

Mamá: «¡Claro!»

Yo quería verlo ya. Quería saber qué hacía el abuelo Solomon.

Yo: «Seguro que está jugando a piedra, papel y tijera con Jesús.»

Lydia: «Seguro que hace trampa.»

Yo: «¡Qué va! Además, no es trampa.»

Lydia: «¡Qué sabrás tú!»

El abuelo Solomon dice que en verdad la tijera gana a la piedra porque al final la piedra se cansa de tantos cortes y se deshace. La gente que dice que la piedra gana a la tijera es demasiado perezosa para esperar hasta el final. Es lo único que le recuerdo decir, porque se murió cuando yo todavía era un crío. Pero sigue siendo verdad. El que diga que eso es hacer trampa es tonto.

Lydia creía que el avión se la iba a pegar. Fue en el segundo que cogimos, el que iba de El Cairo a Inglaterra. Íbamos sentados justo al lado del ala. Mientras avanzábamos, la veíamos temblar. A mí no me daba miedo. Si un avión se desploma, lo mejor es estar cerca del ala, es la parte más fuerte. Hasta papá lo dijo. El tembleque es normal.

Yo: «¡Mírala! ¡Ahora tiembla más todavía! ¡Se va a soltar!»

Lydia: «¡Para ya!»

Mamá: «¡Harrison! ¡Basta de jaleo! ¡Ponte el cinturón!»

Ni siquiera se cayó el avión. Yo había rezado antes de despegar.

Al volver del cole a casa había policías alrededor de nuestros edificios. Había dos coches y un montón de polis buscando entre los matorrales y en las papeleras, como si hubieran perdido algo especial. Uno era una mujer. Te lo juro, una cosa de locos. Es que quería ser como un hombre. Hasta llevaba la misma ropa de poli y todo. Se ha puesto a preguntarles cosas a los niños y nadie podía irse a casa hasta que ella lo hubiera interrogado. Ha sido una pasada. Creo que eso de las mujeres policía es muy buena idea. En vez de pasarse la vida pegándote, hablan contigo.

Un mamón: «¿Me enseña cómo funcionan las esposas? He sido un niño malo, creo que necesito unos azotes en el culete.»

Mujer policía: «¡Ten cuidado!»

Todas las preguntas de aquella mujer tenían que ver con el niño muerto. Que si sabíamos dónde había estado aquel día y si alguien lo andaba buscando. Que si habíamos visto algo raro. Le hemos dicho que no. Que no sabíamos nada. Que nos hubiera encantado saber algo más, pero qué le íbamos a hacer.

Dean: «¿Hay alguna pista?»

Yo: «¡Ni que fuera a aterrizar!»

Dean: «Una pista del asesino, capullo.»

Mujer policía: «Estamos en ello.»

Dean: «Si nos enteramos de algo, le mandamos un mensajito. ¿Me da su número?»

Mujer policía: «¡Descarado!»

Luego los polis se han largado. *Harvey* intentaba mordisquear el retrovisor de uno de los coches patrulla. X-Fire lo incitaba. Y mientras, Killa y Dizzy lo vitoreaban. Sólo se han largado al ver que los polis sacaban los esprays de ácido y estaban a punto de echárselo en la cara a *Harvey*. A las personas sólo las deja ciegas, pero a los perros los mata en cinco segundos.

Yo: «Yo vi dónde mataron a ese niño, había sangre por todas partes.»

Dean: «Me encantaría haberlo visto.»

Yo: «Sí, ya. Te da rabia porque no lo viste. Era como un río. Te podías bañar y todo.»

Lydia: «De qué vas.»

Yo quería zambullirme como un pez. Si aguantaba la respiración lo suficiente, podía llegar al fondo, y si al volver a subir seguía vivo sería como si el niño muerto aún estuviera allí. Él sería como el aire que respiro, o como la luz que viera al abrir de nuevo los ojos. He respirado hondo y he tratado de notar cómo me corría la sangre por dentro. Ni se notaba. Si supiera que en cinco minutos me iba a quedar sin sangre, llenaría esos cinco minutos con todas mis cosas favoritas. Me comería un montonazo de arroz chino y mearía en una nube y haría reír a Agnes con mi mueca, con esa que me pongo bizco y me meto la punta de la lengua por la nariz. Al menos, si lo supieras antes te podrías preparar. Si no, es una injusticia.

«Rataplán» es lo mismo que un redoble. Es mi palabra favorita del día. En Música hemos tocado la batería. Un redoble es cuando tocas un tambor tope rápido con dos baquetas a la vez, mucho rato seguido. Me encanta la palabra «rataplán» porque se parece mucho al sonido del tambor. Te lo juro, es muy inteligente.

El tambor grande de abajo (el bombo) tiene un pedal. Se toca con el pie, en serio. Es bestial. Muchos golpean con toda su fuerza los tambores, como si se tratara de romperlos. Para ellos sólo es un juego. Yo les doy con la fuerza justa para que suenen bien. Le he enseñado a Poppy Morgan cómo tiene que mover el pie para que el bombo mantenga el mismo ritmo todo el rato. Es más fácil si vas contando por dentro. Siempre cuentas a cuatro. Y cada vez que llegas al uno le das al pedal. Así:

1 2 3 4
1 2 3 4

Y lo vas repitiendo mientras te parezca que suena bien. También puedes darle al pedal en el uno y en el tres si quieres un ritmo más rápido.

1 2 3 4
1 2 3 4

Lo que pasa es que eso es muy rápido y te vuelves un poco loco, como si estuvieras a punto de caerte. Mientras enseñaba a Poppy Morgan a tocar el bombo le he olido el pelo sin querer. Me he acercado demasiado y me ha llegado el olor. Era un aroma de miel. El pelo de Poppy Morgan es amarillo como el sol. Cuando me sonríe se me revuelven las tripas y ni siquiera sé por qué.

Desde mi balcón sólo se ve el aparcamiento y los contenedores. No se ve el río, porque en medio están los árboles. Se ven casas y más casas. Una hilera tras otra, por todas partes, como si fueran un montón de serpientes, y luego están los edificios más pequeños, donde viven los viejos y los raritos («raritos» es como llama la mamá de Jordan a los que no están bien de la cabeza. Algunos nacieron así y otros acabaron así por beber demasiada cerveza. Algunos parecen gente de verdad, sólo que no saben sumar ni hablar como los demás).

Mamá y Lydia roncaban como cerdos enloquecidos. Me he puesto el abrigo y he cogido un poco de harina. Era muy tarde. Los helicópteros estaban ahí otra vez, buscando ladrones, los oía a lo lejos. El viento frío me mordisqueaba los huesos como un perro loco. Los árboles que quedan detrás de las torres se mecían, pero el río parecía dormido. Papá, Agnes y la abuela Ama estaban soñando conmigo, todos me veían como si saliera por la tele. La paloma tenía que darse cuenta de que la estaba esperando, yo sabía que se iba a presentar esa noche.

He esperado a que cambiase el viento y he puesto un buen montón de harina en la barandilla. La he esparcido a lo largo de la barra para que la paloma la viera a kilómetros de distancia. ¡Qué mal rollo! ¡Ha vuelto el viento a toda prisa y se la ha llevado de un soplo! Mi única esperanza era que la paloma se hubiera olido mi plan y decidiera volver. Me gustan las garras anaranjadas de las palomas y su manera de mover la cabeza mientras caminan, como si fueran escuchando una música invisible.

Me encanta vivir en el noveno, puedes mirar hacia abajo y, mientras no te asomes demasiado, desde la calle nadie se entera de que estás ahí. Iba a tirar un escupitajo, pero me lo he tenido que tragar porque había alguien junto a los contenedores. Era un tipo arrodillado en el suelo, al lado del contenedor de cristal. Estaba metiendo la mano por debajo, como si se le hubiera caído algo. No le he visto la cara porque llevaba puesta la capucha.

Yo: «¡A lo mejor es el ladrón! ¡Rápido, helicóptero, ahí está! ¡Iluminad por ahí con vuestro foco!» (Sólo lo he dicho por dentro.)

Ha sacado algo que había debajo del contenedor. Algo bien envuelto. Ha echado un vistazo alrededor y luego ha deshecho el envoltorio y he visto que dentro había algo brillante. Sólo lo he visto un segundo, pero tenía que ser un cuchillo. No se me ocurre otra cosa que sea tan brillante y puntiaguda. Lo ha envuelto de nuevo y se lo ha metido por dentro del pantalón y luego ha echado a correr tope rápido hacia el río. Qué cosa tan curiosa. Los helicópteros ni lo veían. No lo han seguido, ni nada, estaban demasiado arriba. El tipo tenía una forma de correr tope curiosa, como una chica, con los codos bien salidos. Seguro que yo corro más que él.

Quería seguir mirando por si pasaba algo más, pero tenía que cambiarle el agua al canario. He aguantado todo lo que podía. No sé por qué no ha venido la paloma. Cree que la vamos a matar, pero no es verdad. Yo sólo quiero tener algo vivo para darle de comer y enseñarle algunos truquillos.

He visto salir el sol y he acompañado al muchacho hasta el colegio. Empiezo todos los días con el sabor de sus sueños en la boca. El sabor de todos vuestros sueños. Desde aquí parecéis tan inocentes, tan ocupados... Con esa manera de amontonaros en torno al objeto que despierta vuestra curiosidad, o de salir volando a la menor intromisión, nos parecemos más de lo que estaríais dispuestos a reconocer. Pero tampoco demasiado.

Aquí estoy, a nueve pisos de altura, apoyada en un alféizar mientras termino en silencio los restos de mi última comida de mijo. Desde aquí me compadezco de vosotros, de vuestras vidas, tan cortas, en las que nunca se hace justicia. No conocía al niño que murió, no era de los míos. Pero sí conozco la forma que adopta el dolor de una madre, sé que es pegajoso como esas moras tan resistentes que crecen en las cunetas. Lo siento, y todo eso. Y ahora, cuidadito con vuestras cabezas, pero tengo que hacer esto. Ahí va. No disparéis al mensajero.

Cada vez que alguien da un portazo en su casa, tiembla todo nuestro piso. Se nota y todo. Cuando alguien cierra una puerta, lo nota todo el mundo. Es bestial, es como si todos viviéramos en una misma casa grande. Te puedes imaginar que es un terremoto. El señor Tomlin dijo que sólo hay terremotos en las partes del mundo en que las piedras son demasiado resbaladizas. Todo el mundo se rió. El señor Tomlin es muy divertido. Hasta cuenta chistes mejores que los de Connor Green.

Lo único que ya no me gusta tanto es cuando el volumen de los gritos sube demasiado. Se me ponen los pelos de punta. Es como si vinieran unos invasores dispuestos a matarnos. Cuando los gritos suenan demasiado cerca, yo subo el volumen de la tele para taparlos.

Si vienen los invasores, a mí me toca echarlos de aquí. Para eso está el hombre de la casa. Siempre cerramos con todas las llaves y dejamos echada la cadena para que los invasores no puedan entrar. Si entran, tenemos que pincharlos con un tenedor (con un cuchillo no se puede porque sería un asesinato. Con un tenedor no. Con un tenedor es defensa propia). Yo me pondré delante de Lydia para protegerla. Y de mamá también, si está en casa. Mientras lucho con los invasores, Lydia y mamá llamarán a la policía. Yo apuntaría al ojo, porque es la parte más blanda. Los dejaría ciegos. Luego, cuando no pudieran ver nada, los empujaría para echarlos hasta el ascensor. Cuando los tienes en el ascensor ya estás a salvo.

Eso sólo si vienen los invasores. Igual ni siquiera vienen.

He controlado por la mirilla. Sólo eran Miquita y Chanelle. He abierto los cerrojos y las he dejado entrar.

Miquita: «¿Qué eres, un segurata?»

Lydia: «Déjalas entrar, Harrison.»

Yo: «No me llames Harrison. No eres mamá.»

Te lo juro, cuando vienen sus amigas Lydia siempre se pone en plan jefa. Siempre se tira faroles y me dice que me vaya a mi cuarto a hacer los deberes. Yo no quiero ir a mi cuarto. Ella quiere que me marche para poder ponerse a ver «Hollyoaks». Dicen que es la mejor. Sólo sale gente que se da besos todo el rato. ¡A veces es un chico que besa a otro chico! ¡Te lo juro por Dios, de verdad! Qué asco dan.

Yo: «Le diré a mamá que estabais mirando los besos. Es asqueroso.»

Entonces Lydia me cierra la puerta en las narices. Espera hasta que estoy tope cerca y va y la cierra. Ahora hace eso cada vez para que las estúpidas de sus amigas se puedan reír de mí.

Yo: «¡Déjame entrar!»

Lydia: «Miquita no quiere que entres. Siempre le pellizcas el culo.»

Yo: «No te pases. Yo no hago eso.»

Es que no es verdad. Nunca le he pellizcado el culo a Miquita. Preferiría meter los dedos en un nido de hormigas rojas. Miquita y Chanelle están zumbadas, siempre se están tirando faroles sobre todos sus morreos con chicos (es cuando los besos son más fuertes). Miquita lleva pintalabios de cereza. Sabe a cereza de verdad. Siempre se lo está poniendo. Dice que quiere tener un sabor dulce y agradable cuando me bese.

Yo: «Nunca me darás un beso. Me las piraré.»

Miquita: «¿Adónde? No tienes adónde huir. No te asustes por quererme tanto.»

Yo: «Pero si no te quiero nada. Ojalá te cayeras por un agujero.»

Con la boca cerrada, Miquita sería bastante guapa. Una vez se sentó encima de mi mano y yo me puse caliente. Fue sin querer, yo no quería tocarle el trasero. En cualquier caso, es muy farolera y siempre se mete con nuestra tele porque es de madera y muy vieja. La conseguimos en la tienda del cáncer, era de alguien que ya se ha muerto. La imagen no aparece de inmediato, hay que esperar a que se caliente. Cuando empieza a aparecer la imagen, se ve tope oscura y luego van saliendo los colores de verdad. En total tarda un montón de horas. Hasta te da tiempo a cambiarle el agua al canario durante el rato que tarda en salir la imagen desde que enciendes el aparato. En serio, yo lo he probado y se puede.

Miquita no irá al funeral del niño muerto. No lo conocía.

Miquita: «¿Qué sentido tiene, tío? Todos los funerales son iguales, ¿no?»

Yo: «Sólo es por respeto.»

Miquita: «Pero es que yo no le tengo ningún respeto. Si lo mataron sería por su culpa. No haberse enfrentado. El que juega con fuego se quema, ¿no?»

Yo: «No sabes de qué hablas, ni siquiera estabas allí. No se enfrentó a nadie, lo que pasa es que el asesino quería su pollo de Joe's.»

Miquita: «Lo que sea. No tienes ni puta idea, sólo eres un crío.»

Yo: «Tú sí que no tienes ni idea. Te lo juro, mira que eres tonta.»

Miquita: «Te lo juro, te lo juro, te lo juro por Dios. Pareces un perrito faldero. Lárgate de mi vista ya, que me estás molestando.»

Yo: «Pues a mí me molesta tu cara, boquita de pez.»

Me largo antes de que se me pongan los ojos rojos de rabia. Si alguna vez Miquita me da un morreo, la mato. Es demasiado asquerosa y tiene las manos regordetas.

Las puertas del centro comercial se abren por arte de magia. Ni siquiera hay que tocarlas. Hay un cartel grande con todas las normas escritas.

PROHIBIDO EL ALCOHOL
PROHIBIDAS LAS BICIS
PROHIBIDOS LOS PERROS
PROHIBIDOS LOS SKATES
PROHIBIDO FUMAR
PROHIBIDO JUGAR A LA PELOTA

Debajo de las normas de verdad alguien ha escrito otra con un bolígrafo:

PROHIBIDOS LOS PUTOS CARDOS

Un cardo es una chica que siempre quiere tener un hijo tuyo. Dean Griffin me habló de ellas.

Dean: «Cada vez que le das un beso a un cardo tiene un hijo tuyo. Basta con que te la quedes mirando demasiado rato y ya se les hincha la barriga, te lo juro. Son un asco, tío, cuanto más lejos mejor.»

No te conviene ni acercarte, tienen costras en la cara y también apestan a tabaco. Jugábamos a que los cardos nos querían atrapar. Eran zombis y nos perseguían, y nosotros teníamos que huir. Bastaba con que una consiguiera darnos un beso para convertirnos en cardo zombi. Era muy divertido. Nos escapábamos justo a tiempo.

Dean es mi segundo mejor amigo. Él es mi mejor amigo del cole y Jordan es mi mejor amigo de fuera del cole. Dean fue quien me dijo que me metiera el dinero de la merienda en el calcetín para que no lo encuentren los ladrones. Él siempre lo lleva así y desde que lo hace no le han vuelto a robar.

Yo lo probé, pero quedaba muy abultado. No podía andar bien. Así que el dinero de la merienda me lo guardo en el bolsillo. Total, no me van a robar, porque yo no me meto con nadie.

Yo: «¿Tú crees que el niño muerto tiene la culpa de que lo pincharan? Es lo que dice la amiga de mi hermana. Yo no la creo. Puede que sea un cardo. ¿Crees que pillarán al que lo hizo?»

Dean: «Yo no apostaría mucho. Los polis de por aquí no tienen mucha capacidad. Deberían pasarle el caso a los de CSI, ésos lo resuelven en un abrir y cerrar de ojos.»

Yo: «¿Qué es eso de CSI?»

Dean: «Son como los mejores detectives de América, se saben los mejores truquillos y son capaces de encontrar pruebas en las que los demás ni siquiera pensarían. No es sólo en la tele, también en la vida real. Vi un capítulo en el que salía una banda que iba de un lado a otro cargándose a la gente sólo con bates de béisbol, o rompiéndoles la cabeza a patadas, rollos así.»

Yo: «¿Por qué?»

Dean: «No lo sé, sólo para echar unas risas. Y no había ni testigos ni nada, pero el CSI pilló un programa informático especial que sirve para saber qué zapatillas llevas sólo por la huella que deja la suela, ¿sabes? Y compararon las huellas de la cara del muerto con las suelas del asesino y así lo pillaron. Una pasada de listos.»

Yo: «Sí, qué listos. Aquí tendrían que hacer lo mismo. A lo mejor nosotros podemos encontrar las huellas.»

Dean: «A lo mejor. Pero tenemos una mierda de tecnología, ¿no? No tenemos ni los aparatos adecuados. ¡Eh, cuidado!»

Terry Takeaway ha estado a punto de chocar con nosotros. Iba corriendo como un loco. Ni siquiera nos había visto. Llevaba una bandeja enorme de pollos bajo el brazo. Yo sabía que pesaba demasiado. La bandeja ha resbalado un poco y han caído algunos pollos. Terry Takeaway ha seguido corriendo sin parar ni un momento. Iba tan concentrado que se le ponían unos ojos enormes, era muy gracioso. Nos hemos tenido que apartar de un salto.

Carnicero: «¡Vuelve, maldito ca...!»

El carnicero ha intentado seguirlo, pero está demasiado gordo. Ha tenido que renunciar. Los otros mamones estaban esperando en la gran escalinata de la biblioteca. Cada uno ha cogido un pollo y luego han salido corriendo en todas direcciones. Hasta *Asbo* huía. Creía que era un juego. Se ha puesto a ladrar como un loco. Nosotros no queríamos que los pillaran. Te lo juro, ha sido muy divertido. Dean ha propuesto que pasemos cada día por allí. Lo hemos convertido en norma obligatoria.

Ni siquiera sé dónde están los pollos de verdad. Todo el mundo los compra muertos y desplumados. Una cosa de locos. Echo de menos sus caras. Me encantaban los ojos muertos, como si estuvieran soñando con lo bien que se lo pasaban cuando correteaban al sol y se dedicaban a picotear las cabezas de los demás pollos.

Pollo: «¡Que te pico, que te pico!»
Los demás pollos: «¡Que te la pique un pollo!»

Cuando se muere un bebé tienen que ponerle nombre para que pueda ir al cielo. A veces sus padres están demasiado tristes para pensar un nombre. Entonces mamá los ayuda a buscarlo. Suele sacarlos de la Biblia. Si la madre no cree en la Biblia, entonces los saca de algún periódico. Hoy se ha muerto un bebé. Era ectópico.
 Mamá: «Son los que crecen fuera del útero. No hay nada que hacer. A veces, simplemente se pierden.»
 Mamá ha tenido que buscarle un nombre a la criatura. La ha llamado Katy por una señora del periódico. A la madre de la criatura le ha gustado. Le ha encantado.
 Yo: «La próxima vez que se muera un bebé lo puedes llamar Harrison. Le encantará.»
 Mamá: «No puedo. Da mala suerte.»
 Yo: «¿Y eso por qué?»
 Mamá: «Pues porque sí. Harrison es tu nombre. No quiero que se lo pongan a nadie más.»
 El nombre sirve para que Jesús te encuentre. Si no, Jesús no sabe a quién tiene que buscar y te quedas flotando en el espacio toda la eternidad. Eso da mucho miedo. ¡Podrías caer en el sol y chamuscarte como una tostada humana!
 No pasa nada, en el cielo los bebés muertos pueden crecer. Qué alivio tan grande cuando me enteré, te lo juro. No soportaría ser un bebé para siempre. Nunca aprenderías a leer, ni a hablar. No sabrías hacer nada. Yo me pasaba casi todo el rato durmiendo. Era muy aburrido. Si tuviera que estar siempre así, probablemente me volvería loco de los pies a la cabeza.

Tendría que haber huellas cerca de los contenedores, tendrían que haberse quedado marcadas como cuando das un salto para meterte en un charco y otro para salir. Las he buscado antes de entrar en el cole, pero ya no se veían. A lo mejor el asesino llevaba unas zapatillas especiales, sin marca en la suela, o tal vez pisó tan suave que no dejó huella. Yo siempre piso fuerte, es como quedan mejor las marcas. Durante el recreo podemos jugar a saltar en los charcos, sobre todo si ha llovido y hay demasiados profes por ahí para jugar al terrorista suicida. He pegado un salto bestial. Luego me he quedado paralizado por si la paloma se me cagaba encima, pero ha pasado de largo. Estaba tan lejos que no había manera de saber si era mi paloma. En Inglaterra la mierda de paloma da buena suerte. Todo el mundo está de acuerdo.

Yo: «¿Aunque te caiga en la cabeza?»

Connor Green: «Da lo mismo dónde, siempre que te caiga encima. Puede ser en cualquier parte del cuerpo.»

Yo: «¿Y si te da en un ojo? ¿Y si te cae en la boca y te la comes?»

Connor Green: «Sigue dando buena suerte. Toda la mierda da buena suerte. Todo el mundo lo sabe.»

Vilis: «Entonces Harri debe de tener mucha suerte, porque huele a mierda.»

Te lo juro, cuando ha dicho eso se me han puesto los ojos rojos como a un zumbado. Quería destrozarlo, pero había demasiados profesores cerca. Me he tenido que aguantar.

Dean: «No hablábamos contigo, tarado. Vete a plantar unas patatas con tu mamita.»

Connor Green: «Anda y que te f... un pez.»

Vilis ha dicho algo en su idioma y se ha largado, ha pasado corriendo por el charco y nos ha fastidiado el juego. La próxima vez que me insulte le voy a dar una patada en los huevos.

Mi ataúd tendría forma de avión. El del niño muerto era normal, salvo por el escudo del Chelsea que llevaba. Aun así, quedaba guapo. Sus familiares estaban muy tristes. Todo parecía muy oscuro porque llovía en serio y porque todo el mundo iba de negro. Nadie cantaba.

Mamá: «Descanse en paz.»

Mamá estaba todo el rato abrazándonos a Lydia y a mí. No había manera de decirle que parase. No se podía bailar porque nadie más bailaba y además con tanta lluvia el suelo estaba resbaladizo. No nos han dejado entrar en la iglesia porque tampoco lo conocíamos tanto. Teníamos que esperar fuera. Había tanta gente que no se veía mucho. Me he fijado en los cámaras de la tele. La señora que contaba las noticias paraba cada dos por tres para que le pusieran bien el pelo. Le costaba un montón. Era muy pesado. Yo sólo quería que se callara para que pudiésemos oír lo que se decía por los altavoces.

Yo: «Me gustaría saber qué canciones van a poner.»

Un grandullón: «¡Dizzee Rascal! Tendrían que poner la de "Chúpame el rabo", y tal.»

Otro grandullón: «¡Bien dicho, tío!»

La de la tele: «Cuidado con las palabrotas, por favor. Estamos grabando, gracias.»

Grandullón: «¡Ten cuidado tú con ésta, zorra!»

Hacía como que se agarraba la picha y apuntaba con ella a la señora. Ella ni siquiera lo ha visto, ya se había dado la vuelta. Sólo era un farol. Tampoco lo ha dicho tan alto como para que ella lo oyera.

Otro grandullón: «¡Capullo!»

Donde yo vivía antes hay gente que tiene un ataúd especial, con alguna forma concreta. Algo que les encantaba cuando estaban vivos. Si era una señora que siempre estaba cosiendo, entonces su caja será una máquina de coser. Si a un hombre le encantaba la cerveza, será una botella de cerveza. Los he visto de todas clases. Por el ataúd se sabe qué era lo que más le gustaba a esa persona. Una vez vi un ataúd con forma de taxi. El muerto era Joseph, el taxista. Saludé al cortejo del funeral a su paso. Yo volvía de llevar las botellas a Samson's Kabin y una mujer del funeral tiró de mí y me obligó a bailar con ella. Fue una pasada de divertido. Todo el mundo estaba contento. Se podía apuntar quien quisiera. Hasta me olvidé de que había un muerto.

Yo: «Le tenían que haber hecho un ataúd con forma de bota de fútbol. Hubiera sido mejor todavía.»

Mamá: «Calla, Harrison. Un poco de respeto.»

Yo: «Perdón.»

A mí me gustaría un avión porque nunca he visto un ataúd así. El mío sería el primero.

La sangre del niño muerto ya no se ve, se la ha llevado la lluvia. No se podía hacer nada para evitarlo. Yo quería ver su cuerpo, sobre todo los ojos. Quería ver si eran como los de los pollos, y si se le podía adivinar algún sueño, pero cuando he llegado el ataúd ya estaba cerrado.

Me he escapado de mamá y de Lydia y ellas ni siquiera se han dado cuenta de que me había ido. Dean me esperaba en el aparcamiento. Éramos espías. Nos hemos puesto a vigilar a la gente por si había algún comportamiento sospechoso. Se llama así cuando la gente se pone en plan furtivo porque tiene algo que esconder. Dean lo aprendió en uno de esos programas de detectives de verdad.

Dean: «A veces el asesino vuelve para ver el funeral, como si quisiera pasárselo por la cara a los polis. Es como si les dijera: "No podéis pillarme, gilipollas." Es como hacerles una peineta. Pero tampoco quiere que lo pillen, tan idiota no es. Tú fíjate en los tipejos que lleven la capucha puesta.»

Era verdad: sólo se veía un montón de capuchas, como barcos que flotaran en el mar. Estaban en la parte trasera, mientras que los de delante, los que querían de verdad al niño muerto, compartían paraguas. No sé si abrir un paraguas dentro de una iglesia daría el doble de mala suerte. Es probable que sí. Podrías caer muerto ahí mismo. Al menos estarías en el sitio adecuado y podrían celebrar tu funeral de inmediato, antes incluso de que se te acercaran las primeras moscas.

Dean: «Vale, ¿y de qué color era la capucha del tipo que viste? No, déjalo, ya la habrá tirado. Piensa, piensa.»

Yo: «Ya sé, podríamos saludar a todo el mundo y el que no nos quiera dar la mano será porque tiene algo que esconder. ¿Quién te va a negar un saludo en un funeral? Sólo tenemos que acercarnos a todos y decirles felicidades y ver quién es el que no nos sigue el rollo.»

Dean: «Felicidades no, condolencias.»

Yo: «Lo que sea. Sólo diremos que lo sentimos mucho. Ven conmigo.»

Nos hemos colado entre la gente del fondo, donde estaban todos los que llevaban capucha y fumaban y se escondían de las cámaras de televisión para que no los pillaran. Fingiendo que teníamos alguna autoridad para ofrecer condolencias formales, hemos ido recorriendo la fila para estrecharles la mano a todos y decir que lo sentíamos mucho. Casi todos nos la estrechaban y decían que ellos también, se lo tomaban en serio y se esforzaban por dar muestras de respeto. Todo muy rápido y en voz baja.

Dean y yo: «Lo siento.»

Encapuchado: «Lo siento.»

Dean y yo: «Lo siento.»

Siguiente encapuchado: «Lo siento.»

Algunos eran blancos y otros negros. Algunos incluso tiraban el cigarrillo antes de estrecharnos la mano, como debe ser en esas circunstancias. Sólo unos pocos se negaban a seguirnos el rollo.

Dean y yo: «Lo siento.»

El décimo o undécimo encapuchado: «¿Estás de cachondeo?»

Yo: «No, es por el pésame.»

Dean: «¿Algún problema?»

El décimo o undécimo encapuchado: «Vete a cascarla, ca...»

Lo hubiéramos declarado sospechoso, pero era el carnicero, que está demasiado gordo para ser el asesino. Es malo con todo el mundo. Y entonces hemos tenido que dejarlo porque empezaban a sacar el ataúd. Ha estado a punto de caérseles, porque uno de los portadores iba mamado y casi tropieza. Todo el mundo ha contenido el aliento, pero enseguida han recuperado el equilibrio. Al final casi se arma un follón. Ha llegado Killa con su bici. No podía pasar entre todos los coches del aparcamiento. Se ha puesto como una moto intentando pasar entre ellos y ha estado a punto de atropellarlo el coche de la funeraria al salir. Ha parado justo en el último momento. Killa ha derrapado por la lluvia y se ha caído de la bici.

Señor de la funeraria: «¡A ver si miras por dónde vas!»

Creía que se liarían a golpes, o que al menos Killa le haría una peineta, pero ha vuelto a montar en su bici y se ha largado a toda prisa. Le ha dado la flojera otra vez al pasar por detrás del coche que llevaba el ataúd. En las coronas ponía «Hijo» y «Por toda la eternidad». Pero parecía que la eternidad se había terminado ya. Parecía que alguien se la había llevado cuando mataron al niño muerto. Se supone que esas cosas no pasan. Se supone que los niños no mueren, sólo los viejos. Yo he llegado incluso a preocuparme por si me tocaría ser el siguiente. Hasta he escupido el chicle Hubba Bubba de manzana atómica por si acaso me lo tragaba sin querer y se me quedaban las tripas pegadas.

Los escalones que llevan a la cafetería son propiedad de la panda de Dell Farm. Nadie más puede sentarse ahí. Son el mejor sitio de todo el cole. Quedan cubiertos por el alero del tejado, así que cuando llueve no te mojas, y puedes vigilar todo el cole desde allí para que el enemigo no te pille por sorpresa. Sólo te puedes acercar si tienes dieciocho años y te ha invitado X-Fire.

Si te sientas en los escalones sin permiso te dan una paliza. Por mucho sitio que sobre, los escalones no son tuyos. Son de la peña de Dell Farm. Se los ganaron en una guerra. Ahora son suyos para siempre.

Los llaman «panda de Dell Farm» por la zona de Dell Farm. X-Fire es el líder porque es el mejor peleando y jugando a baloncesto. Todo el mundo está de acuerdo. Es el que ha pinchado a más gente. A mí me robó la mochila. Yo sólo pasaba por allí. Ni siquiera me lo esperaba.

Dizzy: «Tírala al tejado, tío.»
X-Fire: «¿La quieres?»
Yo: «Sí.»
X-Fire: «¿Qué vas a hacer para recuperarla?»

Todo el mundo nos miraba. Pasé de intentar recuperarla. Sabía que no iba a llegar, porque él la sostenía demasiado alta. Tendría que contarles a los profesores que había bajado un águila y me la había robado.

X-Fire: «Además, ¿de qué país eres tú?»
Yo: «Ghana.»
Dizzy: «¿Allí los polis llevan armas? Seguro que sí, ¿no?»

Clipz: «Construyen las casas con mierda de vaca, ¿verdad? Yo lo he visto.»

X-Fire: «No seas mamón, colega. Es buena gente. Te voy a decir una cosa: podrás recuperar tu mochila si me haces un encargo.»

Yo: «No necesito ningún encargo. Ya me ocupo de cerrar las puertas y de cargar con las cosas que pesan.»

Killa: «¿De qué va éste? Mira que eres raro, tío.»

Dizzy: «Si nos sigues el rollo, te lo enseñaremos todo. Cuidaremos de ti, y tal.»

X-Fire sabe tirar a la canasta desde kilómetros de distancia. Siempre encesta. Yo soy incapaz de encestar porque la pelota me pesa demasiado. Creo que le meten una piedra dentro para engañarte. Yo sólo driblo y luego se la paso a Chevon, o a Brayden. Cuando llegue a los dieciséis tendré los músculos grandes como X-Fire. Ya soy el más rápido. También podría ser el más fuerte.

Al final X-Fire me devolvió la mochila. Fue un alivio total.

X-Fire: «Sigue así, Ghana. Cualquier mal rollo, me vienes a ver, ¿eh?»

Yo no quería malos rollos. Sólo quería poder comer antes de que Manik se lo zampara todo. No nos dejan comer con los dedos, hay que usar el tenedor para que las vigilantes del comedor no te expulsen. Yo todavía uso los dedos a veces, pero sólo para apilar la comida en el tenedor. Es un país libre, nadie puede impedírtelo.

Una señora que vive en los pisos de los raritos va con una silla motorizada. Es una silla normal, con ruedas. Te sientas y la puedes conducir, sólo que en vez de volante tiene un manillar. Me encantaría conducirla alguna vez. Aunque sólo puede ir despacio.

Ella iba al centro comercial. Yo volvía a casa. De repente han aparecido dos críos más pequeños. Yo es que ni me lo es-

peraba. Han llegado corriendo por un callejón y se han montado de un salto en la parte trasera de la silla. Lo he visto con mis propios ojos. Te lo juro, era un cachondeo. Se han quedado allí agarrados hasta que han llegado al centro comercial.
La señora ni los conocía. Ha intentado hacerlos bajar, pero ellos pasaban de escucharla.
Señora de la silla: «¡Eh! ¿A qué jugáis? ¡Bajaos de ahí!»
Pero les daba igual. Al llegar a las tiendas, se han bajado de un salto y se han pirado corriendo. ¡Ni siquiera le han dado las gracias por el viaje! La cosa más rara que he visto en mi vida.
Todo por culpa de la señora. Ni siquiera está enferma. Puede hablar bien y todo. Sólo necesita la silla porque está tan gorda que no puede caminar.
Señora de la silla: «¿Y tú qué miras? ¿Por qué no los has parado? ¿Eh?»
No he dicho nada. Ya ni quería montarme. Prefería correr, vas más rápido y nadie te puede dar una bofetada.
No tengo una gota de lluvia preferida, todas son igual de buenas. Todas son la mejor. Por lo menos, a mí me lo parece. Siempre miro al cielo cuando llueve. Es una pasada. Da un poco de miedo porque las gotas son muy gordas y rápidas y te parece que se te van a meter en el ojo. Pero si quieres saber lo que se siente has de mantener los ojos abiertos. Yo intento seguir una gota todo el rato, desde la nube hasta el suelo. Te lo juro, es imposible. Sólo ves la lluvia. No puedes seguir una gota suelta, hay demasiado follón y todas las demás se te interponen.
Lo mejor es correr bajo la lluvia. Si levantas la cara mientras corres, casi te da la sensación de volar. Puedes cerrar los ojos, o dejarlos abiertos, tú sabrás. A mí me gusta de las dos maneras. Si quieres, puedes abrir la boca. La lluvia sabe como el agua del grifo, aunque está más caliente. A veces tiene un sabor metálico.
Antes de empezar a correr has de encontrar un rincón del mundo vacío, sin ningún obstáculo. Sin árboles ni edifi-

cios ni más gente. Así no puedes chocar con nada. Intenta avanzar en línea recta. Y luego te pones a correr lo más rápido posible. Al principio te dará miedo chocar con algo, pero no dejes que eso te corte el rollo. Tú, a correr. Es fácil. Con la lluvia y el viento en la cara te da la sensación de ir superrápido. Es muy refrescante. Le he dedicado mi carrera bajo la lluvia al niño muerto. Era mejor regalo que un chicle de fresa Chewit. He mantenido los ojos cerrados todo el rato y ni siquiera he tropezado.

Una vez, Lydia y yo íbamos en el ascensor y se estropeó. Se quedó como una hora parado. Ni siquiera acojonaba. Lydia gritaba como una posesa. Para que no se volviera loca me tuve que poner a jugar con ella a piedra, papel o tijera. Una vez más, todo se arregló gracias a mí.

Lydia: «¡De qué vas! ¡Yo no gritaba!»

Yo: «Sí que gritabas. Ésta era Lydia: "Que funcione, que funcione. ¡No soporto estar encerrada!".»

Lydia: «Cállate, Harrison. Es mentira.»

Le estábamos enseñando el ascensor a la tía Sonia. La tía Sonia dice que donde vive ella no hay ascensor, sólo escaleras. No me parecía justo.

Yo: «Sólo se te revuelve el estómago al principio. No te marearás.»

Lydia: «No digas chorradas. Ya ha cogido otros ascensores. Ha estado en América. Allí suben hasta el piso cien.»

Yo: «¡Qué va! No me lo creo.»

Tía Sonia: «Es verdad. Ellos los llaman "elevadores". Se te taponan los oídos y todo, como en los aviones.»

Yo: «¡Qué guay!»

La tía Sonia ha estado en todas partes. Ha conocido a un montón de gente famosa. Una vez le hizo la cama a Will Smith (el que sale en *Soy leyenda*). No están en la habitación mientras ella les hace la cama, esperan fuera. A veces le dan propina. Una vez a la tía Sonia le dieron veinte dólares. Una vez un señor del hotel le daba cien dólares a la tía Sonia sólo para montárselo con ella. Ella dijo que no por lo feo que era. A mamá se le pusieron los ojos tope rojos cuando se lo contó. No soporta que la gente hable de montárselo.

Mamá: «¡Delante de ellos no!»

Lydia y yo: «¡No nos importa!»

La próxima vez que vaya a América, la tía Sonia nos traerá unos Fruit Loops. Son los cereales más dulces. Me voy a pasar lo que me queda de vida desayunando esos cereales todos los días.

Mamá: «Entonces, ¿ya estás planeando otro viaje? Acabas de llegar.»

Tía Sonia: «Hace seis meses.»

Mamá: «¿Y ya estás con tu culo de mal asiento?»

Tía Sonia: «No pensaba precisamente en el culo.»

Mamá le ha mirado los dedos a la tía Sonia, la parte que está negra y llena de grietas. Teníamos que fingir que no sabíamos nada de eso y que todo era normal. Mi expresión favorita del día es «mona pelada». Mamá y la tía Sonia estaban machacando tomates para la salsa palaver. Era como un concurso, a ver quién se los cargaba antes. Te lo juro, me he alegrado un montón de no ser un tomate.

Mamá: «Y entonces va y le dice a Janette que si no hay más comadronas. Y Janette le pregunta por qué. Y ella le dice que es su primer parto y que si yo sabré lo que hay que hacer. Dice que no quiere una mona pelada recién bajada del barco.»

Tía Sonia: «¿"Mona pelada"? Ésa es nueva.»

Mamá: «Te lo juro por Dios. Le he dicho que yo no vine en barco, sino en avión. Que soy de un sitio donde ahora hay aviones. La verdad es que no tendría que haber dicho nada. Luego me he tenido que disculpar.»

Tía Sonia: «¿Qué? ¿Has tenido que disculparte? Yo le hubiera montado una bronca. Le hubiera dicho que iba a echarle un mal de ojo para que pariera un bebé con dos cabezas. Probablemente se lo habría creído.»

Mamá: «Eso no se puede decir. No queda nada profesional.»

Tía Sonia: «Mona pelada. Tendré que acordarme de ésa.»

Yo: «¿Qué es una "mona pelada"?»

Mamá ha parado de machacar tomates. Daba ganas de que alguno aprovechara la ocasión para escaparse. ¡Sálvese quien pueda!

Mamá: «Cuando eres nueva en un hospital, te llaman así. A veces, si eres nueva, la paciente no confía en tu trabajo. Sólo significa que eres nueva.»

Yo: «Pero ¿por qué "mona pelada"? No lo entiendo.»

Mamá: «No lo sé. No molestes.»

Tía Sonia: «Es por el ruido que hacen los zuecos de las enfermeras. Cuando son nuevos chirrían al rozar con el suelo. Un ruidito como el que hacen los monos, nada más.»

Yo: «Y entonces, ¿por qué tus zuecos no hacen ese mismo ruido en casa?»

Mamá: «Sólo pasa con los suelos encerados.»

Sonaba un poco loco. A lo mejor es verdad. La próxima vez que tenga zapatos nuevos lo probaré. Los pasillos de los rellanos están encerados. Me juego algo a que soltarán los chirridos más fuertes que has oído en tu vida.

La próxima vez iremos a casa de la tía Sonia. Vive en Tottenham, hay que ir en metro. Connor Green dice que la poli del metro tiene metralletas y que si te ven correr te disparan. Así que tendré que aguantarme las ganas de correr, pero no pasa nada. Sólo será hasta que salga por el otro lado.

Jordan no va al cole. Lo expulsaron por darle una patada a un profesor. «Expulsar» quiere decir que te echan. Yo al principio no me lo creía, pero hasta su mamá dijo que era verdad. A ella le parece una pasada. La mamá de Jordan fuma cigarrillos negros. El papel sabe a regaliz. Jordan tiene la piel más clara que yo porque su mamá es una obruni. Ya te digo, aquí todo es cosa de locos.

Jordan: «Mi mamá ha intentado meterme en otro cole, pero nadie me quiere, y tal. A mí me da lo mismo, total, el cole es una mierda.»

Yo: «Y entonces... ¿qué vas a hacer?»

Jordan: «Jugar con la Xbox. Ver DVD.»

Yo: «¿Tu mamá te pone tareas?»

Jordan: «¡Qué va! ¿Por qué? ¿A ti sí?»

Yo: «A veces.»

Jordan: «Qué mariconada.»

Yo: «Sólo cosas de hombres. Cerrar las puertas, controlar a los invasores, cosas así.»

Jordan: «Siguen siendo mariconadas.»

Saludamos al tubo de la basura (es una tubería especial por la que se tira la basura. Por dentro es de metal y huele a mierda y llega hasta el infierno, abajo de todo). Tenemos que saludar cada vez porque da buena suerte, es una tradición. Sólo hay que asomar la cabeza y gritar:

Jordan y yo: «**¡Cojones!**»

Y se oye un eco que te cagas. Aunque no hay que meter demasiado la cabeza, porque podría aspirarte. Una vez Jordan se me echó encima por la espalda y luego quiso meterme en el tubo de un empujón, pero conseguí darme la vuelta a tiempo. Luego tuve que aguantar la puerta del ascensor abierta mientras Jordan escupía en todos los botones. Justo cuando salía, entró Lil, la Colillera. Esperamos hasta que se cerraron las puertas. Oímos cómo apretaba el mismo botón en el que Jordan acababa de escupir. No había visto la saliva.

La Colillera: «¡Vaya mierda!»

¡Dijo «vaya mierda»! Fue muy divertido. Sólo me entró el miedo después. Lil, la Colillera, mató a su marido, hizo un pastel con él y se lo comió. Todo el mundo lo sabe. Por eso tiene siempre ojos de loca, llenos de lágrimas, de tanto comer carne humana.

Jordan: «¡Vaya mierda, vaya mierda! ¡Qué borde!»

Yo: «¡Borde!»

«Borde» se puede decir porque solamente significa que alguien no tiene padre. El papá de la Colillera se murió hace cien años, así que no es mentira. Y «cojones» es lo mismo que «pelotas».

Tanya Sturridge ha faltado a clase de Plástica y Poppy se ha sentado en su silla. Estaba casi justo a mi lado. Se ha quedado ahí toda la clase, ni siquiera se ha alejado. A mí me daba calor. No podía concentrarme porque quería ver qué hacía Poppy. Estaba pintándose las uñas. De hecho, estaba usando la pintura de las manualidades para pintarse las uñas. La he mirado todo el rato. No podía evitarlo.

Se ha pintado una uña rosa y la siguiente verde y la siguiente rosa otra vez, como en una secuencia. Le ha llevado mucho tiempo. Tenía mucho cuidado y no se ha equivocado ni una sola vez. Era muy relajante. Sólo de mirarlo me entraba sueño. Yo para el amarillo me he fijado en el pelo de Poppy. La señorita Fraser dice que puedes sacar de donde quieras la inspiración para pintar tu estado de ánimo, del mundo o de tu interior. Yo me he inspirado en el pelo de Poppy Morgan. Sólo que no se lo he dicho para no estropearlo.

La teoría de los colores te enseña a usar colores distintos para reflejar estados de ánimo distintos, o para contar una historia. Los colores les dicen a los demás cómo te sientes por dentro. No hace falta ninguna forma, se puede hacer sólo con colores. Y no tiene que parecerse a nada. El mío está hecho con verde, amarillo y rojo. El amarillo es la luz del sol y el pelo de Poppy Morgan. El verde es por aquella vez, cuando Agnes iba gateando por la hierba en el parque infantil y vio un grillo y trató de atraparlo. Fue muy divertido. Tendrías que haber visto su cara cuando el grillo se largó de un salto, se quedó muy sorprendida. Cuando aterrizó, quiso cogerlo otra vez. No renunciaba, lo seguía intentando una y otra vez. Al final, lo atrapé yo para enseñárselo. Le agarró una patita. Al principio se la agarró con demasiada fuerza y estuvo a punto de arrancársela, pero luego lo tocaba con mucha suavidad y mucho cariño. Tiene los dedos minúsculos, pero a la vez regordetes. Son lo que más me gusta. Sólo los bebés pueden ser minúsculos y regordetes al mismo tiempo, es una suerte que tienen.

El rojo es por la sangre del niño muerto. Como no me salía oscuro del todo, he añadido algo de pintura negra, a poquitos. Todavía no tiene el mismo aspecto que cuando la veo en mi cabeza. No he conseguido que fuera igual. Te juro que me da mucha rabia.

Señora Fraser: «Como sigas así agujerearás el papel.»

Al final he abandonado. Lo veía todo borroso y Poppy me miraba como si pensara que estoy zumbado. Por eso me he dado cuenta de que había llegado el momento de abandonar.

Hay avisos por todas partes. Sólo son para ayudar. Son muy divertidos. La valla grande que rodea la parte delantera del colegio tiene unos pinchos acojonantes en la parte de arriba para que los ladrones no la escalen. En la valla hay un cartel:

Te lo juro, es muy gracioso. Hay carteles por todo el colegio para avisarte de que apagues el teléfono móvil:

Connor Green: «Es porque todos los profes son robots y la señal de los teléfonos provoca interferencias en sus circuitos y tal.»

Nathan Boyd: «Tú tendrías que llevar impreso un cartel: "Prohibido hablar con este chico. Riesgo grave de gilipolleces".»

Connor Green: «Vete a la eme.»

Cerca del río hemos visto otro cartel:

Ese cartel nos encanta. Es nuestro favorito de todos los tiempos.

Yo: «Tendríamos que retar a Nathan Boyd a comerse los berros.»

Dean: «Buena idea. No será capaz.»

El río queda detrás de los árboles. Siempre está oscuro. Es demasiado pequeño para bañarse y además el agua es ácida. Si cayeras dentro se te quemaría toda la piel. Hay una plataforma que pasa por encima de la tubería de mierda y es tan grande que se pueden sentar dos personas en ella. Te puedes quedar ahí sentado y ver pasar todo lo que baja por el río. Suelen ser palos o latas o papeles. El primero que vea una cabeza humana se lleva un millón de puntos.

Estábamos buscando la navaja que usaron para matar al niño. Lo llaman «arma del crimen». Si la vemos, la pescaremos y se la llevaremos a la policía.

Yo: «Mantén los ojos bien abiertos. Podría estar en cualquier sitio.»

Dean: «Oído. Estoy en ello, capitán.»

Ahora somos detectives en serio. Es una misión personal. El niño muerto incluso les dijo una vez a los gamberros que me dejaran en paz, porque se estaban burlando de mí por ir a pescar (es lo que dicen cuando te quedan cortos los pantalones). Yo ni siquiera se lo había pedido, me ayudó porque sí. Desde entonces yo quería que fuera mi amigo, pero no le dio tiempo porque lo mataron antes. Por eso ahora tengo que ayudarlo, era mi amigo aunque él no lo supiera. Es la primera vez que matan a un amigo mío y por eso me duele tanto que no puedo olvidarlo. En el arma seguro que hay huellas y restos de sangre. Si la encontrásemos podríamos identificar al asesino, al menos según Dean. Es que ha visto todos los programas.

Dean: «Y si ayudamos a pillar al asesino nos darán una recompensa, y tal.»

Yo: «¿De cuánto?»

Dean: «No sé. Uno de los grandes. Tal vez más.»

Uno de los grandes son mil. Parecía demasiado. Si pillara uno de los grandes le compraría un billete a papá y a Agnes y a la abuela Ama y si aún sobrara algo me compraría una pelota de verdad, hecha de cuero, para que no se vaya volando.

Yo: «Sigue buscando. Estoy seguro de que vino por aquí.»

Dean: «¿Estás seguro de que era un cuchillo?»
Yo: «¡Sí! Era así de grande.»
Le he mostrado el tamaño con las manos.
Dean: «Razón tienes, jefe.» (Los detectives hablan así. Es una norma que tienen.)

Si el asesino tiró el cuchillo al río, a estas alturas ya estaría en el mar. A lo mejor ya era demasiado tarde. Te lo juro, estaba muy nervioso. No quería que se saliera con la suya. Hemos vuelto a callarnos para buscar mejor.

Es que en el río ni siquiera hay peces. Me he puesto tope triste. Tendría que haber peces, aunque no fueran de los más sabrosos. Tampoco quedan patos, los mataron los críos más pequeños con un destornillador. Sólo hemos visto una rueda de bicicleta, toda oxidada y doblada. La próxima vez llevaremos linternas y guantes, para cavar entre las hierbas más finas.

ABRIL

La lavandería es una tienda que sólo tiene lavadoras. Está en la planta baja de la Casa de Luxemburgo. Las lavadoras no son de nadie en particular, están allí para todos los que vivimos en las torres. Tienes que echarles dinero para que funcionen. Todas las máquinas son tan grandes que cabe una persona dentro. Algún día lo intentaré. Dormiré ahí dentro, es uno de mis propósitos de toda la vida.

Se puede usar cualquier lavadora, no hace falta que sea siempre la misma. Mi favorita es la que está más cerca de la ventana, en la que alguien ha escrito un poema:

Si los calzones dan vueltas
las pelotas quedan sueltas.
Habrá que buscar otros nuevos,
un buen cojín para mis huevos.

Tenemos que fingir que no lo hemos visto para que mamá no nos obligue a usar otra lavadora.

Para lavar la ropa se tarda un montón de horas. Lydia y yo nos ponemos a jugar. Miramos cómo gira la ropa de los demás en las otras lavadoras. El que vea unas bragas gana cien puntos. Si es un sujetador, mil puntos. Hay que avisar en voz muy bajita para que mamá no se entere del juego. Hay que gritar con un susurro.

Yo: «¡Bragas!»
Lydia: «¿Dónde?»
Yo: «¡Ahí, mira! Las blancas.»
Lydia: «¡Son las mismas de antes!»
Yo: «No, ésas tenían florecillas. Éstas son lisas, fíjate. ¡Cien puntos!»
Lydia: «¡Mentiroso!»

Una vez vi unas botas de vaquero. Eran rosa. ¡Una señora las había metido en la lavadora! Valían un millón de puntos. Lydia ya no podrá ganarme nunca. Nunca jamás en la vida volveremos a ver unas botas rosa de vaquero.

Altaf habla muy poco. Nadie lo conoce de verdad. Se supone que no hay que hablar con los somalíes porque son piratas. Todo el mundo está de acuerdo. Si hablas con ellos se te puede escapar alguna pista sobre dónde guardas tu tesoro, y en menos que canta un gallo van y estrangulan a tu mujer y a ti te tiran a los tiburones. Altaf y yo no tenemos que ir a clase de Religión. Mamá no quiere que me hablen de dioses falsos, dice que es una pérdida de tiempo, y la mamá de Altaf opina lo mismo. En vez de ir a Religión nos vamos a la biblioteca. Se supone que vamos a estudiar, pero normalmente nos ponemos a leer un libro. Yo he sido el primero en hablar. Sólo quería saber qué piensa Altaf. Si preferiría ser un robot o un humano.

Yo: «Creo que es mejor ser humano, porque tienes un montón de comida buena. Los robots nunca la prueban, porque no necesitan comer.»

Altaf: «Pero es mejor ser robot, porque no te pueden matar.»

Yo: «Es verdad.»

Al final, los dos hemos decidido que era mejor ser un robot.

De mayor, Altaf se dedicará a diseñar coches. Tendrías que ver sus dibujos, son muy guapos. Siempre está dibujando coches y cosas raras. Una vez dibujó un cuatro por cuatro con una ametralladora en la parte trasera.

Altaf: «Es para que los enemigos no puedan pillarte. Es un arma especial que nunca se queda sin balas. Y tiene todas las ventanillas y el chasis blindados. No podrías chafarlo ni pasándole por encima con un tanque.»

Yo: «¡Qué guapo! Si alguien hace un coche así, desde luego yo me lo compro.»

No creo que Altaf sea un pirata, porque ni siquiera sabe nadar. Hasta con manguitos le da miedo el agua.

A mamá no le gustan los programas, dice que están llenos de charlatanes. Su único programa favorito son las noticias. En las noticias cada día muere alguien. Casi siempre es un niño. A veces los pinchan, como al niño muerto, y a veces les pegan un tiro, o los atropella un coche. Una vez un perro se comió a una niña pequeña. Enseñaron una foto del perro y era igualito que *Harvey*. Seguro que la niña le había tirado de la cola. Alguien tendría que haberle explicado que nunca hay que tirarle de la cola a un perro, que no les gusta. No se lo dijo nadie y por eso está muerta.

A mamá le gusta más cuando el muerto es un bebé. Es cuando más reza. Se pone a rezar a tope y te abraza con tanta fuerza que te parece que vas a estallar. A los mayores les encantan las noticias tristes, les dan una razón para rezar. Por eso las noticias siempre son tristes. Todavía no han encontrado al asesino del niño muerto.

Locutor: «La policía sigue buscando testigos.»

Yo: «¿Qué pinta crees que tiene el asesino?»

Mamá: «No lo sé. Podría ser cualquiera.»

Yo: «¿Tú crees que es blanco o negro?»

Mamá: «No lo sé.»

Yo: «Me juego algo a que es uno de los colgados del pub.»

Mamá: «¿De dónde has sacado eso? Lydia, ¿por qué le dices esas cosas?»

Lydia: «¿Qué?¡Yo no le he dicho nada!»

Los asesinos son iguales en todo el mundo, nunca cambian. Tienen ojos de cerdito y fuman cigarrillos. A veces llevan dientes de oro y tienen telarañas en el cuello. Tienen los ojos rojos. Siempre escupen y obtienen su fuerza de las sombras. Es probable que el pub esté lleno de asesinos, pero nosotros sólo buscaremos al que mató al niño muerto, porque no conocíamos a las demás víctimas. Si lo pilláramos sería como recuperar la eternidad. Sería como si todo siguiera funcionando como debe ser. Esperaré hasta que Dean pueda acompañarme para que me haga de refuerzo. Los detectives siempre trabajan por parejas, es que así es más seguro.

Si te ataca un perro lo mejor que puedes hacer es meterle un dedo por el ojete. Dentro del ojete tienen un interruptor secreto y cuando lo tocas se les abre la boca automáticamente y sueltan lo que están mordiendo. Nos lo dijo Connor Green. Cuando nos lo dijo, todo el mundo lo llamó pervertido, porque va por ahí metiéndoles el dedo en el ojete a los perros.

Kyle Barnes: «¡Pervertido!»

Brayden Campbell: «¡Follaperros!»

Nathan Boyd es capaz de meterse tres caramelos de bola en la boca a la vez. Todo el mundo sabe que si te tragas uno te mueres, pero a él no le importa. A Nathan Boyd no le da miedo nada. Siempre estamos pensando desafíos nuevos para él. Cada uno ha de ser más fuerte que el anterior.

Kyle Barnes: «Tienes que recorrer todo el cole corriendo y gritando "¡pelos en los cojones!".»

Yo: «Tienes que pillarle el boli a alguien y tirárselo por la ventana.»

Connor Green: «Tienes que chupar esa cuchara llena de crack.»

Había una cucharilla en la hierba, cerca de la puerta principal. Estaba retorcida y chamuscada. Era la cucharilla más desagradable del mundo.

Connor Green: «Te la tienes que meter entera en la boca y chuparla.»

Nathan Boyd: «Me niego a chuparla, está llena de crack.»

Kyle Barnes: «Gallina.»

Nathan Boyd: «Que te den por... ¿Puedo limpiarla primero?»

Connor Green: «No, tienes que chuparla tal como está.»

Nathan Boyd: «¿Por qué no la chupas tú? Ya estás acostumbrado a chupar pollas.»

Kyle Barnes: «No te escaquees en plan cobarde. No puedes pedirnos un desafío y luego rajarte.»

Yo: «Lo has pedido tú.»

Nathan Boyd: «Pues a tomar por saco.»

Nathan Boyd ha chupado la cucharilla. Le ha dado un buen lametazo y la ha tirado. Yo creía que iba a vomitar, pero no.

Kyle Barnes: «Eso no es chupar, sólo un lametazo.»

Nathan Boyd: «Pues chúpala tú.»

Nadie más ha querido chupar la cuchara. Nadie se ha atrevido ni a tocarla. Nathan Boyd es el más valiente de todo séptimo, es un título oficial. Pero ni siquiera él se atreve a disparar la alarma de incendios. Cuando la alarma se dispara de verdad, han de venir los bomberos a apagar el fuego. Aunque en verdad no haya fuego, han de venir a comprobarlo. Si es una falsa alarma y descubren quién ha sido lo meten en la cárcel. Disparar la alarma si no hay fuego de verdad es un delito, porque, mientras los bomberos lo comprueban, podría haber un incendio de verdad en otro sitio y podría morir alguien.

X-Fire: «¿Seguro que estás preparado? Si no tienes huevos no hace falta que lo hagas.»

Si yo fuera de la panda de Dell Farm, Vilis no se metería más conmigo. Si me diera la gana de cambiarle las zapatillas a alguien, el otro tendría que aceptarlo y luego no me podría pedir que se las devolviera. Le he dado mi pastel de queso a Manik. He sido el primero en salir. Había gente en la biblioteca, pero el pasillo estaba vacío.

X-Fire: «O sea, sólo tienes que romper el cristal. No cuesta nada, sólo es un plástico.»

Yo: «¿Y si no se rompe a la primera?»

Dizzy: «Le sigues dando hasta que se rompa. Hemos de comprobar que tienes lo que hay que tener.»

X-Fire: «Nosotros te apoyamos, y tal. Si viene alguien, te aviso.»

Es mejor usar el dorso de la mano, no los nudillos. No me puedo largar corriendo hasta que empiece a sonar la alarma. Todo estaba en silencio. He notado que se me aceleraba el corazón a tope, como un tambor enloquecido, y me ha venido un sabor metálico a la boca. Pasaba gente. He tenido que esperar a que se fueran. ¡Venga, venga! ¡Vamos, vamos! Me estaba meando encima, pero no había tiempo.

X-Fire y Dizzy me esperaban junto a las puertas.

X-Fire: «¡Venga! ¡Dale un poco de caña!»

Le he metido un golpe a la alarma. Le he dado bastante fuerte, pero el cristal no se rompía. Lo único que pasaba era que se me quedaba la mano medio tonta. He intentado apretar el cristal con el pulgar, pero no servía de nada. Necesitaba un martillo. Me quería largar corriendo de ahí. He mirado alrededor para pedir ayuda, pero X-Fire y Dizzy se habían largado y ya sólo se los oía reír desde lejos.

Dizzy: «¡Gallina!»

Se me han cruzado los cables. Le he metido al cristal otra vez. No servía de nada. Se ve que me falta fuerza. Sólo quería irme de ahí antes de que me viera alguien. He echado a correr por la escalera. Tenía las piernas de goma. Pensaba que me iba a caer, pero he seguido corriendo. He bajado a toda prisa las escaleras y he pasado por debajo del puente que lleva al edificio de Humanidades. He llegado a los lavabos. A salvo. Tenía el estómago tope revuelto. Creo que ahora los de la panda de Dell Farm son mis enemigos. Es lo que pasa cuando fracasas en una misión. ¡Qué mal rollo, tengo las manos demasiado blandas!

El que canta más alto en la iglesia es el señor Frimpong, aunque sea el más viejo. Siempre canta más alto que nadie. Es que quiere que su voz sea la primera que llegue a oídos de Dios.

No me parece justo. ¿Y si canta tan alto que Dios no puede oír a nadie más? Entonces el señor Frimpong se llevará también todos sus favores. Si lo piensas bien, no es justo. Siempre se pone a sudar a tope porque va con corbata y lleva el botón del cuello abrochado.

Lydia: «Es probable que en la bañera también lleve corbata.»

Yo: «No le faltes al respeto.»

Lydia: «¡Calla, monstruo!»

El señor Frimpong sudaba tanto que al final se ha desmayado. Se ha quedado dormido y todo. Las solteronas se peleaban entre ellas por ser la primera en ayudarle. El pastor Taylor le ha tenido que dar una bofetada para despertarlo. Cuando se ha despertado, las solteronas daban gracias a Dios. Aunque yo creo que ha sido Dios quien le ha hecho dormirse. Puede que ya no le guste cómo canta, porque grita demasiado.

Por eso ponen rejas en las ventanas. No es para que los gamberros no tiren piedras, sino para que no se rompan por culpa del canto del señor Frimpong.

Hemos rezado otra oración por la mamá del niño muerto y una por la policía, para que Dios les conceda perspicacia para encontrar al asesino.

Yo: «¿Qué significa "perspicacia"?»

Pastor Taylor: «Significa "sabiduría". Es un gran don que Dios nos concede.»

Puede que el señor Tomlin sea la persona más sabia que conozco. Es el que me da Ciencias. Es capaz de hacer una batería eléctrica con un limón. Y no es un farol, se lo he visto hacer de verdad: sólo hay que poner un penique en un extremo del limón y un clavo en el otro. El ácido del zumo de limón es eléctrico. El penique y el clavo son conductores. Los conductores dan vida a la electricidad. Cuando conectamos cuatro limones produjeron tanta energía que se encendió la luz. Era asombroso. Todo el mundo se puso a aplaudir. Si el señor Tomlin trabajara para la policía, habrían pillado al asesino enseguida.

En mis oraciones he pedido perspicacia para dar con las preguntas adecuadas. Como Dean no cree en esas cosas, he tenido que rezar por los dos.

Dean: «¿Puedes pedir que no nos den una patada en la cabeza?»

Yo: «No va a pasar nada, no te preocupes. Hoy no nos van a matar, están demasiado ocupados poniéndose ciegos.»

Era muy arriesgado, pero interrogar a los sospechosos forma parte del trabajo. Si te vas a asustar por cualquier cosa es mejor que no te hagas detective; entregas la placa y te vas a casa. Incluso desde fuera, el pub olía como si ahí dentro se hubiera juntado toda la cerveza del mundo. Intentamos no respirar para no emborracharnos (dice Dean que se te nubla el juicio). Cualquiera de los que entraban y salían podía ser el asesino. Todos nos miraban como vampiros hambrientos. Nos hemos quedado al lado de la puerta. Mientras tuviéramos un pie en la acera estaríamos a salvo.

Dean: «¿A quién buscamos exactamente?»
Yo: «No lo sé. Creo que era negro, pero no estoy seguro. Sólo le vi una mano cuando se agachó para coger la navaja. Podía llevar guantes. Yo estaba bastante lejos.»
Dean: «Entonces, empecemos por los negros. ¿Qué tal ese de ahí?»
Yo: «No, demasiado alto. Nuestro hombre era más bajo.»
Dean: «Oído. Vale, ¿y ése?»
Había un hombre en la maquinita de las frutas (no es que salgan frutas, sólo es un juego típico de los pubs. Metes dinero en la máquina y se encienden todas las luces). No tenía telarañas, pero sí que llevaba un pendiente y tenía una mirada asesina, como si quisiera cargarse a todo el mundo. No hacía más que decir palabrotas mientras daba empujones a la máquina para que se encendieran las luces. Todos los asesinos tienen mal genio.
Yo: «Podría ser. ¿Qué le preguntamos? ¿Has sido tú?»
Dean: «No seas retrasado, no puedes preguntárselo de una manera tan directa. Has de intentar tenderle una trampa. Pregúntale si conocía a la víctima y fíjate en sus ojos. Si desvía la mirada significa que se siente culpable.»
Yo: «¿Se lo preguntas tú? Yo te apoyo.»
Dean: «Yo no se lo pregunto. Fue idea tuya, pregúntaselo tú.»
Yo: «Yo ahí no entro. Espero aquí hasta que salga.»
Dean: «Sabía que lo harías. No pienso tirarme todo el día aquí, esperando.»
Yo: «Pues ve y pregúntaselo tú.»
Dean: «Enseguida. Veamos antes qué hace. Que no te pille mirándolo, nos interesa que se comporte con naturalidad.»
Nos hemos puesto detrás de la puerta para mirar a través del cristal. El asesino ha terminado de jugar con la máquina de las frutas y ha pedido otro vaso de cerveza. Los demás seguían bebiendo, o mandando mensajes, o se limitaban a mirarle las tetas a la de la barra, aunque era vieja y tenía pinta de espantapájaros. Todo el rato se nos metía el olor a

cerveza por la nariz y nos volvía locos. Dean se ha puesto como una moto. Cuando ha salido el sospechoso, hemos tenido que hacer un esfuerzo para no largarnos corriendo. Tienes que disimular el miedo, porque ellos lo huelen, como las avispas.

Sospechoso: «Qué pasa, chavales. ¿Buscáis a alguien?»

Dean: «Sólo estamos esperando a mi padre.»

Sospechoso: «Será mejor que no os quedéis por aquí, hay demasiado gilipollas suelto.»

Era un truco. Pretendía librarse de nosotros antes de que lo pilláramos. Se ha encendido un cigarrillo: ¡otra pista que lo delataba!

Yo: «¿Usted conocía al niño que mataron?»

Sospechoso: «¿Qué?»

Dean: «El que apuñalaron. Era primo de éste.»

Sospechoso: «No, no lo conocía.»

Yo: «¿Sabe quién lo hizo?»

Sospechoso: «Ojalá lo supiera. Esos críos jodidos... Habría que ahogarlos al nacer.»

Dean: «¿Y usted cómo sabe que ha sido un chico?»

Sospechoso: «Siempre son chicos, ¿no? Será mejor que no os metáis en esos líos, chavales, siempre terminan igual. Sed listos, ¿eh?»

Yo: «Ya lo somos.»

El humo de su cigarrillo se nos metía en los ojos. Era otro truco para cegarnos, así no podíamos recoger ninguna pista. Ya te digo, son muy listos. Al final, lo hemos tenido que dejar.

Dean: «No nos van a decir nada. En cuanto se dan cuenta de que los estamos interrogando se nos quitan de encima. Preguntando no llegaremos a nada, tenemos que descubrirlo nosotros mismos.»

Yo: «¿Cómo?»

Dean: «Vigilancia y pruebas, no hay otra manera. En plan CSI, huellas dactilares, ADN. Con eso nunca la cagas.»

He puesto cara pensativa, como si supiera de qué estaba hablando. Dean es el cerebro, porque ha visto todos esos programas. Me he lavado bien para quitarme el olor a cerveza antes de que llegara mamá a casa. Dice que cuando un hombre huele a cerveza es porque está a punto de liarla.

Para ti la violencia siempre ha sido un recurso fácil, he ahí el problema. Siempre te parecía buena. ¿Recuerdas la primera vez que pisoteaste una hormiga y con aquellos pasitos infantiles detuviste el movimiento, convertiste el presente en pasado? ¿No fue una epifanía empalagosa? ¡Tanto poder en tus pies, tanta tentación al alcance de tus manos! Haría falta un acto de caridad para renunciar a algo tan bueno. Tendrías que ser algo más que otro invento de un dios rencoroso.

Kyle Barnes le ha clavado el compás en la pierna a Manik. Manik ha gritado como una niña, aunque no salía sangre. Todo el mundo se ha echado a reír.

Manik: «¿Por qué has hecho eso?»

Kyle Barnes: «Para que tú hicieras esto.»

Kyle Barnes lo ha vuelto a pinchar. Manik ha vuelto a gritar. Era como un cerdito chillón. Como si el compás fuera un tenedor y Kyle Barnes quisiera comprobar si Manik estaba crudo todavía. Te lo juro, era muy divertido. A Kyle Barnes le encanta que venga el profe suplente. La mayoría de las veces ni siquiera nos enseñan la lección, se ponen a leer el periódico. Y entonces es cuando Kyle Barnes viene por ti con su compás. Has de impedir que te pinche, pero no te puedes mover de la silla. Es tope difícil. A mí me ha pinchado tres veces. No es que haga daño de verdad, pero te llevas un susto alucinante. Nunca sale sangre.

La mejor arma sería un paraguas que en realidad disparase veneno. La gente creería que sólo es un paraguas, pero por la punta saldrían balas llenas de veneno. Hablamos de qué armas son mejores.

Kyle Barnes cree que la mejor arma es una AK-47.

Dean cree que es un puño americano con los pinchos superlargos.

Chevon Brown cree que la mejor arma es una ballesta, pero hay que ser muy fuerte para usarla, porque pesa un montón. Las flechas se llaman «virotes». Son más largas que tú.

Brayden Campbell: «Tú no puedes disparar una ballesta. No podrías ni levantarla.»

Chevon Brown: «Que te den por ahí, tío. Tú no podrías disparar una AK-47, porque el retroceso te arrancaría la cabeza.»

Brayden Campbell: «Chorradas. Lo podría hacer con una mano.»

Dean y yo: «Y un huevo.»

Dean y yo: «¡Chispa!»

Hemos dicho «chispa» de inmediato. Así el mal de ojo no puede tocarnos.

Ahora ya me sé casi todas las normas. Hay más de cien. Algunas sirven para no correr ningún peligro; otras, sólo para que los profesores puedan controlarte.

Algunas son para que tus amigos sepan de qué lado estás. Si sigues esas normas sabrán que se pueden fiar de ti y entonces ya puedes holgazanear con ellos. Hay una norma que dice que si tú y tu amigo decís la misma palabra al mismo tiempo, tienes que gritar «¡chispa!» para que no te echen mal de ojo. Si no lo dices, te pasarás un día entero cagándote encima.

<u>Algunas normas que he aprendido en mi cole nuevo</u>
Prohibido correr por las escaleras.
Prohibido cantar en clase.
Hay que levantar la mano siempre antes de hacer
    una pregunta.

No te tragues el chicle, si no se te pegará en las tripas y te morirás.
Saltar en los charcos es de retrasados (con ésta ni siquiera estoy de acuerdo).
Esquivar los charcos es de niñas.
El último que entra cierra la puerta.
El primero que contesta está enamorado de la profe.
Si una chica te mira tres veces seguidas significa que te quiere.
Si tú la miras por detrás es que la quieres.

Ha sido el primero que lo huele.
Ha sido el que lo niega.
Ha sido el que se da cuenta.
Ha sido el que ya lo sabía.
Ha sido el que avisa.
Ha sido el que se lo dice a todos.
Ha sido el primero que habla.
Ha sido el que lo explica.
Ha sido el que culpa a los demás.
(Éstas sólo valen para los pedos.)

Si miras por la otra cara del espejo verás al diablo.
No te comas la sopa. Las empleadas del comedor se han meado en ella.
No le dejes el boli a Ross Kelly. Lo usa para arrancarse la mierda que se le pega a los pelos del culo.
Mantente a la izquierda (en todas partes). La derecha es zona prohibida.
En las escaleras de la biblioteca estás a salvo.
Si un tío lleva un anillo en el meñique significa que es gay (el meñique es el dedo pequeño).
Si una tía lleva una tobillera significa que es lesbiana (que se lo hace con otras mujeres).

Hay más, pero se me ha acabado la memoria. «Y un huevo» significa que no te crees algo. Es lo mismo que llamar a alguien «mentiroso».

X-Fire no nos dejaba pasar. Nos esperaban fuera de la cafetería. Bloqueaban el paso entre todos y no se querían apartar. No había manera de saber si era una trampa o si iba en serio.

Dizzy: «¿Qué pasa, gallinas?»

Clipz: «Me han contado que no pasaste la primera prueba. Qué flojo, tío.»

Yo quería ser una bomba. Quería tumbarlos a todos. Así me sentía. He esperado a ver si se reía, pero él seguía con cara de palo, como que lo decía en serio. Como si fuéramos enemigos.

X-Fire: «No te preocupes, Ghana. La próxima vez ya se me ocurrirá algo más fácil para ti, todo irá bien. ¿Y tú qué tienes, pelirrojo?»

Dean se ha puesto tieso. A mí se me ha encogido el estómago.

Dean: «No tengo nada.»

Dizzy: «No nos mientas, colega. ¿Qué llevas en los bolsillos? Enséñamelos.»

No nos podíamos mover. Ha tenido que enseñárselos porque no había otra manera de pasar. No me ha parecido justo.

Dean: «Sólo llevo una libra. Y la necesito.»

Dizzy: «Ya, bueno, son cosas que pasan, ¿no?»

Se ha quedado la libra de Dean. No había manera de evitarlo. Él se ha quedado muy triste, se notaba. Se la tenía que haber metido en el calcetín después de la merienda. Ojalá yo hubiera tenido también una libra, pero mamá sólo me da el dinero exacto para que no sobre nada.

Dean: «Qué putada, joder.»

Dizzy: «No me vaciles, cabroncete, o te doy una paliza.»

Al fin nos han dejado pasar. Me ha dado pena que le quitaran la libra a Dean, pero no tenía más remedio que admirarlos. Ojalá pudiera obligarlos a hacer lo que yo dijera. Si yo fuera el pez gordo, todos los pececillos me tendrían miedo. Se apartarían de mi camino y así me quedaría el mar entero para mí, con toda la comida que contiene. Sólo dejaría trabajar para mí a mis pececillos favoritos, como los peces piloto que le mordisquean el polvillo marino acumulado a los tiburones para que no se les taponen las branquias (lo he leído en mi libro de las criaturas de las profundidades, que me costó sólo diez peniques en el mercado).

Yo: «Sólo es porque soy negro. Si tú fueras negro también te dejarían entrar en la panda.»

Dean: «No quiero entrar en esa idiotez de panda, no hacen más que robar a la gente. No vayas con ellos, son unos pringados.»

Yo: «Sólo fingía para que no se pasaran demasiado con nosotros.»

Dean: «Los odio, tío.»

Yo: «Yo también.»

Alguien había dejado un colchón viejo en la zona verde. Ya había un montón de críos más canijos que nosotros encima, jugando. Les hemos dicho que se largaran.

Dean: «¡Largo de aquí, o te doy una paliza!»

A los más pequeños los dejábamos mirar. Yo he dado unas diez volteretas. Dean, más o menos cinco. Iba casi tan bien como un trampolín de verdad. Yo saltaba muy alto. Era el único que casi podía hacer un doble mortal. Algunos de los pequeños me vitoreaban. Ha sido una pasada. Nos hemos tirado un montón de horas allí. Ni me acordaba de que tenía hambre; sólo quería saltar cada vez más alto.

Íbamos a quedarnos con el colchón. Íbamos a cobrar 50 peniques a los pequeños por saltar. Se le ha ocurrido a Dean.

Dean: «Bueno, pero necesitaremos algunas normas. Sólo puede haber dos personas encima del colchón al mismo tiempo y hay que quitarse los zapatos.»

Íbamos a ganar un millón. Entonces ha llegado Terry Takeaway y *Asbo* se ha meado encima del colchón. Y luego ya nadie quería volver a botar.

Yo: «Eh, *Asbo*, marrano... ¡Que lo estamos usando!»

Terry Takeaway: «¡Lo siento, chicos! Ya sabéis cómo son los perros.»

El techo de la tienda de papá lo hice tope resistente. Se notaba que a papá le encantaba. Dijo que duraría más que él y yo juntos. Así todo estará seco aunque llueva y, si hace calor, papá se mantendrá fresco y a gusto. El techo lo hicimos con madera y planchas de hierro. Papá construyó un marco de madera y luego le colocamos las planchas encima. Yo puse los tornillos. Sólo tuvo que ayudarme con el primero, los demás los puse yo solo. Fue fácil. Cuando llueve hace un ruido bestial. Parece que llueva más fuerte. Debajo de las planchas te sientes a salvo. Te sientes fuerte porque lo has instalado tú mismo.

Instalar el techo nos costó un montón de horas. Al acabar, el taller nos pareció todavía más guapo que antes. Papá y yo nos bebimos una botella entera de cerveza para celebrarlo. Se la bebió casi toda papá, pero yo probé un trago. No me coloqué y la verdad es que me encantó, cuando eructaba era como si echase fuego. Mamá y Lydia y Agnes y la abuela Ama se acercaron a celebrar que teníamos la tienda nueva. Se notaba que les gustaba tanto como a nosotros. Todo el mundo sonreía de oreja a oreja.

Mamá: «¿Todo esto lo has hecho tú solo? ¡Qué chico tan listo!»

Yo: «Me ha ayudado papá.»

Abuela Ama: «¿Es un buen trabajador?»

Yo: «Un poco vago.»

Papá: «¡Eh! ¡Quita de ahí!»

Yo: «Sólo estaba bromeando.»

Colgamos una lámpara del techo para poder abrir la tienda por la noche. La lámpara era el cacharro favorito de

Agnes. A los bebés siempre les gustan las cosas que cuelgan, o que se columpian. Siempre intentan tocarlas, aunque quemen. Cuando se quemó los dedos con la lámpara, se puso a llorar. Yo se los chupeteé para curárselos, como siempre. Soy el que mejor sabe sanar chupando, porque mi saliva lo cura todo.

Papá es el que mejor hace las cosas. Sus sillas siempre son las más suaves y sus mesas son tan fuertes que te puedes poner de pie en ellas. Lo hace todo de bambú. Incluso cuando los cajones son de madera, el marco sigue siendo de bambú. El bambú es el mejor material, porque es fuerte y ligero a la vez. Es fácil de cortar con un machete, o una sierra. Hay que serrar con cuidado para que salga un corte recto. Hay que imaginar que cada objeto que haces es el mejor.

Papá: «Si eres capaz de serrar el bambú con un corte recto, puedes serrar hasta una pierna. Es lo mismo. Es una buena práctica. Imagínate que el bambú es una pierna de alguien. Querrás que el corte salga lo más recto posible para que se cure mejor.»

Yo: «Pero yo no quiero serrarle la pierna a nadie.»

Papá: «A lo mejor alguna vez te toca. Los médicos no eligen a sus pacientes. Y ellos confían en ti.»

Hace años de eso, cuando yo todavía quería ser médico. Serraba con un cuidado extraordinario. Fingía que era de verdad, incluso me esforzaba por no hacer daño. Cuando llegaba al final del corte y caía el trozo de bambú, hasta intentaba pillarlo en el aire. Creía que era una pierna.

Papá: «¡Deprisa, venga! ¡Ponla en hielo! Podemos dársela a alguien.»

Yo: «Pero es una pierna herida.»

Papá: «Lo que un hombre desecha puede ser una bendición para otro. Se la daremos a un granjero, no notará la diferencia.»

Era muy divertido, te lo juro.

No sé por qué mamá ha de trabajar también por la noche. No me parece justo. No sé por qué no pueden nacer de día todos los bebés.

Mamá: «Llegan cuando les apetece. Tú naciste por la noche. Esperaste hasta que salieron las estrellas.»

Lydia: «Y había luna llena, por eso estás zumbado.»

Yo: «¡No lo estoy!»

Me encantaría que mamá estuviera aquí para que Miquita no viniese a casa a todas horas. No la he dejado entrar hasta que ha prometido que no me daría un morreo.

Miquita: «Vale, vale. Te lo prometo. ¿Por qué te haces el estrecho?»

Yo: «¡Para de molestarme!»

Miquita: «No te pongas así, caramelito. Lo siento.»

He descorrido la cadena y he abierto todos los cerrojos. Llevaba el triturador de patatas escondido detrás de la espalda por si tenía que ahuyentarla.

Miquita y Lydia se están probando los disfraces para el Carnaval. Las dos van de loros. Sólo se nota por las plumas. Casi todo el vestido es de gasa transparente. La primera vez que se lo puso, Lydia parecía un pollo recién desplumado. Las plumas que le ha enganchado ni siquiera son de verdad, son del Club de la Danza. Algunas son rosa. No hay loros de color rosa.

Lydia: «Sí que los hay. Yo los he visto.»

Yo: «Eso son flamencos. No hay loros rosa, lo que yo te diga.»

Miquita: «En cambio, sí hay lenguas rosa. Mira.»

Miquita me ha enseñado la lengua. La retorcía como si fuera un gusano grande y asqueroso. Qué desagradable.

Si una chica se pone un pendiente en la lengua significa que es facilona. Todo el mundo está de acuerdo.

Miquita seguía enseñándome cómo baila. Yo no quería verla. No paraba de mover el culo delante de mi cara. Qué mal rollo, he tenido que retirarme. Me he ido a mi cuarto a poner el reproductor de CD (sólo cinco pavos en el puesto de relojes del mercado). La música de Ofori Amponsah es lo mejor que hay para ahogar la estúpida voz de Miquita.

Miquita: «¿Adónde vas, Harri? ¿A dejar tus labios bien limpios y suaves para mí? ¿Quieres que te preste el cacao?»

Yo: «¡No, gracias, cara de cerda! ¡Antes me doy un beso en el culo!»

Te lo juro, Miquita parece idiota con ese disfraz. Se le suben tanto las tetas que parecen a punto de pegar un salto para comerte. Yo casi preferiría que las tetas no existieran, así no estaría a todas horas con ganas de darles un achuchón.

Lo que pasa es que tenía que salir otra vez para cambiarle el agua al canario. Ya no aguantaba más. Miquita ya se iba. Le ha dado a Lydia una bolsa del súper de la cadena Nisa. Se han puesto las dos a mirar lo que había dentro, como si fuera una especie de tesoro alucinante. Al verme han intentado esconderlo, pero ya era tarde. Las dos han puesto una cara como si les hubiera fastidiado un secreto especial. Luego Miquita se ha largado. Lydia ha metido la bolsa en el saco negro de la colada. Ha asomado la cabeza fuera y se ha puesto a mirar a todas partes, como si quisiera comprobar que no había enemigos.

Lydia: «Quédate aquí. No tardaré.»

Yo: «¿Vas a la lavandería? ¡Voy contigo! Te daré otra paliza al juego de las lavadoras.»

Lydia: «¡Demasiado tarde!»

Lydia me ha cerrado la puerta en las narices. No me ha dado la gana de tomármelo con resignación: he contado hasta diez, he abierto la puerta tope despacio. He visto que se cerraban las puertas del ascensor. He bajado las escaleras corriendo y he visto a Lydia salir en la planta baja. La he seguido con mucho cuidado hasta la lavandería. Me he escondido en una esquina desde la que veía a través del escaparate.

Dentro no había nadie más. Lydia ha sacado la ropa de la bolsa de Nisa y la ha metido en mi lavadora favorita. Luego ha pasado algo muy raro: ha sacado de la bolsa de la colada la lejía de mamá y la ha echado toda en la lavadora, por encima de la ropa que había metido, estrujando el bote. Lo ha hecho tope rápido, como si fuera una misión. Sus manos iban tan rápidas que al principio no podía ni meter el dinero. Hay que meter las monedas con fuerza por la ranura, porque si lo haces sin apretar vuelven a salir y entonces tienes que empezar de cero. Le ha costado como unos cinco intentos. Luego, cuando la lavadora ha empezado a dar vueltas, ha cogido el saco, que aún tenía dentro la colada de verdad, y se ha largado. Al salir casi choca conmigo.

Lydia: «¡Qué! ¿Por qué me has seguido? Te he dicho que te quedaras en casa.»

Yo: «¿Qué había en esa bolsa?»

Lydia: «¡Nada!»

Yo: «Ya lo he visto.»

Lydia: «Y a mí qué me importa. A ver, ¿qué había?»

Yo: «Nada más que tonterías.»

Lydia: «No te hagas el listo, que no tienes ni idea. Sólo son retales que han sobrado del disfraz. No servían para nada, están manchados de pintura.»

A Lydia siempre se le nota cuando miente porque pone cara de enfadada. (Yo siempre sonrío cuando miento. No puedo evitarlo. Soy incapaz de resistirme. Es demasiado arriesgado y luego me encuentro fatal.) Yo he visto cosas en la bolsa que no eran de los disfraces y tenían un color distinto y no eran de material brillante. Era ropa de chico. He visto la capucha y el rinoceronte de Ecko. Todo estaba manchado de rojo. Demasiado oscuro para ser pintura, demasiado claro para ser pimiento shito. Se me ha encogido el estómago.

X-Fire se acercaba con *Harvey*. Al verlo, Lydia se ha quedado tope callada. *Harvey* tiraba de la correa y se relamía como un lobo hambriento. He preparado el dedo a escondidas, detrás de la espalda, por si hacía falta metérselo por el ojete. ¡No vas a poder morderme, perro malo! ¡Tengo un truquito para ti!

X-Fire: «¿Te ha visto alguien?»

Lydia: «No.»

X-Fire: «Es mejor que te largues, Ghana. O sea, éste tiene hambre.»

Harvey daba tirones y olisqueaba todo como si el aire estuviera hecho de carne. Lydia y yo nos hemos largado antes de que se volviera demasiado loco.

Yo: «Mamá va a echarte la bronca cuando se entere de que has gastado toda la lejía.»

Lydia: «Pues le diré que has sido tú. No soy yo la que tiene que mear siempre en una nube.»

Yo: «Ni yo tampoco.»

No necesito hacerlo siempre. Sólo quería saber cómo se siente Dios.

Las mejores zapas son las Nike Air Max. Todo el mundo está de acuerdo. Son las más guapas de todas.

Las Adidas son las segundas. Aunque si eres del Chelsea pueden ser las primeras, porque la equipación del Chelsea es de Adidas.

Las Reebok son las terceras y las Puma, cuartas. Puma fabrica la equipación de Ghana. Nadie me cree, pero es verdad. Las K-Swiss también son guapas. Las K-Swiss podrían ser las mejores si las conociera más gente.

Mis zapas son de la marca Sports. Son blancas del todo. Las pillé en la tienda de Noddy del mercado. Son muy rápidas. Todo el mundo dice que son zapatos, pero es porque les cabrea que corran más que las suyas.

Siempre que chuta mal la pelota, Connor Green le echa la culpa a las zapatillas. Nunca es culpa suya, siempre de las zapas.

Todos: «**¡Qué malo!**»

Connor Green: «¡No es culpa mía, tío! ¡Son las zapas! No son para jugar a fútbol, sino para correr. Al menos no son de vagabundo, como las Sports de Harri.»

Yo: «¡Cállate! Al menos yo puedo correr más que un caracol.»

Al principio, cuando jugábamos a fútbol nadie me la pasaba. Yo creía que era porque me odiaban. Luego descubrí que era porque me equivocaba al pedir el balón. En vez de decir «pásamela», hay que gritar «¡estoy solo!». Aparte de eso, las demás normas son las mismas que donde vivía antes. Vilis sigue sin pasármela, pero no me importa. En su país (Letonia) queman a los negros con alquitrán y los usan para hacer carreteras. Todo el mundo está de acuerdo. Que se quede la pelota, prefiero que no me la pase. Yo todavía cierro los ojos cuando voy a dar un cabezazo. No puedo evitarlo. A veces creo que me haré daño.

Vilis: «¡Qué marica eres!»

Yo: «¡Tú calla, patatero!» (Porque vive en una casa hecha con patatas.)

En Mates ha venido a visitarme una avispa. Se ha tirado un montón de horas dando vueltas a mi pupitre. Yo estaba sentado al lado de Poppy. Poppy casi se echa a llorar. Estaba convencida de que la avispa le iba a picar.

Poppy: «Cuando era bebé me picó una avispa. Ahora les tengo alergia.»

Yo: «No te preocupes, sólo ha venido de visita. No dejaré que te pique.»

He intentado que Poppy se sintiera más a gusto, pero no había manera. Quería que aplastara la avispa, pero yo he conseguido que se posara en mi cuaderno de ejercicios y la he echado por la ventana. Dean ha abierto la ventana y yo la he sacado para que se fuera volando. Han aplaudido todos. Se notaba que para Poppy era un alivio. Gracias a mí, ya no tenía miedo.

Poppy: «Gracias, Harri.»

Yo: «De nada. Chupado.» (Es lo que se dice cuando algo es muy fácil.)

Hasta ahora, sólo me había enamorado de una chica. En el país donde vivía antes. Se llama Abena y es una amiga de Lydia. Sólo la amé un día. Es muy tonta. Creía que si dormía con escamas de jabón en la cara, al despertarse por la mañana sería una obruni. Llegó a intentarlo y todo. Quería ser blanca por un día. Creía que si era blanca le darían diamantes, como a esa señora de la peli americana.

Abena adora los diamantes. Nunca ha visto uno.

Se cubrió toda la cara con escamas de jabón como si fuese pintura. No funcionó; por la mañana seguía siendo negra. Sólo sirvió para que se le pelase toda la cara. La llamábamos Carita Pelada. No podía soportarlo.

Todos: «¡Carita Pelada! ¡Carita Pelada!»

Ella decía que lo había hecho en broma, pero se le notaban las ganas de que funcionase de verdad. Abena es muy tonta. Me alegro de que no viniera con nosotros. Tiene los ojos demasiado pequeños y si le tiras vainas de cacao se pone a gritar, como si fueran bombas o algo así. Al final ya daba tanta rabia que dejé de quererla.

Nos dejan usar los ordenadores del Club de Informática para hacer los deberes, o para entrar en internet. Ya no podemos usarlos para chatear, porque todo el mundo se dedicaba a preguntarles a las chicas de qué color llevaban las bragas. Ahora han desconectado el chat. Pero todavía podemos mandar mensajes.

Yo: «Venga, pregúntale. Pregúntale de qué color lleva las bragas.»

Lydia: «¿Por qué lo quieres saber? ¿Todavía la quieres?»

Yo: «¿Qué? ¡Qué va, si es tonta! ¡Era una broma!»

Lydia y Abena sólo chatean sobre Inglaterra y sobre chicos. Abena siempre cuenta cosas aburridas. Siempre habla de los apagones, o de...

Lydia: «Han encontrado a los gemelos.»

Yo: «¡Dios mío! ¿Están vivos?»

Lydia: «Espera. No puedo escribir tan rápido.»

Los gemelos desaparecieron cuando aún no habíamos venido. Todo el mundo estaba preocupado. A los gemelos siempre los matan. Los del norte creen que el diablo maldice a los gemelos y por eso los matan antes de que los alcance la maldición.

Lydia: «Sólo han encontrado los esqueletos. Estaban cogidos de la mano.»

Yo: «Ojalá Dios les dé algo de paz.»

Había que quedarse triste un rato. He visto los huesos. Me ha dado por imaginar que salía una serpiente por la cuenca del ojo. Quería estar triste, pero no me salía del todo. Sólo conseguía pensar en los labios de Poppy Morgan. Son preciosos, no tan gruesos como los de Miquita. Los miro incluso cuando me está hablando y me quedo adormilado, como con los magos. Si tuviera que darle un morreo a alguien sería a Poppy Morgan. Lo he decidido hoy.

Yo: «¿Podemos irnos ya? ¡Me muero de hambre!»

Lydia: «¡Ahora mismo!»

Yo: «¡No me grites!»

Te lo juro, últimamente Lydia siempre me está gritando. Ni siquiera sé cómo ha sido. Inglaterra vuelve loca a la gente, creo que es porque hay demasiados coches. Cuando íbamos al mercado de Kaneshie, el humo de todos aquellos coches y trotros nos nublaba la cabeza, y eso que sólo había unos doscientos. Por aquí habrá un millón. Una vez crucé la calle detrás de un autobús y el humo me dio en la cara: te lo juro por Dios, me pasé dos días con ganas de vomitar. Me puse como una moto con todo el mundo. Es probable que sea por eso. A partir de hoy pienso aguantar la respiración.

Las libras tienen una pinta muy estúpida. La reina parece muy rara, como si ni ella misma se lo tomara en serio. Da la sensación de que cuando le sacaron la foto se estaba esforzando por no echarse a reír, como si alguien acabara de contar un chiste y ella se estuviera aguantando la risa. Mamá siempre se pone seria cuando paga a Julius, una vez lo vi porque dejó la puerta de la cocina abierta. Movía las manos tope rápido, como si el dinero estuviera sucio y no quisiera mancharse los dedos. Julius miraba tope atento. Hasta volvió a contar el dinero cuando terminó mamá. Cree que mamá no sabe contar bien, pero claro que sabe.

Mamá: «Está todo.»

Julius: «Espera.»

Antes de contar el dinero se lame los dedos. Sus manos acojonan bastante, son muy grandes y parece que esos anillos pesan mucho. Terminó de contar y recogió todo el dinero con un clip especial, hecho de plata. Ya llevaba un montón de dinero en él. Te lo juro, Julius tiene más pasta que el presidente. Lleva un Mercedes-Benz. Qué guapo. Es el mismo coche que me compraré yo cuando sea mayor, los asientos son suavísimos y cabemos todos detrás sin que los demás te claven los codos. Yo monté cuando Julius nos llevó al piso nuevo.

Lydia y yo teníamos un juego: cada vez que veíamos a una persona blanca, teníamos que gritar «¡obruni!» tope fuerte. Cada vez que lo dices ganas un punto.

Gané porque soy el que mejor busca y el que grita más rápido. Vimos casi tantos blancos como negros. Te lo juro, no había visto tantos blancos en toda mi vida. Fue alucinante. Me encantó.

Lydia: «Ob...»

Yo: «**¡Obruni!** ¡Demasiado tarde!»

Lydia: «¡No es justo! ¡Ése era mío, yo lo he visto antes!»

Yo: «Pero yo lo he dicho primero. ¡Un punto para mí!»

Te lo juro, cuando vi las torres por primera vez me mareé y todo. Intentamos adivinar cuál era la nuestra. Lydia dijo la del medio y yo la del extremo más lejano.

Acerté yo.

Luego tuvimos que adivinar cuál sería nuestro piso. Lydia dijo el séptimo, porque el 7 es su número de la suerte. Yo dije el ático, porque los áticos son los más guapos.

Ninguno de los dos acertó. Era el noveno.

Yo: «Creo que la puerta será azul.»

Lydia: «Yo creo que será verde.»
Nos equivocamos los dos. La puerta era marrón. Todas son marrones.
A mí me encargaron probarlo todo. Me lo gané porque lo pedí primero. Aquí el que no corre vuela. Empecé por las luces. Se encendieron todas a la primera. Entonces lo dije:
Yo: «¡Las luces funcionan!»
Luego probé los grifos. Todos iban bien. Ni siquiera había que esperar un montón de rato para que saliera el agua, llegaba enseguida. Probé los grifos de la cocina y luego los del baño. Y luego lo dije:
Yo: «¡El agua funciona!»
Después comprobé el suelo por si había agujeros, o trozos sueltos. Para comprobarlo, salté por todas partes. Salté en cada palmo de suelo. Me llevó un montón de rato. Para ir más rápido, bailé un poco. Luego lo dije:
Yo: «¡El suelo está bien!»
Después comprobé todos los techos por si había algún agujero por el que se pudiera colar la lluvia. Sólo había que mirar al techo. Fue fácil.
Yo: «¡El techo está bien!»
Lydia: «¡Cállate! ¡Me duele la cabeza!»
Luego comprobé los muebles y otras cosas. Di una vuelta buscando cosas y cada vez que encontraba algo lo decía en voz alta:
Yo: «¡Hay un sofá!»
Yo: «¡Hay una mesa!»
Yo: «¡Hay una cama!»
Yo: «¡Hay otra cama!»
Yo: «¡Hay una nevera!»
Yo: «¡Hay fogones!»
Decía todo lo que iba encontrando, por pequeño que fuera. Abrí todos los armarios y cajones y anuncié lo que había dentro:
Yo: «¡Hay cuchillos!»
Yo: «¡Hay tenedores!»

Yo: «¡Hay cucharas!»
Lydia: «¡Te voy a dar una paliza! ¡Cállate!»
Yo: «¡Hay platos!»
Yo: «¡Hay cuencos!»
Yo: «¡Hay un triturador!»

Te lo juro, había tantas cosas que casi se me nublaba la vista. Nunca había imaginado que vería tantas cosas nuevas en un solo día. Hasta me olvidé de que papá no estaba. Sólo me acordé por la noche, cuando mamá se puso a roncar. Cuando está papá la pone de lado, como si fuera una salchicha enorme, para que deje de roncar. (Mamá dice que no ronca, pero cómo quieres que lo sepa... ¡si está dormida!)

La alfombra de mi habitación no era tan grande como para tapar todo el suelo. Asomaba una parte de la madera. Levanté la alfombra en busca de dinero. Alguien había escrito una bienvenida en el suelo:

QUE TE DEN

No creo que la bienvenida fuera para mí. Nadie sabía que iba a vivir allí.

No sé para qué le paga ese dinero. No es por el alquiler, porque mamá consiguió este piso en la agencia Ideal Lettings. No sé nada de Julius, aparte de que nos llevó en coche al piso nuevo y que está enamorado de la tía Sonia. Siempre le da palmadas en el culo. Y ella se lo permite, aunque una vez casi la mandó a través de una puerta. Los adultos son así de estúpidos. Hasta les gusta hacerse daño.

Tía Sonia: «¡Hasta luego, niños!»
Juluis: «Venga, vámonos.» (Palmada en el culo.)
Tía Sonia: «¡Ay!»

Y entonces mamá pone esa cara tan seria y empieza a aplastar tomates como si quisiera asesinarlos. Dice que yo no puedo llevar un anillo como los de Julius porque sólo se los ponen los horteras.

Yo: «Sólo los horteras, no. El presidente también.»

Mamá: «¡No digas tonterías! Sólo los horteras. Y deja de mirarme con ojos de listillo.»

Si yo llevara un anillo como ése todo el mundo creería que soy el Chico de Hierro. Al que se metiera conmigo le pegaría con la mano del anillo. Pesa tanto que los mandaría directamente a la semana que viene.

Me desperté al mismo tiempo que el chico y salí volando entre las ramas y las ráfagas de viento. Nos quedamos los dos contemplando el viento y luego nos pusimos a soñar juntos. Cada uno sueña que está dentro del otro. Nosotras mandamos nuestros mensajes de buena voluntad, ellos nos envían sus peticiones y nosotros intercedemos para que obtengan lo que desean, así sea una concha de mar o una lancha motora. Vivimos y respiramos dentro de los límites de nuestros cargos: nos ofrecemos cuando el puente entre ellos y sus dioses se bloquea.

Ha caído un árbol en la zona verde. Tiene que haber sido por la noche. Anoche hizo mucho viento y llovió a tope, yo lo vi todo con mi paloma. Echó a volar en cuanto quise abrir la ventana, pero yo sabía que era ella.

Yo: «¡Hasta luego, paloma! ¡Déjate ver de vez en cuando!»

El árbol se desplomó con el viento. Cayó encima de la casa de no sé quién. No la llegó a atravesar, se quedó apoyado en el techo. Se veían las raíces y todo. Yo he escalado hasta casi la mitad. Cuando el árbol cae del todo es más fácil, sólo tienes que andar. Demasiado fácil y todo. Algunos críos más pequeños lo han intentado, pero no llegaban tan lejos. Iba a enseñarles cómo hacerlo, pero si llegas tarde cuando pasan lista, apuntan tu nombre en el libro negro. Si sale tres veces tu nombre en ese libro te arrestan y el profesor tiene permiso para violarte (es lo mismo que darte una paliza, pero todavía peor).

He visto un nido en el árbol. Daba mucha pena. Todos los pájaros se han caído al derrumbarse el árbol. A estas horas ya estarán muertos. El árbol los ha aplastado. Lo sé.

Yo: «Cuando salgamos del cole subiré hasta la parte más alta y miraré el nido. Si todavía quedan pájaros, los adoptaré.»

Lydia: «No digas tonterías, no sabrías cuidarlos.»

Yo: «Es fácil, sólo hay que darles gusanos hasta que tengan la fuerza suficiente para volver a volar.»

Las crías sólo comen gusanos. No notan la diferencia entre un gusano de verdad y un gusano de Haribo. Sólo hasta que crezcan y puedan volar solos. Me encantan todos los pájaros, no sólo las palomas. Me encantan todos.

Si eres policía y alguien se está meando encima le tienes que dejar que lo haga en tu gorra. Me lo ha dicho Connor Green.

Yo: «¡Sí, hombre! ¡No me lo creo!»

Connor Green: «Te lo juro por Dios.»

Dean: «Es verdad, tío.»

Yo: «¿Y si es un soldado? ¿Puedo mear en su casco?»

Dean: «No lo sé. Creo que no.»

Yo: «¿Y un bombero?»

Connor Green: «Creo que sólo los polis.»

Yo: «Estás tomándome el pelo.»

Connor Green: «Pues pregúntaselo, venga.»

Yo: «Pregúntaselo tú.»

Señor McLeod: «¡Chssst! Los del fondo, ¡a callar!»

Era una reunión especial. El policía nos estaba hablando del chico muerto para decirnos que si sabíamos algo no nos tenía que dar miedo contarlo. Nadie te atacará por eso. El policía no lo permitirá.

Policía: «Podéis evitar que esa persona le haga lo mismo a otro. Hemos de trabajar juntos para detenerlo. Así que, si nos podéis ayudar, decídselo a vuestros padres, o a vuestros profesores, o llamad al número del póster, y trataremos todo lo que nos digáis con la más estricta confidencialidad.»

No sabías si fiarte de él o no, porque estaba muy gordo. No tenía buena pinta. Un policía gordo ha de ser un mentiroso, porque no puede perseguir bien a los malos. Alguien del fondo ha gritado «¡cerdo!», aunque disimulando para que pareciese una tos. El policía ni siquiera lo ha pillado, o sea que como detective parece tope flojo.

Dean: «No vale para nada, tío, nosotros lo haríamos mejor que él. Es probable que sólo trabaje en las oficinas. Seguro que se pasa todo el día sentado en su escritorio, comiendo fideos de bote.»

Yo: «Ése no pilla al asesino ni en un millón de años.»

Nadie se creía que el asesino pudiera ser un chico. Parecía una locura. Mirábamos todas las caras que había alrededor, a ver si alguien tenía ojos de asesino. Demasiado difícil. Todos tenían pintas normales. No podía ser ninguno de ellos.

Yo: «¿Has visto a alguien?»

Dean: «La verdad es que no. ¿Y tú?»

Charmaine de Freitas tiene los ojos rosaditos, pero es que ella es así. No es que los tenga rojos.

Yo: «Las chicas no pueden matar, ¿no?»

Dean: «A veces, sí. Aunque normalmente sólo empujan a sus víctimas por la escalera, o las envenenan. No suelen acuchillar a nadie. No es su *modus operandi*. Creo que aquí no vamos a encontrar al asesino, si no a estas alturas ya se habría enterado alguien.»

Yo: «Pasemos página.» (Sólo significa que hay que volver a empezar.)

Connor Green: «Los voluntarios para controlar el tráfico también. Puedes mear en sus gorros.»

Dean: «Sí, ésos también. Ya sabía que se me olvidaba alguien.»

Yo quería hablar con el policía, pero tenía que hacerlo a escondidas. Si los amigos del asesino nos veían juntos se iban a enterar de que estoy siguiendo el caso. Y ésos si te chivas te meten la cabeza dentro del váter. Así que al policía sólo le hemos preguntado si nos dejaba probar las esposas. No nos las ha querido dejar, por si nos daba por ponérselas a alguien. (Tenía razón, pensábamos ponérselas a Anthony Spiner para encadenarlo a la valla, pero él lo ha adivinado y ha salido corriendo antes de que lo atrapáramos.)

A los blancos les quedan mejor las cicatrices. Las mías no se ven muy bien porque tengo la piel demasiado oscura. Aun así, son guapas. Pero hay que mirarlas de cerca.

Me las hice en Ciudadanía. Se suponía que teníamos que hacer el examen, pero ya lo habíamos terminado (sólo te preguntan cosas sobre qué pasa en Inglaterra, como por qué lado de la carretera se conduce y qué carne se puede comer). Sólo usé el rotulador de punta de fieltro, el marcador no, porque los vahos te colocan. Dibujar una cicatriz es fácil. Sólo es una línea cruzada por otras más pequeñas, así:

La línea larga es el corte y las que la cruzan son los puntos de sutura. Es la manera correcta de dibujar una cicatriz. La mayoría de las cicatrices tienen esa pinta, incluso las de los zombis.

Connor Green las dibuja así:

La grande sigue siendo el corte. Lo otro es donde iban los puntos. Es cuando ya te los han quitado. El punto es el sitio por el que ha entrado la aguja.

A mí me gusta más como las hago yo. Creo que es mejor así, nada más.

Connor se inventó que sus cicatrices eran de una pelea con un terminator. Yo dije que las mías eran de una pelea con sasabonsam.

Connor Green: «¿Y ése quién co... es?»

Yo: «Es una especie de vampiro. Vive en los árboles. Si te adentras demasiado en el bosque, te come.»

Connor Green: «Qué malvado.»

Al salir de mi colegio hay un bosque y cada vez que has de dar una vuelta al campo corriendo pasas por ahí. Las manzanas que crecen en los árboles están envenenadas y no nos las dejan comer. Te lo juro, aquí todas las frutas de los árboles están envenenadas o tienen un sabor asqueroso. Ni las setas se pueden comer, de tan sucias que están. Connor Green las probó una vez y se pasó tres días durmiendo y al despertar no recordaba ni cómo se llamaba ni cuál era su sabor favorito de Poptart y tuvo que volver a aprenderlo todo. No me parece justo. ¿De qué te sirve un árbol frutal si no te puedes comer la fruta? Es una trampa horrible.

No he podido ni escalar el árbol. Cuando he llegado ya era tarde, los serradores estaban cortando las ramas y cargándolas en su camión. Llevaban motosierras. Todo el mundo se tenía que apartar. Daba tope rabia. Me han caído fatal los de las sierras. Eran mala gente, se notaba. Daba la sensación de que estaban torturando al árbol. Un crío más pequeño que yo se lo ha quedado mirando a mi lado. A él le encantaba. Tenía los ojos como platos. Quería que le cortasen todas las ramas.

Cuando los serradores han llegado a la rama en que estaba el nido, han parado las motosierras y uno de ellos ha subido a recogerlo. Lo ha puesto en el capó del camión y me lo ha dejado ver.

Dentro no había nada. Ni siquiera huevos. No había nada.

Niño pequeño: «Ya sabía que no habría nada. Seguro que se los ha llevado un gato.»

Te lo juro, me daban ganas de matarlo allí mismo. Se me ha subido la sangre desde yo qué sé dónde y se me han puesto los ojos rojos. No se los había llevado ningún gato. Sólo eran bebés.

Yo: «¡No se los ha llevado ningún gato! ¡Idiota!»

Le he dado un empujón al crío. Ha caído en el barro. Ni siquiera se lo esperaba. Se ha levantado y se ha largado corriendo. Ha sido bestial. Me daban ganas de que se pusiera a llorar. Se lo merecía.

Quería quedarme una rama como recuerdo del árbol. Pensaba plantarla para ver si el árbol resucitaba, pero los serradores no me han dejado. Creían que el árbol era suyo.

Serrador: «Lo siento, colega. Lo necesitamos.»

Yo: «¿Por qué?»

Serrador: «Las normas son así. Lo siento.»

Es que son idiotas. El árbol no es suyo, es de todos. Sólo les he dejado quedárselo porque llevaban motosierras. El agujero que ha quedado donde antes estaba el árbol era de locura. Me daba una tristeza total y ni siquiera sé por qué.

El celo sirve para un montón de faenas de detective. Puedes pillar huellas dactilares y pelos. Puedes usarlo para poner trampas. Puedes enganchar tus notas para que no se las lleve el viento. Si tienes mucha cantidad, puedes incluso atrapar con celo al criminal, como si lo encerraras en una telaraña. Aunque para retener a un adulto haría falta todo el celo del mundo.

Primero hemos hecho una prueba con nuestras huellas. Funcionaba superbién. Se veían hasta las marquitas más diminutas. Cada uno tiene un dibujo distinto.

Dean: «Qué chulo. Te dije que funcionaría.»

Habíamos vuelto al río. Estábamos revisando todas las superficies por si el asesino había dejado sus huellas dactilares mientras se deshacía del arma. Hubiéramos querido repasar primero la escena del crimen, pero Chicken Joe nos echó, creía que íbamos a robar las flores nuevas que la mamá del niño muerto había dejado en la barandilla. Alguien se había llevado ya las botellas de cerveza, probablemente Terry Takeaway.

Chicken Joe: «¡Fuera de ahí, zumbados! ¡Un poco de respeto, jod...!»

Dean y yo: «Tenemos mucho, mucho respeto. ¡Sólo queremos ayudar!»

Chicken Joe: «Id a tomar por... ¡O llamaré a la policía!»

Dean: «¡Tu pollo está podrido! ¡Tiene gusanos!»
Por eso nos hemos tenido que ir a mirar en el río. Las huellas sólo se conservan en algunas superficies, como el metal y el plástico. En las hojas, o en la hierba, no se quedan. Nos hemos separado para ir más deprisa. Sólo había que pegar un trozo de celo en cualquier superficie que pudiera haber tocado el asesino. Si aparecía alguna huella quería decir que el asesino había pasado por allí.

Dean: «Ya buscaremos más adelante una muestra en el escenario del crimen. Si conseguimos donde se escondió el cuchillo unas huellas iguales que la del sitio donde mataron al niño, querrá decir que el tipo al que viste era el asesino.»

Dean ha visto todos esos programas y sabe de qué habla. Yo he empezado por el cartel de los berros. Tenía que ponerme de puntillas para enganchar el celo. No ha salido nada. No había huellas.

Dean ha probado en el poste de la farola. Mala suerte.

Yo he probado en el camino, pero el suelo no sirve para recoger huellas. Dan lo ha intentado con una hoja grande por si acaso. Te lo juro, a la orilla del río crecen algunas hojas más grandes que yo. Es como una jungla. No me extraña que el asesino fuera para allí, es el escondrijo perfecto.

Dean: «El año pasado aquí había amapolas. Tuvieron que cortarlas porque todo el mundo se las fumaba. Yo me fumé una. Fue de locura.»

Yo: «¿Qué pasó?»

Dean: «Sólo te da cansancio. Se te pone el coco muy raro, como si estuvieras lejos. Sólo me fumé las semillas. Se mezclan con tabaco. Creo que hay que echar más, yo sólo eché unas cuantas.»

Yo vigilaba mientras Dean buscaba huellas. Ha recogido algo de barro de la orilla del río. Lo hemos mirado los dos con mucha atención, pero no hemos visto nada de sangre. Luego nos hemos cambiado los papeles, y Dean vigilaba mientras yo buscaba huellas de pisadas, como los CSI. He puesto mucha atención. Daba mucho gusto investigar. Todo quedaba en silencio como si tuviera una misión importante que sólo yo podía cumplir.

Dean: «¿Ves algo?»

Yo: «¡Nada!»

Dean: «Seguro que borró sus huellas. Y ha llovido. Es probable que el agua se haya llevado todas las pruebas. Sólo tenemos que buscar otras pistas.»

Yo: «¿Qué vas a comprar con tu mitad de la recompensa?»

Dean: «Una Playstation tres, probablemente. Y una bici nueva y un montonazo de petardos.»

Yo: «Yo también.»

Dean es el mejor socio que puede tener un detective, se conoce todos los trucos. Ni siquiera me importa que tenga el pelo anaranjado. Por eso es tan espabilado (la mejor virtud de un detective).

Te lo juro por Dios, al principio creía que estaba soñando. Ni siquiera parecía real. Creía que por debajo del suelo sólo había fango y huesos y criaturas que viven ahí, pero cuando vi los túneles y todas esas luces y la gente me tuve que pellizcar. Incluso había un tío que tocaba el violín. Aunque era un hombre, llevaba una cola de caballo. Te lo juro, me pareció todo bestial. ¿Has pillado el metro alguna vez? Hay un millón de personas por todas partes, y todos van demasiado deprisa. No te hablan, sólo te apartan a codazos. Bajas por unas escaleras que se mueven, igual que las del aeropuerto. Puedes jugar a que son como los dientes de sasabonsam y que te quiere comer. Hay unos topes hasta abajo por el centro para que no puedas bajar como si fuera un tobogán. Es un rollo. Te lo juro, si alguna vez veo una escalera mecánica sin topes, me pienso deslizar hasta abajo. Ése va a ser mi nuevo objetivo.

Quería correr por el túnel, pero había demasiada gente. Así que me dediqué a ver si había eco. Busqué el eco más alto posible y lo hice durar un montón de horas:

Yo: «¡Estamos en un **túuuuuuuuunel**!»

Era bestial. Todo el mundo pegó un salto. Se oía el eco desde el otro lado del mundo. Me imaginé que papá y Agnes y la abuela Ama lo habían oído. Me imaginé que contestaban:

Papá y Agnes y la abuela Ama: «¡Te hemos oído! ¡Ojalá te guste!»

Cuando llega el metro hay un olor extraño. Es como un viento. Es caliente y huele de locura. Cuando te sopla en la cara da asco.

Yo: «Son pedos.»

Lydia: «De qué vas. No son pedos.»

Yo: «Sí que lo son. Son los pedos que se tira toda la gente que va en el tren. Te los acaban de soltar en toda la cara. Ahora tienes cara de pedo.»

Cuando llega el tren todo el mundo se pone a empujar. Están locos por entrar. Les da pánico que no haya sitio. ¡De qué van! ¡Hay sitio para todos! ¡El tren es tan largo como el túnel! Al arrancar el tren se me ha revuelto el estómago, como en el avión. Casi me desmayo. Todo el mundo se tambaleaba. Te lo juro, ha sido bestial.

Yo quería que mamá fuera de pie con nosotros, pero no se ha levantado. A ella le gusta más ir sentada. La señora que iba a su lado tenía el pelo de color rosa. Daba gusto verla.

El sitio donde vive la tía Sonia se parece mucho a donde vivo yo. Ni siquiera parecía que estuviera lejos. También hay torres, aunque no tan altas como las nuestras; más bien como las de los raritos. La tía Sonia vive en una casa. Está en una fila larga de casas y todas parecen iguales, sólo que cada puerta es de un color y en algunos patios no hay nada plantado.

Hay gente que deja el coche en el patio. El coche quedaba justo al lado de la ventana. Parecía como si quisiera entrar en la casa, pero nadie le abriera la puerta. Me he puesto a jugar a que el coche era un perro. Lo habían mandado a hacer pipí al patio y ahora quería volver, pero nadie lo oía. Te lo juro, era muy divertido. Hasta me daba pena y todo.

Al principio me ha parecido que la casa de la tía Sonia era muy grande, pero luego resulta que dentro hay dos pisos. El de la tía Sonia es el de abajo y luego se sube al otro por unas escaleras. La tele de la tía Sonia es gigantesca. Es tope delgada y está colgada en la pared, como si fuera una foto. En su piso todo parece recién estrenado. La tía Sonia tiene incluso un árbol dentro de un bote. Es minúsculo. Tener un árbol ahí dentro es de locura. No me ha gustado. Me preocupaba que al crecer pudiera golpear el techo. Y luego se moriría.

Yo: «¿Qué pasará cuando crezca?»

Tía Sonia: «No crecerá, se quedará siempre así. Es un tipo de árbol especial que nunca crece.»

Es como un bebé que se muere cuando todavía es un bebé. Hay que ser muy malo para hacer un árbol así. Si yo fuera el árbol me pondría a rugir a todas horas hasta que viniera alguien a sacarme de ahí.

La tía Sonia ha preparado *kenkey* de maíz y pescado. Me he llenado tanto que creía que iba estallarme la barriga. Hasta me he tomado una taza de té con dos azucarillos. A la tía Sonia se le ha caído la cucharilla al suelo. Ha hecho un ruido bestial. Ha puesto mala cara.

Yo: «¿Es por lo de tus dedos?»

Mamá: «Harrison.»

Tía Sonia: «No pasa nada. No son bebés, ya pueden saberlo.»

Lydia: «Yo lo quiero saber. Siempre estáis con vuestros secretos.»

Mamá: «Lydia».

Pero es que es verdad, mamá sí que tiene secretos. Buscando chocolate en su cajón secreto le encontré unos boletos de lotería. Mamá siempre dice que la lotería es para los tontos y que es como tirar una libra a un pozo.

Tía Sonia: «¿Qué daño puede hacerles? No quiero mentirles.»

Mamá ha soltado un suspiro largo. Eso significa que abandona la lucha. Seguía fregando platos tope rápido, como si fuera una carrera contra el reloj. Me encanta cuando gana la tía Sonia. Es la que cuenta las mejores historias. Encima, son de verdad.

La tía Sonia se quemó los dedos en el fogón. Es la manera más rápida.

Tía Sonia: «No es nada del otro mundo, la verdad. Sólo tienes que mantener los dedos en el fogón hasta que se quema toda la piel.»

Lydia y yo: «¿Te dolía?»

Tía Sonia: «La primera vez da bastante miedo. Notas el olor de la piel al quemarse. Tienes que sacar los dedos antes de que se queden pegados. Sólo lloré esa vez.»

Al pensarlo me ha dado náuseas. Pero cuánto me gustaba su historia.

Tía Sonia: «La verdad es que apenas se nota. Es más fácil si vas mamada. Como casi todo.»

Mamá: «No les digas eso.»

Lydia: «¿Y notas alguna sensación rara en los dedos?»

A la vista, parecen raros. Los dedos de la tía Sonia tienen las puntas negras y brillantes. Parece que tiene que doler. Parecen dedos de zombi.

Tía Sonia: «A veces no noto los detalles de las cosas.»

Lydia: «¿Qué tipo de cosas?»

Hemos puesto a prueba los dedos de la tía Sonia. Le hemos dado un montón de cosas para que las tocara y nos tenía que decir si las notaba o no. Lo hemos probado con el mando a distancia de su tele. Al principio no podía ni subir el volumen.

Tía Sonia: «Los botones son demasiado pequeños.»

Y no era mentira. Lydia le ha pedido que tocara el estampado de su top. Tiene unas estrellitas en la manga. La tía Sonia ponía cara de concentración. Se notaba que no le salía bien.

Mamá: «Bueno, ya basta. Dejadla en paz, no es un animal del zoo.»

Lydia: «Qué mal rollo, no sé cómo pudiste hacerlo. Yo sería incapaz.»

Tía Sonia: «Cada uno hace lo que tiene que hacer.»

Mamá: «No tenías que hacerlo.»

Tía Sonia: «En ese momento me pareció que sí. Vuestra madre y yo nunca nos pondremos de acuerdo en esto.»

Mamá: «No sólo en esto.»

Tía Sonia: «Pero me sigues queriendo, ¿verdad?»

La tía Sonia se quemó las yemas de los dedos para borrarse las huellas dactilares. Ahora no tiene huellas. Es para que si la pilla la policía no la puedan echar. Saben quién eres por tus huellas. Si no las tienes, no puedes ser nadie. Y entonces no saben de dónde eres, o sea que no te pueden mandar de vuelta a casa. Y entonces tienen que dejarte quedar aquí.

Tía Sonia: «Yo lo hice de la manera más fácil. Hay gente que lo hace con un mechero, o con una navaja. Y con eso tardas un montón de horas. Yo lo liquidé lo más rápido posible, eso hice.»

Cada vez que le vuelven a salir las huella dactilares se las tiene que quemar de nuevo. Acojona un montón. La tía Sonia dice que dejará de quemárselas cuando encuentre el lugar perfecto. Cuando pueda quedarse en ese lugar para siempre y nadie pueda arruinárselo o mandarla de vuelta a casa, entonces se dejará crecer las huellas otra vez.

Yo: «Podría ser aquí.»

Tía Sonia: «Podría ser. Ya se verá.»

Yo: «Espero que sí, así podremos venir a tu casa en Navidad. Si consigo una Playstation podremos jugar con ella en la tele grande, seguro que será superguapo.»

No es que la tía Sonia haya hecho algo malo. Nunca ha matado a nadie, ni ha robado nada. Sólo que le gusta ir a sitios distintos. Le gusta ver las cosas distintas que hay por ahí. En algunos países, si eres negro no te dejan. Te tienes que colar. Cuando estás dentro te comportas como todo el mundo. La tía Sonia sólo hace lo mismo que los demás. Trabaja y va de compras. Se come la cena y sale al parque. En Nueva York se llama Central Park. Es tan grande que dentro caben cien parques infantiles y hasta tiene una pista para patinar sobre hielo.

Yo: «Si te caes en el hielo has de cerrar la mano para que no te corten los dedos con las cuchillas. Me lo ha dicho mi amiga Poppy.»

Tía Sonia: «¿Harrison tiene novia?»

Yo: «¡No! Y a los bomberos les pasa igual cuando tienen que ir palpando las cosas porque hay tanto humo que no se ve nada. Siempre tocan con el reverso de la mano, porque si palpas con la parte de dentro y encuentras un cable, tus dedos se agarran a él automáticamente y entonces te electrocutas.»

Tía Sonia: «Ah, ¿sí?»

Yo: «¡Pues claro!»

Te lo juro, me encantaría ir a patinar sobre hielo. Sería capaz hasta de quemarme las huellas para poder ir. Lo haría en el fogón, así es más rápido. En verdad no es hacer trampa, porque pagaría por los patines, como todo el mundo. La tía Sonia me ha comprado una pelota de fútbol de verdad, una de cuero. A Lydia le ha tocado un CD de Tinchy Stryder. La tía Sonia siempre sabe lo que te gusta más, sabe leer la mente.

Cuando ha llegado Julius nos hemos tenido que ir. Tenía un bate de béisbol, pero como no tenía pelota no podíamos jugar. Julius dice que su bate se llama *Convincente*. Siempre se lo lleva a casa al volver del trabajo. Le da palmaditas y le habla en plan tope amable, como si fuera un perrito bueno. Puedes hacer como si todas las rayas que tiene fueran de una vez que se peleó con otro perro.

Julius: «Hoy se ha ganado el jornal. Dale un buen baño, ¿eh?»

La tía Sonia se ha llevado el bate a la cocina para lavarlo. Ella también tenía que fingir que era un perro. Como a

Julius le da dolor de cabeza si preguntas demasiado, no se puede preguntar por qué. Hay que dejarle que se beba su matarratas en paz.

Julius: «Harri, ¿quieres un poco?»

Yo: «¡No, gracias!»

Julius: «Un hombre sólo necesita dos amigos: su bate y una copa. Uno para conseguir lo que quieres y el otro para olvidar cómo lo has conseguido. Algún día entenderás lo que quiero decir. Sigue portándote bien mientras puedas, ¿eh? Tú sigue tal como vas.»

Yo: «¡Claro que seguiré!»

En el metro, de vuelta a casa, he visto a una señora con bigote. Al principio creía que sólo era suciedad, pero al mirarla de nuevo he visto que, desde luego, eran pelos. No era denso como el del señor Carroll, pero era imposible no verlo. Me daban ganas de reír, pero me he aguantado.

No hemos encontrado ningún barbero en moto, creo que aquí no los hay. Donde vivía antes, mi barbero favorito se llamaba Kwadwo, llevaba también una radio en la moto y siempre te avisaba antes de pasarte la navaja por el cuello, para que tuvieras tiempo de prepararte. Aquí, en cambio, hemos tenido que entrar en un local. El barbero se llamaba Mario. Era bastante gruñón. Cuando me tenía que mover la cabeza era un poco bruto. Lo hacía demasiado rápido. Y tenía los dedos peludos. Mario ni siquiera me hablaba. Es que no le gusta nada cortarle el pelo a la gente.

Dean: «Sólo tiene la barbería para poder mandar los pelos que corta a la China. Allí hacen ropa con ellos, y tal.»

Al principio le he preguntado a mamá si podía llevar trenzas africanas.

Mamá: «¿Para qué? ¿Para tener pinta de hortera?»

Yo: «No. Es que me gusta. Es guapo.»

Lydia: «Sólo quiere trenzas porque Marcus Johnson las lleva.»

Yo: «De qué vas. No es verdad.»

Mamá: «¿Quién es Marcus Johnson?»

Lydia: «Uno que va a undécimo. Se cree que es un ironman. Obliga a los más pequeños a hacerle encarguitos. Los tiene todo el día corriendo por ahí. Es muy triste. Se hace llamar X-Fire.»

Yo: «No se llama así atontada. Lo llaman Fuego Cruzado. Pero cuando firma en la pared le pone la equis.»

Lydia: «Da lo mismo. Es demasiado triste.»

Yo: «No lo es. Al menos no tiene a nadie que le diga a todas horas lo que tiene que hacer, como tú cuando me obligas a matar chinches. Mata tú las de tu cama, que a mí ni siquiera me pican.»

Lydia: «¿De qué hablas? Sólo fue una vez. ¿Me estás llamando sucia?»

Yo: «Se te metió una por la nariz mientras dormías. Lo vi con mis propios ojos. A estas alturas, seguro que se ha construido una casa en tu cerebro. Es probable que haya plantado un jardín y se haya instalado la tele por cable, para quedarse a vivir ahí para siempre.»

Lydia: «¡De qué vas!»

Mamá: «¡Deja de meterte con tu hermana! Además, para llevar trenzas africanas hay que tener el pelo más largo. Y no me mires con los ojitos entornados.»

Me tocaba raparme. Mario ni siquiera sabía la medida.

Mario: «¿Lo quieres al uno o al dos?»

¡Ha dicho «al uno o al dos»! ¡Te lo juro por Dios! ¡Es lo más divertido que he oído en la vida! Mario está zumbado perdido. A partir de hoy voy a dejarme crecer el pelo hasta que me puedan hacer las trenzas africanas, me da lo mismo lo que diga mamá. Entonces tendré huevos para pasar cualquier prueba que me pongan y tendrán que aceptarme en la panda.

Es que cuando tienes ganas de hacer caca aquí también se llama «el número dos». Ya, yo tampoco me lo creía.

Si arrancas desde mi torre, pasas por debajo del túnel y más allá del cole de los peques, y después de algunas casas más, al final llegas al parque. Es bastante grande. Hay dos porterías de fútbol sin redes y un parque infantil con columpios y un tiovivo y cosas por el estilo. Hay un barquito de piratas y un montón de cosas sobre muelles: un jeep con muelles y una moto con muelles y dos mariquitas. Sólo tienes que sentarte y se ponen a rebotar. Yo ya no monto en ellos porque son de maricas. Todo el mundo está de acuerdo. Sólo son para los bebés. Los columpios ya están rotos de tanto mordisco de perro.

Lo mejor es la rampa de escalada, pero nunca se puede acceder a ella porque es territorio de la panda de Dell Farm. Siempre están ahí. Ni siquiera juegan, se quedan ahí sentados, fumando y metiéndose a gritos con la gente que pasa. Si vas cuando ya se han largado, todavía huele a colillas y está todo lleno de cristales rotos. Yo ya ni lo intento. Sólo iré cuando me inviten, pero si me ofrecen un cigarro les contestaré: «No, gracias, estoy intentando dejarlo por orden del médico.» (Es la mejor manera de librarte de cualquier cosa.)

Al lado del parque infantil hay un cartel:

Ni siquiera dice cuál es la pregunta. O sea que, pregunten lo que pregunten, has de contestar que no.

Yo: «¿Y si preguntan dónde está el hospital? ¿Y si necesitan ayuda?»

Jordan: «No seas marica. Nunca necesitan ayuda. Sólo quieren meterte en una furgoneta y metértela por el culo, y tal.»

Es de locura. A mí nunca me ha propuesto nadie nada de sexo. La mayoría sólo quieren ayuda. Si veo a un desconocido, lo primero que haré es preguntarle qué busca. Si contesta bien, entonces no pasa nada. No es que me quiera violar. Jordan está zumbado.

Jordan: «Venga, tío, sigue buscando.»

Hasta entonces sólo había encontrado una botella de cerveza. Jordan llevaba tres. La verdad es que no buscaba en serio. En realidad lo que buscaba era el arma del delito. Si no estaba en el río, tenía que estar por allí. Alrededor del parque infantil siempre hay agujas de los drogatas. Ni siquiera intentan enterrarlas, las dejan a la vista. También podía haber un cuchillo. Depende de lo listo que fuera el asesino. Si es listo, seguro que tiró el arma al mar, o la enterró bien honda. Si estaba colocado o había bebido, a lo mejor la dejó tirada en cualquier lado.

Donde antes estaba el balancín, ahora hay un agujero. Jordan le pegó fuego. Hace siglos de eso, antes de venir yo. El suelo está negro y requemado, como si hubiera caído un rayo. Jordan siempre me cuenta todas las cosas malas que ha hecho:

Las peores maldades de Jordan
Pegarle fuego al balancín.
Beberse una botella de vodka entera (es como el matarratas).
Pinchar las ruedas de un coche de la policía.
Tirar petardos dentro de los contenedores.
Darle una patada al profe.
Tirar un gato por el tubo de la basura.
Robar una bolsa del supermercado.
Pinchar a unos cuantos.
Llamar «gili...» a un adulto.
Romper botellas de cerveza.

La mano de Jordan me apretaba tanto el cuello que me entraban ganas de toser. He mirado al cielo para ver si venía mi paloma a echarle una cagada en la cabeza, pero no he tenido suerte, todas pasaban volando por encima sin detenerse. Al final he cedido sólo para no morirme asfixiado por la tos.

Jordan: «Lo tienes que hacer, tío. Siempre lo hago todo yo. Si no lo haces serás un gallina.»

Yo: «¡Ya lo hago! ¡Ya lo hago!»

Sólo quería irme a casa, pero tenía que esperar hasta que Lydia volviera del Club de la Danza. Tendrían que darme la llave. Me da lo mismo si Lydia ya va a noveno curso, no me parece justo que a ella le den la llave y a mí no. Todavía soy el hombre de la casa.

Jordan: «Yo iré delante. No cierres los ojos, tienes que mirar a todo el mundo. Les vamos a partir el cu... a todas.»

Teníamos que romperlas todas. Ni siquiera podíamos parar si llegaba algún adulto, teníamos que seguir tirándolas hasta que quedaran todas hechas añicos. Era la única manera de conseguir todos los puntos. Ha empezado Jordan. Yo me he quedado esperando hasta el final. Si sólo lo haces con la última, ni siquiera es un delito.

Se nota que a Jordan le encanta romper botellas. Los ojos se le ponen enormes y le brillan mucho. La primera la ha tirado bien alta. Al caer se ha partido a lo grande, en un millón de trozos. Daba miedo, pero al mismo tiempo daba gusto. Ha tirado otra y luego otra. Todas se quedaban rotas en el camino. Daban ganas de salir corriendo, pero no podías ni moverte. Ha tirado incluso una de espaldas. Ha sido el mejor momento. Luego me tocaba a mí.

Jordan: «Tírala bien alta para que se rompa mejor.»

Yo: «¿Luego hemos de recoger los pedazos?»

Jordan: «No seas marica, eso lo hace el ayuntamiento, es su trabajo. Tú párteles el cu..., colega.»

He imitado el estilo de Jordan. He tirado mi botella hacia arriba para que cayera a mi espalda. Ha quedado destrozada en el camino. Ha sido bestial. Una cosa de locos. Y nadie intentaba impedírnoslo, todos estaban demasiado asustados.

Yo: «¿Cuántos puntos he ganado?»

Jordan: «Te voy a dar diez.»

Yo: «¿Qué? ¡No es justo! ¡Habías dicho cien!»

Jordan: «Calla, tío. Sólo tienes diez por haber cerrado los ojos. No tendrías que ser tan gallina.»

Ya te lo he dicho, Jordan es un liante. Y no le puedes echar la bronca, porque si no aún te estrangula más fuerte. Cuando he visto llegar a Lydia por el camino me han entrado ganas de largarme corriendo. Parecía que hubiera escogido el día. Todavía llevaba su disfraz de loro. Le encanta, no le importa que la gente se entere.

Jordan: «Tu hermana es tonta del culo, tío. Se cree que es un pollo.»

Yo: «No es un pollo, es un loro.»

Sólo le he dado un golpe en el brazo por si acaso Jordan seguía mirando.

Lydia: «¡Ay! ¿Por qué has hecho eso?»

Yo: «¡Lo siento! ¡Ha sido sin querer!»

Cuántos esfuerzos para echarnos de aquí. Cubrís nuestros asentamientos favoritos con redes de acero y con pinchos. Nos disparáis con rifles del 22 cuando lo permite la ley, nos envenenáis con estricnina, ponéis papeles matamoscas en las ventanas y nos miráis mientras nos hacemos puré las garras para intentar despegarnos, y echáis unas risas a costa nuestra. Qué falta de dignidad, qué estúpida me siento. Y se supone que me lo he de tragar y fingir que todo está bien, que sólo es una manera de reafirmar la cadena alimentaria, en la que vosotros estáis por encima y yo por debajo, las simples reglas del juego.

Lo mejor es que os habéis creído que vosotros ponéis las reglas. Cada vez me parece más gracioso. Espero que esto no sea tóxico.

Los volcanes son montañas con fuego dentro. El fuego viene de unos ríos que pasan por debajo de la tierra. Sólo entran en erupción cuando el dios del volcán se enfada. Al menos eso es lo que creían los antepasados.

Señor Carroll: «Así es, Harrison, antes la gente creía eso.»

Yo: «Pero en realidad lo que hay ahí abajo es el infierno, ¿verdad, señor?»

Señor Carroll: «Qué teoría tan interesante. Desde luego, hace el mismo calor que en el infierno, eso seguro.»

Todo el mundo se reía de mí. Aquí ya no creen en el infierno. Te lo juro, ¡se van a llevar una sorpresa bestial! ¡Se quemarán como si fueran tostadas humanas!

En los tiempos antiguos creían que dentro de los volcanes vivía un dios del fuego. Sólo dejaba de escupirles fuego si tiraban una virgen dentro del volcán para que se la comiera el dios. Creían que dentro de cada cosa había un dios distinto. Creían que había un dios del cielo y un dios de los árboles y un dios de los volcanes y un dios del mar. Todos sus dioses estaban siempre enfadados. Tenían que darles de comer a todas horas para que no los destruyeran. El dios del mar provocaría una inundación, o el del cielo les mandaría rayos o el de los árboles haría que un tronco les partiera la casa. Si no les daban vírgenes para comer, siempre estaban a punto de destruirlos. Te lo juro, los antepasados eran muy tontos. Una virgen es una señora que todavía no se ha casado. Son valiosas porque hay muy pocas. Sólo se las pueden comer los dioses. Las señoras casadas les hacían cagar. Todo el mundo estaba de acuerdo.

Mientras pasaban lista por la tarde, Poppy me ha entregado una nota. No me ha dado permiso para abrirla hasta que llegara a casa y no se la podía enseñar a nadie. Me he asegurado de que nadie me viera. Me he metido en mi cuarto, he cerrado la puerta y me he quedado justo delante para que no pudiera colarse ningún invasor. Notaba un cosquilleo en la barriga por si acaso era una trampa.

¿Te gusto?

sí ☐

no ☐

Sólo tengo que poner una equis en un recuadro. Tengo que devolverle la nota a Poppy después de las vacaciones. No sé qué pasará cuando se la devuelva. Te lo juro, ¡ojalá haya puesto la respuesta correcta!

MAYO

Hoy era el día de Carnaval. Ha sido en el parque. Llovía a cántaros, pero ha venido todo el mundo. Todos los paraguas anunciaban marcas de tabaco. Las bailarinas no han parado de bailar. Las plumas brillaban tanto que parecía que hiciera sol. Había una mujer blanca disfrazada de pavo real. Se le ha corrido todo el maquillaje por la cara. Parecía una marioneta rota. Era muy extraño, se le metía la lluvia en la sonrisa y tenía que escupirla. Pero en ningún momento ha abandonado.

Había yembes. Tenías que ponerte a bailar, no había manera de evitarlo. Hasta los blancos y los viejos bailaban. A mi lado había una chica de los pisos de los raritos. Ha bailado un poco como los bebés. Casi ni se movía. Estaba tiesa como un palo. Sólo se notaba que estaba bailando si le mirabas los pies. Iba dando golpecitos en el suelo, bien tiesa y tímida. Es el único baile que conoce.

Me ha dado pena. Quería enseñarle a bailar de verdad, pero no me ha dado tiempo porque me hubiera perdido todo lo bueno. He fingido que su manera de bailar no estaba mal, que era su estilo particular.

Algunos hombres llevaban palos, ¿sabes esos palos que se usan para caminar como si fueras tope alto? Era muy acojonante. El suelo estaba muy resbaloso y yo creía todo el rato que se iban a caer. He rezado una oración por dentro para que no se cayeran. Algunos de los que caminaban con esos palos hacían malabares al mismo tiempo. Hacer malabares es tirar una bola al aire y cogerla, sólo que se hace con tres bolas y no se tiene que caer ninguna. Te lo juro, ha sido bestial.

Yo: «¡A Agnes le encantaría! Puedo aprender a hacer malabares para cuando venga. ¿Dónde se compran esas bolas?»

Mamá: «Puedes usar pelotas de tenis.»

Yo: «¿Me las compras? Necesito tres.»

Mamá: «Ya veremos.»

Terry Takeaway ha robado una jarra de perritos calientes de la mesa de la rifa y nadie ha intentado pillarlo siquiera. Dice que los perritos calientes son pollas de Scooby Doo.

Terry Takeaway: «Son para *Asbo*. Le encantan. ¿Verdad que sí, chiquillo?»

Cuando ha venido a verme *Asbo* mamá se ha asustado. He tenido que arreglarlo yo.

Yo: «No pasa nada, no muerde. Es muy cariñoso, mira.»

Asbo se ha tumbado boca arriba para que le rasque la barriga. Le encanta. Tiene ombligo y todo, parece un culito pequeño. Luego ha llegado la hora del Club de la Danza. Todas iban disfrazadas de loros. Lydia no se acordaba de sonreír. Estaba demasiado ocupada en concentrarse para no equivocarse en ningún movimiento.

Mamá y yo: «¡Vamos, Lydia! ¡Regálanos una sonrisa!»

Ha estado brillante y todo. No se ha equivocado en ningún movimiento. Yo estaba todo el rato deseando que Miquita se cayera, pero la que se ha caído ha sido otra. Ha resbalado y ha aterrizado de culo. Las demás han seguido sin parar hasta el final. Sólo le han echado la bronca cuando se ha terminado el baile y luego todo el mundo le decía que se había meado, porque tenía una mancha enorme de humedad en el culo. Era mentira. Todas sabían lo que había pasado en realidad, porque lo habían visto. Pero es más divertido decir que se ha meado. Mearse tiene más gracia que sólo caerse. Todo el mundo está de acuerdo.

Los peques: «¡Meona! ¡Meona!

Chica: «¡Que os den por...!»

• • •

Con mi boleto de la rifa me han tocado unos binoculares. Te lo juro, he tenido una suerte que te cagas. Son del mismo color que los del Ejército. Funcionan de verdad, aunque sean de plástico. He mirado el mundo entero con ellos. Te acercan todas las cosas. Se veían los platos de los satélites en los tejados y la cruz de la iglesia de verdad y el agujero de bala en el poste roto de la farola. He repasado los tejados por si estaba por ahí el arma del crimen, pero no la he visto. Mi paloma estaba plantada en el tejado del Jubilee Centre y al verme me ha guiñado un ojo y luego se ha ido volando, iba tan rápida que no la podía seguir con los binoculares. Como estaba mareándome de tanto buscarla, he tenido que dejarlo.

Estaban todos los de la panda de Dell Farm, pero no me han dicho ni palabra. Mi misión nueva puede esperar, el día de Carnaval no hay que hacer nada. Es lo mejor del Carnaval, todo el mundo se olvida de sus tareas por un día y se dedica sólo a divertirse. Espero que Killa se quede con Miquita, así no me molestará más. Estaba intentando quemarla con un mechero. Ella quería escaparse, pero la ha atrapado de un tirón. Y encima ella se reía como si le gustara. Una cosa de locos. Qué tontas son las chicas.

Sólo ha parado cuando pasaba el furgón de la poli. Se ha quedado tope quieto y con cara de palo. Lo he visto con mis binoculares. Todos los de la panda se han puesto las capuchas y se han quedado como estatuas. Ya nadie se reía. Y luego nos hemos pirado todos.

Cuando el furgón de la poli pasaba por delante de los borrachos les han tirado sus latas de cerveza. El furgón se ha parado. Los borrachos se han acojonado. Creían que los polis saldrían a arrestarlos. Se han quedado quietos. Luego el furgón de la poli ha seguido avanzando y los borrachos se han puesto a aplaudir y gritar como si hubieran ganado la guerra. Te lo juro, una cosa muy rara. Los binoculares son muy útiles para acercar las cosas.

Lydia se ha dejado puesto el disfraz de loro todo el día. Le ha cantado una canción de loros a Agnes. A Agnes le ha encantado, su risa era como una ola del mar, cada vez que rompía te contagiaba las ganas de reír. No podíamos parar, era demasiado gracioso. Agnes ya sabe decir «Harri». Sabe todos nuestros nombres. Mamá y papá y Lydia y abuela. Hasta sabe decir su nombre. Le hemos hecho decirlos todos. Le encantaba. Los ha dicho todos bien un montón de veces. Te lo juro, qué divertido.

Mamá ha intentado que dijera «Harrison», pero ella no quería. Sólo decía «Harri». A mamá ni siquiera se le han puesto los ojos rojos, tenía una sonrisa de oreja a oreja.

Agnes: «**¡Harri!**»
Mamá: «¡Eso es! ¡Bien dicho, tesoro!»
Yo: «¡Ten cuidado! ¡Se me van a caer las orejas!»
Agnes: «**¡Harri!**»

Es su nombre favorito. Se notaba que le gustaba más decirlo que los otros. No quería parar. Cuando se ha terminado la tarjeta, todavía estaba diciéndolo.

Agnes: «**¡Harri! Ha**»

Me muero de ganas de que Agnes se aprenda todas las palabras para poderle contar mis historias favoritas. La primera que le contaré es la del hombre de la pierna de mentira. Iba en mi avión. Llevaba una pierna de mentira, hecha de madera. Hasta tenía un pie con un zapato de verdad. Antes de dormirse se quitó la pierna y se la dio a su mujer para que se la aguantara. La mujer se quedó dormida con la pierna en brazos, como si fuera un bebé. Era muy gracioso. Daba gusto verlo. Yo me inventé que la pierna era un bebé y la mujer era su mamá.

Si en la vida se te cae una pierna, en el cielo vuelve a crecerte. Te lo juro, a Agnes le va a encantar.

Hoy no había iglesia por culpa de los cristales rotos y las palabrotas. El señor Frimpong casi se pone a llorar. De todos nosotros es el que más ama la iglesia. Mamá le ha dado un abrazo para consolarlo. Parecía que se le fueran a pulverizar los huesos ahí mismo.

Señor Frimpong: «No tiene ningún sentido, eso es lo que pasa. No respetan nada.»

Yo al principio me he alegrado y todo, ya estoy harto de las canciones de la iglesia. Son todas iguales y ya no está Kofi Allotey para cambiarlas y ponerles letras divertidas. La iglesia ni siquiera es de verdad. Sólo es el Jubilee Centre, el cuarto trasero del Club de la Juventud. Sólo hace de iglesia los domingos, el resto del tiempo lo usan para un bingo y para cosas de viejos. Todo el mundo quería que la mancha de humedad del techo fuera Jesucristo, pero en realidad sólo parece una mano sin dedos.

Rompieron los cristales a través de la reja. Firmaron PDF en la pared, con unas letras enormes. Dereck ha intentado borrarlas frotando, pero no se iban.

Mamá: «¿Qué significa PDF?»

Señor Frimpong: «Quién sabe. Será algún código suyo. Alguna tontería.»

No les he dicho lo que significa PDF. He hecho como que no lo sabía.

Señor Frimpong: «¿Saldrán en la tele de circuito cerrado?»

Derek: «Seguro que llevaban la cara tapada. Son ignorantes, pero no tontos.»

Por eso mamá no me deja llevar capucha, para que no me tape la cara. Y eso que yo no me la quiero tapar, sólo es para tener las orejas calientes. No soporto que mamá me llame mentiroso.

Querían que pareciera que habían echado mierda en la ventana, pero se notaba que sólo era un poco de Snickers. Eran trozos demasiado cuadrados y los cacahuetes sobresalían, así que no han engañado a nadie.

Yo: «Podríamos ir a la iglesia de verdad, donde hicieron el funeral del niño muerto. Está al doblar la esquina.»

Mamá: «Ésa no es la iglesia buena.»

Yo: «¿Por qué?»

Mamá: «Pues porque no. Cantan otras canciones. No son las que conocemos.»

Yo: «Las podemos aprender. Tal vez sean mejores.»

Mamá: «No son mejores. No nos las sabemos.»

Yo: «Pero no lo entiendo. Esa iglesia sí que es de verdad. Allí hicieron el funeral del chico muerto. Ha de ser buena.»

Mamá: «Pero no es la buena, y basta.»

El señor Frimpong: «Malditos católicos. Quieren que cojamos todos el sida para poder quedarse otra vez con nuestras tierras. Es la verdad.»

Sigo sin entenderlo. Tiene una cruz y todo. Si tiene una cruz, ha de ser la buena de verdad.

No sé por qué hay que ponerse a cantar canciones cada vez. Algún día podríamos tocar los yembes. Seguro que Dios ya está harto de canciones, las ha oído un millón de veces. A lo mejor por eso provoca terremotos. Si fuera yo, diría que si no me cantan una canción que no haya oído nunca les mandaba otro terremoto. Cantar siempre las mismas canciones es de perezosos.

Yo: «¿Quieres que coja mis binoculares? Los tengo en casa. Así podemos buscar pistas.»

Derek: «Vale, Harri. Déjame que recoja esto.»

No es culpa mía que hayan destrozado la iglesia. Si yo fuera de la panda les podría hablar de Dios. Hasta podría salvarlos. Una panda puede servir para cosas buenas, no sólo para gamberradas. Donde vivía antes, Patrick Kuffour y Kofi Allotey y Eric Asamoah y yo siempre teníamos tareas buenas. Devolvíamos las botellas de Coca-Cola vacías a Samson's Kabin. Una vez ayudamos al papá de Patrick Kuffour a aislar su casa. Rebuscamos por todas las calles y encontramos cajas y fuimos cortando trozos de cartón del tamaño adecuado. Como recompensa nos dio una botella grande de Fanta a cada uno. Hicimos una carrera a ver quién bebía más rápido y luego soltamos todos un gran eructo, como si fuera una juerga de sapos. Esas misiones son las mejores, cuando todos ayudan y al final hay una recompensa. Alguien tendría que contárselo a los de la panda de Dell Farm. Yo podría pasarles el mensaje.

Lydia: «Mejor mantente alejado. No traen más que problemas.»

Yo: «¿Y Miquita qué? Es peor todavía. Siempre está intentando morrearme y tú no haces nada para que pare.»

Lydia: «Es distinto. Con las chicas es distinto, no lo entiendes. Has de acertar con las amigas para que no te fastidien. Miquita va de farol, no te la tomes en serio.»

Yo: «Si Dios viera lo que habéis hecho, os quitaría los ojos. Cuando seas ciega no pienso ser tu lazarillo. Tiraré de ti con una cuerda y si no puedes seguir el ritmo será culpa tuya. Tengo cosas que hacer, no puedo esperarte.»

Lydia: «¡Sólo era pintura!»

Yo: «De eso, nada. Era sangre.»

Desde luego que era sangre lo de la ropa. Por eso echó lejía. Los dos lo sabíamos. Vimos cómo iba creciendo poco a poco la mentira entre nosotros, y luego estalló como una gran burbuja de saliva. Nunca tardan mucho en explotar.

Lydia: «No te pases de listo, Harrison. Era sangre de Miquita, ¿vale?»

Yo: «¿Y de dónde salía esa sangre? Si ni siquiera se había hecho un corte.»

Lydia: «No es esa clase de sangre. Es una cosa de chicas. No sabes ni de qué hablas. ¡Lárgate de aquí!»

Se fue corriendo al cuarto de mamá y me cerró la puerta en las narices. Yo la oía llorar al otro lado de la puerta. Una cosa de locos. Yo quería acabar con ese llanto, pero Lydia tenía que aprender la lección. Hacer algo malo a propósito es peor que hacerlo por equivocación. Una equivocación se puede arreglar, pero algo hecho a propósito no sólo te fastidia a ti, sino que va rompiendo el mundo a trocitos, como las tijeras con la piedra. Yo no quería ser el que rompe el mundo entero.

Yo: «¡Si no fueras tan mentirosa no tendrías que llorar! ¡Y con ese disfraz de loro pareces idiota! Ya te lo puedes quitar, huele fatal. ¡El Carnaval se ha terminado!»

Lydia: «¡Que te den por el...!»

Te lo juro, una cosa de locos. Se me ha enfriado la tripa. Nunca pensé que me diría eso, ni en un millón de años. No sabía ni qué hacer. He tenido que salir al balcón para recuperar el aliento. He buscado mi paloma por todas partes. Te lo juro, hay demasiadas y estaban tan lejos que no se distinguían los colores. Hasta he intentado tentarlas con un Haribo Tangfastic, pero mi paloma no ha vuelto. No creo que vuelva nunca.

Kyle Barnes me ha enseñado el truco del dedo corazón. Es muy fácil: haces como que estás buscando algo, como si te hubieran pedido un penique, te registras todos los bolsillos como si lo estuvieras buscando. Hay que fingir que lo has perdido y buscarlo mucho rato. Cuanto más tardas, más divertido resulta al final.

Luego, al sacar la mano del bolsillo, en vez de darles lo que se suponía que estabas buscando, les enseñas el dedo corazón levantado en una peineta. Es muy divertido.

Lo he probado con Manik. Ha caído. Ha sido bestial. No tenía ni idea de que le iba a hacer la peineta. No se lo esperaba ni en un millón de años. No te olvides, sólo funciona si lo haces con el dedo corazón (es el que está en medio y significa lo mismo que «que te den por el...»).

Yo: «¡Has caído!»

Manik: «Qué mierda, tío. Al menos yo no llevo las zapatillas enguarradas. ¿Qué les has hecho?»

Se me ha revuelto la tripa. Todo el mundo se ha echado a reír.

Todos: «¿Para qué has hecho eso? ¡Qué mariconada!»

Yo: «¿Qué? ¡De eso, nada!»

Sólo son unas rayas. Las pinté para que mis zapatillas parecieran Adidas. Lo hice con el marcador. Nos los dejan coger, siempre que los devolvamos cuando se acaban las vacaciones.

No respiré el veneno. Sólo lo respiré una vez y se me voló un poco la cabeza. Pero no me coloqué.

Las rayas me quedaron tope rectas, no se desvían ni nada. Y de lejos siguen quedando superguapas. Los demás no paraban de reírse. Me he puesto como una moto. Los odio.

Yo: «¡Ya vale!»

Todos: «¡Nada que hacer, lo siento! ¡Tiene demasiada gracia! ¡Eres un clásico! ¡Te lo juro por Dios!»

Cuando sea de la panda de la Dell Farm no se reirán tanto. Les haré besar mis zapas. De paso, me pueden besar el culo.

Mamá dice que las cámaras del circuito cerrado son una de las maneras que tiene Dios de vigilarnos. Si Dios está liado en otra parte del mundo, como cuando tiene que montar un terremoto o una inundación, sus cámaras te siguen grabando. Así nunca se pierde nada.

Yo: «Pero yo creía que Dios lo veía todo a la vez.»

Mamá: «Puede. Las cámaras sólo son una ayuda extra. Para los sitios en los que el demonio tiene mucha fuerza. Sólo es para estar más seguro.»

Qué mal rollo, el demonio ha de tener mucha fuerza por aquí, ¡hay cámaras por todas partes! Hay una en cada extremo del centro comercial y otra fuera del quiosco. Hay incluso tres dentro del supermercado para que Terry Takeaway no robe cervezas. Como no tengo capucha, me tendré que echar el abrigo por encima de la cabeza. Si voy rápido, la cámara no me podrá seguir, seré como un espíritu. Eso es lo que esperaba.

Estábamos esperando el momento adecuado. Tenía que estar vacío para que nos pudiéramos largar sin chocar con nadie. Éramos X-Fire, Dizzy, Killa y yo. Ellos iban a chocar contra la víctima y yo me tenía que largar con el premio.

Dizzy: «No te preocupes, colega. Tú quédate con nosotros, ¿vale? Si la cosa tiene pinta de jo... te haré una señal. Y entonces te largas de aquí, ¿lo pillas?»

Yo: «Lo pillo.»

La señal es un movimiento de cabeza, como para decir que sí. Sólo tengo que estar atento a eso. No tengo más que seguirlos. Si ellos corren, yo también. Es fácil. Me inventaré que estoy jugando al terrorista suicida y así no me dará tanto miedo. Sólo fracasaré en la prueba si me rajo antes de que acabe.

X-Fire se encargaba de escoger a la víctima. Tenía que ser alguien más bien flojo para poderlo tumbar con facilidad. Así no pueden pelear y todo es más rápido. Teníamos que darle la espalda a la cámara hasta que X-Fire escogiera a la víctima. Fingíamos que sólo estábamos paseando. Le he pedido a mi sangre que me diera mucha velocidad.

Justo entonces ha pasado mi paloma caminando por fuera del quiosco. Como no podía hablar con ella para no perderme la señal, sólo la he mirado de reojo. Llevaba un pedazo grande de pan en la boca. La seguían otros dos pájaros, de color blanco y negro. Querían su pan. No la dejaban en paz. Mi paloma se escapaba corriendo, pero los otros no paraban de seguirla. Uno se ha acercado directamente y le ha robado un trozo de pan de la boca. Te lo juro, vaya jeta. Me daba pena por mi paloma. Me han entrado ganas de matar a los otros pájaros.

Pero luego me he acordado de que sólo querían pan. Además, aquel pedazo era demasiado grande para mi paloma. Se lo han quitado. No se lo podían pedir porque sólo eran pájaros. Y entonces daban pena todos.

. . .

X-Fire: «Ahí va. Ése nos servirá.»

El señor Frimpong se acercaba caminando hacia nosotros. Acababa de pasar por delante del supermercado. No había nadie más a su lado. En ese momento he sabido que el señor Frimpong sería la víctima. Me he vuelto a marear del todo. Sólo llevaba una bolsa de la compra. Se veía asomar el pan. Estaba muy flaco.

El señor Frimpong es la persona más vieja de la iglesia. Entonces he sabido por qué canta más alto que todos los demás: es porque lleva más tiempo que nadie esperando que Dios le conteste. Cree que Dios se ha olvidado de él. Sólo lo he entendido en ese momento. Eso me ha hecho cogerle cariño, pero ya era demasiado tarde para echarse atrás.

Espero tumbarlo del todo.

X-Fire: «Acabemos con esta mierda. ¡Vamos!»

Hemos echado a correr. Dizzy y Killa corrían juntos. Yo sólo los seguía. Me he echado el abrigo por encima de la cabeza. Lo único que hacía era jugar al terrorista suicida. Me daba lo mismo no chocar con nadie, no necesitaba los puntos. Corría sin parar. Ni siquiera sabía adónde iba.

No podía parar. He corrido con todas mis fuerzas. El corazón me iba tope rápido. Notaba un gusto metálico y oía pasar el viento. Seguía corriendo.

Ha habido un choque bestial. He oído que caían cosas. Se ha partido una botella. He notado un cambio en el aire al abrirse las puertas. Había llegado al otro extremo del centro comercial. He seguido corriendo. No quería ni ver.

Yo: «¡Yo no he sido yo no he sido yo no he sido!» (Sólo lo decía por dentro.)

Estaba a punto de chocar con la barandilla. Me he apartado el abrigo de la cara. El sol me ha pegado en los ojos. Había salido. Me he dado la vuelta.

El señor Frimpong estaba en el suelo. Tenía las piernas dobladas de una manera extraña. Nunca lo había visto así, parecía como un bicho muriéndose al sol. Era demasiado loco. La compra estaba desperdigada por todas partes, toda la malta chafada. Dizzy le daba patadas al pan. Todo el pan, aplastado. Estaba saltando encima.

Killa les ha dado una patada a los huevos y han salido todos volando. Me he fijado en la cara del señor Frimpong, que tenía los ojos rojos y estaba asustado. He imaginado que sabía lo que pensaba ese hombre: dónde está Dios cuando lo necesitas, pensaba. Yo pensaba lo mismo. Él intentaba apartar a los chicos a cachetazos, pero los brazos no le daban para alcanzarlos. Intentaba levantarse, pero le fallaban las piernas. Era demasiado acojonante. Entonces ha llegado X-Fire. Llevaba la cara tapada con una bufanda. Ha registrado los bolsillos del señor Frimpong y se ha quedado la cartera. La cosa más loca que te puedas imaginar. Ni siquiera se la ha pedido.

X-Fire: «Suéltala, viejo cabrón. O te meto un palo.»

Me han entrado ganas de cagar. Me he dado la vuelta y he echado a correr con todas mis fuerzas. No he vuelto a mirar atrás. Tenía que largarme de allí.

Era mi última oportunidad. Si fracasas en dos pruebas ya nunca puedes entrar. Sólo había que quedarse hasta el final. Pero no había manera de saber que el final sería tan...

X-Fire: «¿Adónde co... vas?»

Me he hecho el sordo. He seguido corriendo. He pasado por delante del parque infantil y la zona verde y todas las casas, sin parar hasta el túnel. Me había quedado sin aire. Notaba la barriga llena de cuchillos. He buscado el diente de cocodrilo, que seguía en mi bolsillo. No entiendo por qué no me llegaban las fuerzas.

Quería ser más grande.

Han sido otra vez esas urracas, que se me han cruzado en el camino. Criaturas estúpidas, se creen que soy como ellas, que no tengo nada mejor que hacer que reñir por unos mendrugos. Sólo quería llamar tu atención, Harri, sacarte de un lío más. Intento ayudarte mientras pueda, hago todo lo que puedo, pero desde aquí no puedo hacer gran cosa. Depende de ti, has de mantener los ojos bien abiertos, vigilar las grietas del pavimen-

to. Te dimos un mapa, lo llevas dentro. Al final, todas las líneas señalan hacia el mismo lugar, sólo tienes que seguirlas. Llegarás a buen puerto, siempre que camines por lo recto y crezcas más que esos hierbajos. Puedes ser un árbol, puedes ser tan grande como quieras.

Algunas mamás matan a sus bebés cuando ni siquiera han nacido todavía. Cambian de idea y deciden que ya no los quieren. A lo mejor descubren que el bebé iba a ser malo de mayor. Es más fácil parar antes de que pasen las cosas malas. Sólo tienen que tirarlos por el váter, como si fueran peces. A Daniel Bevan le pasó. Su mamá tenía un bebé y, como ya no lo quería, lo tiró por el váter.

Yo: «Espero que se despierten cuando llegan al mar.»

Daniel Bevan: «No, se quedan muertos. Acaban en las cloacas y se los comen las ratas. Total, yo no quería una hermana, son un fastidio.»

Daniel Bevan podría morirse pronto. Ni siquiera puede correr. ¿Sabes qué es un inhalador? Es una lata pequeña llena de aire especial. Daniel Bevan tiene uno, lo necesita para respirar porque tiene asma. Ha de respirar el aire de la lata porque el de fuera es demasiado seco para él. Por eso no puede correr. Si alguna vez se le acabara el aire especial, se moriría.

Me ha dejado probar el inhalador. Estaba muy frío. Tenía un gusto raro. Era bestial. He querido poner voz de robot, pero esta vez no me ha salido. Si Daniel Bevan se muere antes que yo, me podré quedar su regla. Nos hemos dado la mano para sellarlo y todo. Es chula, tiene una cosa para hacer cálculos y todo.

Daniel Bevan: «¿Y si te mueres tú primero? ¿Qué cosa tuya me podré quedar?»

Yo: «Todos mis libros. Tengo montones. Tengo uno de reptiles y otro de criaturas de las profundidades y uno de la Edad Media. En total habrá unos veinte.»

Daniel Bevan: «Vale, de acuerdo. Trato hecho.»

Ahora no se puede echar atrás. Si te estrechas la mano ya no puedes incumplirlo.

Lo mejor fue cuando papá me dejó conducir la camioneta. Volvíamos de la granja de bambú. Yo iba sentado encima de sus piernas y llevaba el volante. Papá se encargaba de las marchas y los pedales.

Cada vez que cambiaba de marcha hacíamos como que la camioneta se había tirado un pedo enorme.

Papá: «¿Perdón?»

Yo: «¿Qué has desayunado?»

Pero también había que concentrarse a tope. Se pasan muchos nervios. El volante iba tope duro. Había que mantener la mirada siempre fija en la carretera, hacia delante.

Papá: «No tengas prisa. Mantenlo recto. No pienses en los otros coches. Yo lo controlo. Tú sigue recto.»

Cada vez que pasábamos por un bache, me entraba el miedo de que íbamos a chocar. Me quedé tope callado. Tenía que demostrarle a papá que podía llevar bien el volante para que la vez siguiente me dejara conducir toda la ida y también la vuelta. Sólo me puse nervioso una vez. Estuve a punto de chocar con un roedor. Papá quería que diese la vuelta y lo atropellara, pero no pude girar el volante con la rapidez suficiente.

Papá: «Cuando veas otro, apunta a los ojos. Luego tu madre hará una sopa.»

Mamá no sabe que yo he conducido por la carretera. Si lo supiera, me mataría. Es un secreto entre papá y yo. Desde entonces, cada vez que íbamos en la camioneta y veíamos un roedor, a papá y a mí nos daba la risa loca. Mamá y Lydia ni se enteraban de por qué nos reíamos. Te lo juro, lo más divertido que has visto en tu vida.

He tirado mi abrigo al tubo de la basura. He esperado a que llegara la noche y luego he salido sin hacer ruido. Fingía que era un sacrificio. El abrigo era una virgen y yo tenía que entregársela al dios del volcán.

Hay que deshacerse de las pruebas para que la policía no te pueda seguir la pista.

También he tirado mi Mustang. La verdad es que ya no lo quería. Me parecía lo más justo, ya que habían chafado los huevos del señor Frimpong. Yo estaba allí, lo había visto todo. El demonio tiene demasiada fuerza por aquí. Donde vivía antes, el demonio sólo me tentó una vez, cuando me dijo que robara todos los bloques de hielo del Victory Chop Bar para que pudiéramos montar una guerra de agua. Sólo le hice caso hasta que salió a perseguirnos Osei y se lo devolvimos todo. Aquí el demonio tiene más fuerza porque los edificios son demasiado altos. Hay demasiadas torres y se interponen en el camino del cielo para que Dios no alcance a ver tan lejos. ¡Te lo juro, es un fastidio!

Creo que las cicatrices que van así ׃׃׃ quedan mejor. De hoy en adelante me dibujaré todas las cicatrices así. Las que van así +++ todavía no son una cicatriz de verdad. No puede ser una cicatriz hasta que te quitan los puntos. Si todavía los llevas, sólo es un corte. Está muy claro. No sé por qué no se me había ocurrido antes.

¿Sabes qué es un superhéroe? Son gente especial que te protege. Tienen poderes mágicos. Los usan para pelear contra los malos. Son grandes. Se parecen un poco a Ananse, aunque éstos nunca te engañan, sólo usan sus poderes para cosas buenas.

Algunos superhéroes son de otro planeta. Otros están hechos en una fábrica. Algunos nacieron normales, pero luego obtuvieron sus poderes en algún accidente. Suele ser por culpa de la radiación.

Hay como unos cien superhéroes en todo el mundo. Altaf se los sabe todos. Los dibuja. Son mejores incluso que sus coches. Altaf te puede decir todo lo que quieras sobre cualquier superhéroe. Es su tema favorito. Spiderman es un superhéroe. Por eso es capaz de agarrarse como una araña.

Altaf: «Es porque le picó una araña radiactiva.»

Yo: «¡Qué guapo!»

Cada superhéroe tiene un superpoder favorito. Algunos pueden volar y otros corren tope rápido. Algunos están hechos a prueba de balas o tiran rayos. Siempre se sabe cuál es su poder favorito por el nombre, como el Hombre Araña, que se llama así porque puede agarrarse como una araña; Tormenta, que es capaz de provocar tormentas; o Wolverine, que lo llaman Lobezno porque pelea como un lobo (y encima tiene unas uñas larguísimas para cortarte en rodajas).

Hablábamos de nuestros propios superhéroes. De lo que pasaría si pudiéramos hacerlos nosotros mismos. Altaf ya ha pensado uno y me ha enseñado el retrato. Parecía un superhéroe de verdad y todo.

Altaf: «Es el Hombre Serpiente. Se convierte en una serpiente y escupe veneno al enemigo.»

Yo: «¡Qué guapo! ¿Se te ha ocurrido a ti solo?»

Altaf: «Sólo es un primer borrador. Le voy a hacer la lengua mejor y luego le buscaré su némesis.»

Todo el mundo llama «marica» a Altaf porque es muy tranquilo y tiene labios de chica. No se los pinta, sólo que por casualidad los tiene muy rosados. A veces lo llaman sólo Boquita de Marica. Yo jugaba a que su superpoder eran los labios, algo así como que si el enemigo se los mira demasiado rato se convierte en estatua.

Yo me sé tirar pedos como si fuera un pájaro carpintero. Te lo juro, es verdad. La primera vez fue sin querer. Iba caminando y me tiré un pedo, pero detrás salieron un montón de peditos pequeños seguidos. Hasta a mamá le encantó, no paraba de reír.

Mama: «¡Debes de tener un pájaro carpintero en los pantalones!»

Te lo juro, suena exactamente a eso. Desde entonces, intento tirarme así todos los pedos. Unas veces me sale mejor que otras. No es un superpoder, sólo una habilidad.

X-Fire me ha saludado haciendo un gesto de pistola con la mano. Estaba en la escalera de la cafetería cuando he pasado por delante. Ha puesto un dedo como si fuera una pistola y me ha apuntado directamente a la cabeza. Yo no sabía qué hacer. Era una cosa de locos. Parecía que me fuera a matar y que nadie pudiera impedirlo.

X-Fire: «¡Pum!»

Ha disparado. Se me ha encogido el estómago y se me ha escapado un pedo de pájaro carpintero. Esta vez no tenía ninguna gracia. Quería que apareciera alguien y pegara un salto para plantarse en el camino de la bala, pero entonces me he acordado de que no era una pistola de verdad. Aun así, acojonaba.

Dizzy: «¿Por qué te largaste corriendo? Esa putada no la olvidamos, tío.»

X-Fire: «Mantén la boquita cerrada, ¿vale, Ghana? En serio.»

Yo no iba a decir nada. Ya conozco las normas. Un disparo con el dedo significa que si hablas la palmas. Ser enemigo de ellos es una locura, una exageración. Ni siquiera sé cómo ha pasado. De hoy en adelante voy a necesitar ojos en el cogote.

Terry Takeaway se ha tirado horas dándole patadas a *Asbo*. No paraba. Una cosa de locos. *Asbo* ha encontrado algo de comida entre unos matorrales. Una pata, o algo así. Terry Takeaway le daba patadas y más patadas para que la soltara, pero no había manera. *Asbo* lloraba, pero no la soltaba. Yo quería hacer algo. Quería matar a Terry Takeaway, pero es demasiado grande. No podía hacer nada.

Luego, al acercarnos, todo ha empezado a tener más sentido. Terry Takeaway no le estaba dando patadas a *Asbo*, ¡era el perro el que le mordía los pies! Era muy divertido. *Asbo* intentaba sacar la carne de los matorrales, pero lo que había pillado era el pie de Terry Takeaway. Y no lo soltaba. Puede que tuviera el mismo olor que la carne. A lo mejor se había creído que era un trozo de vaca.

Terry Takeaway: «¡Suelta, suelta! ¡*Asbo*, déjalo! ¡Deja! ¡*Asbo*!»

Terry Takeaway se retorcía y gritaba, pero *Asbo* no lo escuchaba. Daba la sensación de que le iba a dejar el pie en los huesos.

Terry Takeaway: «¡Harri, ayúdame! Busca un palo, o algo así. ¡Por ahí!»

Dean ha cogido una rama y se ha puesto a agitarla delante de la cara de *Asbo*. Se la ha puesto al lado de la boca.

Acojonaba bastante. Los dientes de *Asbo* son como los de un tiburón. Ha puesto la rama para que quedara entre el pie de Terry Takeaway y los dientes de *Asbo*, y luego ha tenido que soltarla. Terry Takeaway ha cogido la carne a toda prisa y la ha tirado entre los matorrales. *Asbo* ha salido a buscarla, soltando a Terry. Estaba todo rojo y sudado. Ha comprobado que tuviera los pies todavía en su sitio.

Terry Takeaway: «Joder, qué mamón. Ha visto la carne y se ha vuelto loco. Qué perro tan tonto.»

Asbo ha salido de los matorrales con la carne en la boca, como si fuera su recompensa favorita de toda la vida. Se notaba que estaba muy contento. Se ha largado corriendo, sin darnos tiempo a quitársela. Sólo podíamos pensar en el hombre muerto de los matorrales. Y esperar que la carne no fuera suya.

Yo: «¿Alguna vez has matado a alguien?»

Terry Takeaway: «Últimamente, no. Aunque he herido los sentimientos de unos cuantos. ¿Por qué? ¿Qué andas buscando?»

Yo: «Aquí todo el mundo te quiere matar. No lo entiendo. ¿Va a pillarlo la policía?»

Terry Takeaway: «¿A quién?»

Dean: «Al que mató al niño muerto.»

Terry Takeaway: «Estás de broma, ésos no pillan ni un resfriado.»

Yo: «Eso nos parecía. Mejor lo pillamos nosotros.»

Dean: «Dan una recompensa.»

Terry Takeaway: «Buena suerte.»

Dean: «Tendrían que usar los perros policía. O sea, los perros huelen cualquier cosa. Hasta pueden oler el miedo.»

Los dos pensábamos lo mismo, se notaba, pero yo he sido más rápido. Lo he dicho antes:

Yo: «¿Y si los perros pudieran oler la maldad?»

Dean: «Eso estaba yo pensando.»

Hemos hecho un experimento. Terry Takeaway nos ha ayudado. Le ha puesto la correa a *Asbo* para que no se largara corriendo y así se ha quedado tumbado mientras se comía la carne. Disfrutaba tanto que ni se ha dado cuenta de lo que hacíamos. Yo he cerrado los ojos y me he llenado la mente de pensamientos asesinos, todo lleno de sangre y estrangulamientos y navajazos y aplastamientos y disparos y arañazos y vampiros. Fingía que era el asesino, a punto de ponerme manos a la obra. He intentado apretujar todos esos malos sentimientos en una bola con todas mis fuerzas y luego he abierto los ojos a toda prisa y le he tirado la bola a *Asbo*. He apuntado a la nariz. He soltado un gritito para que tuviera más fuerza. Ha funcionado y todo. *Asbo* ha levantado las orejas y se ha pasado un minuto mirándome con miedo. Eso quiere decir que la bola lo ha golpeado. Y así ya sabe a qué huele la maldad. Y luego ha seguido comiéndose la carne.

Yo: «Ahora, si alguna vez huele a un asesino se acordará y pondrá esa misma cara.»

Terry Takeaway: «Pero cuando se tira un pedo también la pone.»

Yo: «Pero si cuando la pone está mirando a alguien ya sabrás que no es un pedo, que es la maldad. Significa que esa persona tiene pensamientos asesinos. Y se convierte en sospechoso. Lo puedes atar con la correa de *Asbo* hasta que llegue la policía.»

Terry Takeaway: «Parece un buen plan.»

Hemos tenido ocasión de ponerlo a prueba enseguida: X-Fire y Dizzy y Killa llegaban por el parque. A mí no me daban miedo, porque teníamos a Terry Takeaway con nosotros y él es capaz de destrozarlos. Antes de darle a la botella estaba en el Ejército. Dean y yo hemos pegado un salto para distraer a *Asbo* para que Terry Takeaway pudiera quitarle la carne. La ha vuelto a tirar a los matorrales. Esta vez *Asbo* no podía ir a buscarla porque estaba atado. Ha dejado de buscarla con la mirada cuando X-Fire ha chocado conmigo. Siempre está chocando conmigo. Esta vez hasta yo quería que lo hiciera porque así tenía que acercarse y *Asbo* podía olisquearlo.

X-Fire: «Quítame ese perro de encima, tío.»

Terry Takeaway: «Pues vigila dónde te metes. ¿Qué problema tienes?»

Asbo se ha puesto manos a la obra. Los ha olido a todos como si fueran más carne. Nosotros no dejábamos de mirarlo por si ponía cara de reconocer la maldad. Si levantaba las orejas o ponía ojos tristes, sabíamos que se trataba de algo serio. Han intentado esquivarlo con un rodeo, pero Terry Takeaway ha tirado de la correa para que *Asbo* se plantara delante de ellos. No había terminado. Ha saltado hacia Killa y ha puesto unos ojos enormes. ¡Te lo juro, qué chulo ha sido! Estaba olisqueándole las pelotas.

Killa: «¡No es un pu... chiste, tío! ¡Quítamelo de encima!»

Killa ha sacado un destornillador de los pantalones. Lo he visto con mis propios ojos.

Terry Takeaway: «¿Qué vas a hacer con eso? ¿Metértelo por ahí?»

X-Fire: «Guárdalo, colega.»

Terry Takeaway: «Será mejor que escuches a tu amigo. Lárgate corriendo a casa antes de que se te deshaga el helado, ¿vale?»

Se han dado el piro. *Asbo* seguía con las orejas levantadas. Se notaban incluso los pensamientos asesinos flotando en el aire, se nos pegaban como polillas enloquecidas después de una tormenta. Se notaba que querían matarnos. La prueba había funcionado a lo grande. Y planteaba más preguntas: si querían matar a todo el mundo, ¿qué parte correspondía al niño muerto? ¿Cómo se puede distinguir un pecado de otro si todos tienen la misma forma? Te lo juro, a veces es superdifícil ser detective, se te llena la cabeza de preguntas todo el día. Me hubiera gustado aclararlas todas cuando tenía la ocasión, pero no pensaba con calma.

Hemos vuelto andando a casa con Terry Takeaway. *Asbo* iba corriendo por delante. A veces miraba hacia atrás para saber si lo seguíamos. Era bestial.

Terry Takeaway: «¿Tu madre no querrá un hervidor? Nuevecito, ocho pavos. Tiene filtro y todo. En las tiendas cuesta veinte.»

Yo: «No creo. No le gustan las cosas robadas.»

Terry Takeaway: «Mejor para ella. ¿Seis libras? ¿Y tú, pelirrojo?»

Dean: «No, gracias.»

Terry Takeaway: «Como queráis. ¡*Asbo*! ¡Por aquí!»

Si *Asbo* nos ayuda a pillar al asesino le darán una parte de la recompensa. Estoy seguro de que se la gastará en un hueso grande y una provisión de rascaditas de barriga para toda la vida.

Dicen que los que no siguen a Dios es porque no son creyentes. Están perdidos en la oscuridad y no pueden sentir nada, están vacíos por dentro, como cuando le quitas los cables a un robot. Cuando pasa algo bueno ni siquiera lo sienten y si hacen algo malo no se dan ni cuenta. Te lo juro, ha de ser muy aburrido. Los vampiros son así. Un vampiro no tiene alma ni sangre, por eso siempre están tristes.

Pastor Taylor: «Hacen todo eso porque tienen miedo. Temen la verdad de la eterna Promesa de Cristo. Hemos de compadecerlos y tenerlos en cuenta en nuestras oraciones. Hay que perdonarles su debilidad. Ahora están en manos de Dios.»

Señor Frimpong: «Si los vuelvo a ver les rompo la cabeza. Gamberros.»

Cuando el señor Frimpong decía la palabra «gamberros», tenía mucha gracia. Él no quería que sonara divertida, pero tenía gracia. Me he tenido que morder los labios.

La iglesia estaba tope silenciosa. El señor Frimpong ni siquiera cantaba. Daba una sensación rara. Ni siquiera lo intentaba. Es lo que pasa cuando te tiran al suelo, que ya no intentas las cosas. El señor Frimpong nos ha enseñado la rodilla, tenía un agujero grande lleno de veneno. Se notaba que estaba muy orgulloso.

Señor Frimpong: «Echadle un vistazo. Esta venda lleva plata, es por la infección. Nadie intentó detenerlos, ni una sola persona. ¿Por qué será?»

En Inglaterra nadie te ayuda cuando te caes. No saben si es de verdad o te lo estás inventado. Cuesta mucho saber qué es de verdad. He echado de menos los cantos del señor Frimpong. Me parecía una locura no oírlo. Es como cuando Agnes me dice adiós, luego sigo oyendo su voz en mi oído durante mucho rato. Me hace cosquillas y todo. Es agradable.

Yo: «¡Adiós, Agnes!»

Agnes: «¡Iós!»

A veces sigo oyéndola todavía cuando me voy a la cama.

Mamá: «Harrison se ha dejado robar el abrigo. ¡Qué le parece! Es que no le dan importancia a nada.»

Señor Frimpong: «Seguro que fueron los mismos que me atacaron. Gamberros.»

La ventana de la iglesia está arreglada, pero hay sitios donde no se pudieron borrar bien las palabrotas y todavía se ven. Se quedan ahí colgadas como si fueran susurros del demonio, listos para atraparte. Yo no me podía concentrar en los rezos porque me acordaba de ellas todo el rato. El pastor Taylor pronunciaba bien las oraciones, pero dentro de mi cabeza sonaban mal.

Yo: «Querido puto Dios, por favor que no pasen más mierdas de ésas. Jodidas gracias. Amén.»

Te lo juro, ¡suerte que sólo era dentro de mi cabeza! Mi superpoder principal sería volverme invisible. Me lo da el diente de cocodrilo. Por eso no me vio el señor Frimpong cuando lo tiraron al suelo. Yo estaba allí, pero no me vio. Mi diente de cocodrilo me volvió invisible, no se me ocurre otra razón. Yo ya sabía que era especial, por eso me lo dio papá.

«Putón», «zorra» y «furcia» significan lo mismo. En Inglaterra, si una chica lleva un tatu significa que es una furcia. La mamá de Jordan lleva un escorpión tatuado en el hombro. Ni siquiera lo intenta esconder, todo el mundo lo puede ver porque sólo lleva chaleco. Es una cosa de locos. Las mamás no deberían llevar tatus, porque son cosas de hombres. Sobre todo algo tan feroz como un escorpión. Si mamá se hiciera un tatu, yo me largaría. Me iría a vivir al río. Sólo necesito una tienda y un tirachinas para cazar ardillas.

Tendrías que ver lo fuerte que chuto mi pelota nueva. Las pelotas de cuero de verdad son mucho mejores que las de plástico. La puedo mandar a la otra punta del pasillo y ni siquiera se va volando, va por abajo como un cohete. Jordan la llama así.

Jordan: «Ésta será como un cohete, tío.»

Jordan me la ha tirado contra las piernas. Lo ha hecho tope fuerte para que me hiciera daño. Le encanta cuando me da. Yo intento apartarme de un salto, pero la pelota siempre me da, es como si fuera un imán o algo así. Es un fastidio.

Jordan: «¡Sí! ¡Te he dado! ¡Corre, que viene la Colillera! ¡Pásala!»

La Colillera llegaba por la puerta. Le he pasado la pelota a Jordan.

Jordan: «Haz como que no la has visto.»

Lil, la Colillera, vive en el segundo piso. La llaman así porque recoge colillas del suelo. Lo he visto con mis propios ojos. No se las fuma, sólo se las guarda en el bolsillo. Es la persona más vieja que he visto en mi vida, al menos tiene doscientos años. Cuando era pequeña no existían los coches y había una guerra cada día. Siempre lleva el mismo vestido, sin abrigo ni calcetines, incluso cuando llueve, y tiene las piernas huesuditas, como las de un pájaro. Sólo sabe decir:

Colillera: «¡Maldita sea!»

Te lo juro, acojona un montón. Si quisiera, podría matarme así. Ya ha matado a montones de niños, pero la policía no la puede atrapar porque tiene una magia que les impide entender esa verdad tan terrible. Yo he fingido que no la veía. He mantenido los ojos centrados en la pelota. La Colillera ha llamado el ascensor. Yo ya estaba listo para salir corriendo.

Jordan le ha tirado un pelotazo. Le ha pegado tope fuerte en las piernas. Ella no se lo esperaba. Hasta se oía cómo se partían los huesos.

Colillera: «¡Hostia puta!»

Jordan: «¡Lo siento! ¡Ha sido sin querer!»

Ha llegado el ascensor y la Colillera ha entrado en él. Jordan le ha vuelto a chutar. La pelota le ha pegado en toda la cara y luego ha salido botando.

Jordan: «¡Vieja cabrona estúpida!»

La Colillera me estaba mirando justo antes de que se cerraran las puertas, con unos ojos rabiosos y azules. Creía que había sido yo. No es justo, yo sólo quería jugar a pasarla. Cuando empiezan a pegar pelotazos todo el rato se vuelve muy pesado. Ahora la Colillera es mi némesis (es como llama Altaf al villano que siempre intenta destruir al superhéroe). Espero que mis poderes sean más fuertes que los suyos.

Yo: «¿Por qué has hecho eso? ¡Ahora nos matará!»

Jordan: «No seas marica. Si viene por nosotros me la cargo y punto.»

Jordan me ha enseñado su cuchillo. No he visto ni de dónde lo sacaba. No me lo hubiera esperado de ninguna manera. Tiene el mango verde, como los que mamá guarda en el bloque de madera. Es como el que mamá usa para cortar tomates. Hasta parece demasiado peligroso para cortar tomates.

Jordan: «Es mi cuchillo de guerra. A mí no me jo... nadie, tío. Lo que yo te diga, cuando empiece la guerra, me van a pillar preparado.»

Se ha quedado mirando el cuchillo tope serio, como si fuera su objeto favorito. Tenía los ojos muy abiertos. Me ha enseñado cómo hay que llevarlo para que nadie lo vea. Sólo hay que bajarlo por la pierna. Hay que sujetar el mango para que no se te caiga al suelo por dentro de los pantalones. Va mejor si la cintura del pantalón es elástica. Si no, también se puede llevar en el bolsillo.

Jordan: «Está muy afilado, mira.»

Ha rayado la pared con el cuchillo. Ha escrito «polla» con él como si fuera un bolígrafo; se veían las letras limpias y claras.

Jordan: «Tendrías que conseguirte uno, lo vas a necesitar. Ya te pillaré yo uno, mi mamá tiene montones.»

Yo: «No, gracias. La verdad es que no me hace falta.»

Jordan: «Claro que sí. A todo el mundo. Intenta pillarte uno como el mío y así seremos hermanos de guerra y tal. ¿Qué pasa? ¿No quieres que seamos hermanos?»

Me ha acercado el cuchillo a la cara. Ha meneado el mango en el aire como si intentara abrir una cerradura. Parecía una cerradura. Ha pasado el tiempo muy despacio hasta que ha vuelto a bajar el cuchillo.

Jordan: «¡Joder! Tendrías que haber visto tu cara, colega. ¡Te estabas cagando encima!»

Yo: «No, señor. ¡No tienes ninguna gracia!»

Todo el mundo habla de la guerra, pero yo no la he visto todavía. Hay muchas guerras en marcha al mismo tiempo.

<u>Guerras</u>
Entre los niños y los profesores
Entre el Instituto de Northwell Manor y el de Leabridge
Entre la panda de Dell Farm y la de Lewsey Hill
Entre la Chica Emo y el Capitán Sunshine
Entre Turquía y Rusia
Entre el Arsenal y el Chelsea
Entre negros y blancos
Entre la policía y los chicos
Entre Dios y Alá
Entre Chicken Joe's y KFC

Entre perros y gatos
Entre los Aliens y los Predators

Yo no he visto ninguna. Si hubiera una guerra lo sabría, porque todas las ventanas estarían rotas y los helicópteros llevarían armas. Los helicópteros no llevan armas, sólo linternas. Además, yo no creo que haya una guerra. No la he visto.

Ni siquiera sé con quién voy. A mí nadie me ha dicho nada.

Cuando mamá estaba en la ducha he cogido el cuchillo de los tomates. Sólo era una prueba. Hay que tener muchísimo cuidado con la punta afilada. Lo he cogido como si fuera Ironboy y he tirado unos cuchillazos, como si el aire fuera mi enemigo. Me lo he metido en los pantalones. He caminado con él y he fingido que había una guerra. Hacía como que Dios se había olvidado de mí y así podía hacer todas las cosas malas que se hacen en las guerras sin tener que sentirlo ni nada.

Yo: «¡Estamos en guerra! ¡Dios se ha olvidado de mí! ¡Papá se ha olvidado de mí! ¡Todas las farolas de la calle están estropeadas y nos persiguen los lobos! ¡Sálvese quien pueda!» (Sólo lo decía por dentro.)

Al final he tenido que devolver el cuchillo a su sitio porque acojonaba demasiado. Está muy afilado. Iba pensando todo el rato que me haría un corte en la pierna. No se puede llevar un cuchillo en el pantalón a todas horas, te podrías olvidar de que lo llevas y al sentarte te atravesaría la pierna y saldría por el otro lado. Si empieza la guerra, mejor me las piro, es más fácil. Soy el que mejor corre de todo séptimo curso, sólo me podría pillar Brett Shawcross.

Ross Kelly es así porque alguien le echó ácido en la leche cuando era un crío. Todo el mundo está de acuerdo. Siempre saca la lengua mientras escribe sus respuestas, dice que así se concentra mejor, pero en realidad parece que esté zumbado. Yo he intentado escribir con la lengua fuera: no me servía para escribir más rápido. Sólo para que la lengua se me quedara tope helada y seca.

Si Ross Kelly vuelve a llamar «cuatro ojos» a Poppy, lo tiro por la ventana. Sólo le he dejado mirar con mis binoculares porque me lo ha suplicado como un perro.

Yo: «¡Luego le toca a Poppy!»

Ross Kelly: «No necesita binoculares, ya tiene cuatro ojos.»

Poppy: «Vete por ahí.»

Yo: «¡Sí, vete por ahí, cagón!»

Me he ido hacia la ventana de la cafetería y Poppy se ha quedado en las escaleras de la biblioteca. Luego me ha mirado con los binoculares. Cuando he vuelto, tenía que decirme qué había hecho.

Poppy: «Estabas caminando a cámara lenta. Te he visto.»

Yo: «No era a cámara lenta, era un robot.»

Poppy: «Lo que sea. Las dos cosas se parecen.»

Yo: «¿No me veías borroso, ni nada? ¿Me veías en primer plano?»

Poppy: «Sí.»
Yo: «¿Lo ves? Te dije que eran de verdad.»
Poppy: «¡Te creo! ¡Te creo!»

He guardado los binoculares en la mochila para que no se rompieran. Nadie sabe para qué los quiero, sólo Dean y yo. Ni siquiera le puedo contar el caso a Poppy. La he de proteger por si al asesino se le ocurre hacerle daño para controlarme a mí. Siempre lo hacen: secuestran a la esposa del detective y le cortan los dedos de los pies de uno en uno hasta que el detective se rinde. Si me lo pregunta Poppy, los binoculares sólo son para ver pájaros, o partidos desde lejos. Así está más a salvo. Ahora Poppy es mi novia. Fue fácil. Ni siquiera se lo tuve que pedir. Sólo tuve que marcar una equis en el recuadro.

De momento, he recogido cinco huellas dactilares. Tengo las de Manik, Connor Green, Ross Kelly, Altaf y Saleem Khan. Se las he pedido a Chevon Brown, Brett Shawcross y Charmaine de Freitas, pero todos me han dicho que me vaya a tomar por el...

Dean: «Necesitamos huellas de inocentes para compararlas con las de los asesinos, así los podemos descartar en la investigación.»

Yo: «Oído, capitán. Me ocupo de eso en un abrir y cerrar de ojos.»

He guardado todos mis celos con las huellas en mi escondite especial, con mi diente de cocodrilo. Los he envuelto en papel para que no se llenen de polvo y pelos. Mi habitación se ha convertido en mi cuartel general. Nadie puede entrar sin contraseña y no le he dicho a nadie cuál es la contraseña. (Es «paloma», por mi paloma. Si lo piensas bien, nadie podría adivinarla.)

Las huellas dactilares en realidad no existen para identificar a la gente. Eso sólo es porque da la casualidad de que todos las tenemos diferentes. Una huella dactilar en verdad sirve para percibir el tacto de las cosas. Gracias a ellas distinguimos las texturas y superficies distintas. Nos lo dijo el señor Tomlin.

Señor Tomlin: «Las huellas están formadas por unas estribaciones diminutas de la piel. Cuando pasas la yema de los dedos por una superficie, ésta provoca unas vibraciones, ampliadas luego por esas estribaciones para que la señal llegue a los nervios sensoriales con más fuerza y el cerebro pueda así analizar mejor la textura.»

Yo: «Para que puedas notar los detalles de las cosas.»

Señor Tomlin: «Eso es.»

Como yo no podía quemarme los dedos, he decidido que sería mejor congelármelos. Era el siguiente mejor método para dejarlos sin tacto. Yo sólo quería ver qué sensaciones se tiene con unos dedos como los de la tía Sonia. Quería saber si lo del detalle de las cosas era verdad. He arrancado un poco de nieve del fondo del congelador y he rascado una buena parte para echarla en un cuenco.

Yo: «¿Se te pueden gangrenar los dedos con el hielo del congelador?»

Lydia: «De qué vas. Claro que no.»

Yo: «Si me tirase un montón de tiempo en serio tocándolo. O sea, como una hora entera. Entonces, a lo mejor sí. No quiero que se me mueran. Sólo que se me congelen un ratito. No me dejes que los enfríe demasiado, ¿de acuerdo? Avísame cuando lleve media hora, con eso debería bastar.»

Me ha costado un montón de rato que los dedos perdieran sensibilidad. Me dolían y todo. El frío estaba tan frío que me quemaba. Tenía ganas de quitar los dedos de allí, pero los tenía que dejar para que funcionara. Lydia estaba viendo «Hollyoaks». El chico volvía a besar al otro chico una vez más. He aprovechado el asco que me daba para distraerme. He fingido que no me veía los dedos. He fingido que ni siquiera eran míos.

Yo: «¿Estás contando?»

Lydia: «¡No me molestes! ¡Estoy viendo la tele!»

Cuando por fin he perdido la sensibilidad en los dedos era como si se me hubieran caído. Ya ni me los notaba. Te lo juro, una cosa de locos. He ido a buscar un melón y lo he tocado. ¡Y funcionaba! Ni siquiera notaba la textura de la corteza. Era como si mis dedos ya no estuvieran hechos de piel, como si estuvieran hechos de nada. Te lo juro por Dios, la cosa más loca que he visto en mi vida.

He probado con el cojín del sofá. No notaba la textura. Son todo rayas, pero ni se notaba. He apretado tope fuerte, pero no pasaba nada. Era como si yo ya no estuviera allí, como si sólo fuera un espíritu. He tocado las plumas del disfraz de loro de Lydia. No parecían tan suaves, era como si estuvieran muy lejos. Le he tocado la cara a Lydia. Casi no la notaba. He probado con la nariz, los labios, la mejilla, la oreja. Lo he probado todo. Todo parecía estar lejos, como si Lydia fuera sólo un sueño.

Yo: «¡Es una locura! Lo tendrías que probar.»

Lydia: «¡Eh! ¡Quita! ¡Qué frío!»

He intentado coger un cacahuete, pero era demasiado complicado. Fallaba cada vez. Era muy extraño. Ves tu dedo apoyado en el cacahuete, pero no puedes hacer que lo coja. Se te cae cada vez. Es tope desagradable. Te sientes muy estúpido. Sólo he parado cuando ya me había olvidado de cuánto rato llevaba. Hacía horas que Lydia ya había dejado de contar.

Yo: «¡El experimento ha sido un éxito total!»

Lydia: «¡Y tú eres un retrasado total!»

Al principio me acojoné y todo, parecía que la insensibilidad me iba a durar toda la vida. En ese momento me dio pena la tía Sonia. Todavía recordaba el tacto de las cosas, podía recurrir a la memoria para engañar a los dedos. Pero... ¿qué pasa si intentas tocar algo nuevo, algo que no conozcas de antes? Hice como que era la tía Sonia y estaba en un país nuevo, en el que todo era desconocido. No podía recordar el tacto de las cosas porque no las había visto antes. Acojonaba mucho.

Yo: «¿Y si es de noche y se va la luz y hay un incendio? ¿Cómo encontrará el camino para salir?»

Lydia: «No lo sé. Tampoco va a pasar.»

Yo: «¿Y si pasa? Se quemará como una tostada humana.»

Me mareaba y todo, no quería ni pensarlo. Cuando se empieza a pasar el entumecimiento es como si tuvieras chinchetas dentro de los dedos. Te lo juro, fue un alivio gigantesco. Significaba que volverían a ser normales. Quedarme a la fuerza y para siempre sin sensibilidad sería demasiado fastidio. Tendría que ponerme a cogerlo todo con la boca, como un perro. Todo el mundo me llamaría Niñoperro. No quiero ni pensarlo para no hacer que pase de verdad.

Lydia sólo estaba cabreada porque no vale como detective. Cuando sea mayor sólo quiere peinar. Todas las niñas quieren dedicarse a peinar.

Yo: «Mi trabajo es mejor. Los detectives pillan al malo y pueden conducir tan rápido como quieran.»

Miquita: «Pero el detective no lleva pistola. El malo sí. Y no tiene que pedir lo que quiere, sólo ha de cogerlo. El detective sólo es un empleado y lleva una diana en la espalda. Yo no quiero currar para nadie, tío.»

Miquita le estaba planchando el pelo a Lydia. Cuando se entere mamá le va a echar una bronca.

Yo: «Seguro que se le pega fuego.»

Lydia: «¡Qué va! No se quemará.»

Yo: «Seguro que sí.»

Lydia: «No molestes.»

Yo: «Si quiero, puedo mirar.»

Lydia no puede prohibirme que mire, soy el hombre de la casa.

Lydia: «No me quemes, ¿vale?»

Miquita. «No te preocupes, tía. Lo he hecho un montón de veces.»

Chanelle: «Dos.»

Miquita: «¿Y qué? O sea, soy muy hábil. Me enseñó mi tía, que lo aprendió en el trullo.»

La tía de Miquita es falsificadora. Son los que compran algo con un tíquet, sólo que el tíquet no es de verdad, en realidad es un dibujo que han hecho ellos mismos.

Se tiran un montón de rato. Cuando planchas el pelo tienes que ir haciendo los mechones de uno en uno. Hay que ir tope despacio para no provocar fuego, primero un lado y luego el otro. Es muy relajante. Yo casi me duermo. Tuvimos que parar para descansar. Ellas han fingido que el zumo de manzana era champán.

Te lo he dicho. Las chicas son tontas.

Era muy divertido ver cómo se esforzaba Lydia por estarse quieta. Se concentraba a tope. Le daba miedo la plancha y todo. Cuando Miquita se la acercaba, cerraba los ojos y los apretaba con fuerza.

Lydia: «Cuidado con las orejas.»

Miquita: «¿Por qué? ¿No oyes bien?»

Lydia: «No te hagas la graciosa.»

El pelo de Lydia se estaba alisando en serio. Ahí mismo, delante de mis ojos. Le quedaba guapo. Se notaba que Lydia estaba muy contenta. No hacía más que mirarse en el espejo. Se estaba enamorando de sí misma. Te lo juro, era muy divertido.

Yo: «¡Quieres darte un beso! ¡Adelante, date un beso!»

Lydia: «¡No molestes!»

Miquita: «Estate calladito, tío. O te quemo.»

Sostenía la plancha junto a la oreja de Lydia. Estaba saliendo humo. Entonces Miquita ha puesto una cara muy seria. Así, de repente. Ya no se reía.

Miquita: «¿Estás con nosotras?»

Lydia: «¿De qué estás hablando?»

Miquita: «Ya sabes de qué hablo. O sea, estás con nosotras, o contra nosotras.»

La plancha estaba justo encima del ojo de Lydia. Casi lo tocaba. El humo le tapaba la cara. Se me ha encogido el estómago. Chanelle se ha comido la última Oreo.

Chanelle: «No, tía, no hace falta. O sea, ya sabe lo que ha de hacer.»

Miquita: «Cállate. No me obligues a darte. No viste nada. No sabes nada, ¿vale?»

Todo iba tope despacio. Miquita acercaba la plancha y luego la apartaba, una locura de juego. Cuando he visto que Lydia estaba asustada, me he asustado también yo. Me he preparado, como si llegara un invasor. Lo he planeado todo en mi cabeza: sacar el cuchillo del bloque de madera, pinchar al invasor hasta que se quede ciego y luego sacarlo de casa a empujones hasta el ascensor. Uno de nosotros llama a la policía. Hay que pincharles muy, muy rápido para que no te dé tiempo ni a notarlo. Sólo es en defensa propia. Lydia ha cerrado los ojos. Aún no se había quemado, pero ya olía a chamusquina. Yo me sentía como si acabaran de caer, muertos, todos los pájaros del cielo.

Lydia: «Por favor. No sé nada. Estoy con vosotras, estoy con vosotras.»

Lydia ha abierto los ojos. Se ha mirado en el espejo: tenía una manchita roja y brillante en la mejilla. Se la ha tocado muy despacio, como si fuera la marca de un beso. A mí me encanta esperar a que los hoyos se curen, la piel nueva te hace más fuerte. Es lo mejor que tienen las heridas y las quemaduras.

Entonces Miquita ha cambiado de cara. Otra vez estaba normal, sin nada de rigidez. Ha sido tope rápido. Incluso he llegado a pensar que había tenido una pesadilla.

Miquita: «Mira al frente todo el rato, ¿vale? Va a quedar que te cagas. No te muevas, no quiero hacerte daño. No te tendrías que haber movido.»

Lydia: «Perdón.»

He recuperado el aliento. El mundo se ha vuelto a despertar. Cuando al fin estaba listo, el pelo de Lydia ha quedado guapo de verdad. Tope liso, y tal. Ha merecido la pena esperar.

    Yo: «¡Jo! ¡Qué pinta más idiota! ¡Pareces un búfalo!» (Tenía que cargármela aunque fuera de mentira. Si le dices a una chica que está guapa es que la quieres demasiado.)

    Chanelle: «De eso, nada. ¡Tiene pinta de supermalvada!»

    Miquita: «¡Soy la mejor! ¡Es que no puedo evitarlo!»

    He recogido una muestra de sus huellas con un trozo de celo. Chanelle me las ha dado a la primera, pero Miquita no quería cooperar. Entonces me he acordado lo que me dijo Dean: «Si no te ceden el dedo, espérate a que beban algo. Así quedará la huella en el vaso. Está chupado.»

    Miquita se cree muy lista. ¡Quien ríe último...! Las huellas de Lydia no las necesito. Ella no es sospechosa, sólo es mi hermana. Ni siquiera ha llorado mientras estaban quemándola de verdad.

Lydia estaba destrozando el disfraz del Club de la Danza. Tenía unas tijeras y le daba cortes y pinchazos como un tiburón enloquecido. Tenía los ojos empañados y cada dos por tres se agachaba para rezar. Era como un sueño de locura. No podías ni moverte, tenías que quedarte mirando, a ver qué iba a pasar a continuación. Ha sido como cuando Abena se metió el alambre de la percha por la nariz para que le quedara como las de las obruni (creía que hacían eso para darle forma). Todo el mundo sabía que no iba a funcionar y esperaba que pasara algo gordo. Era como si se hubiera vuelto loca.

    He pegado una patada a la puerta. Tenía que pararla antes de que llegara demasiado lejos en su locura y luego no hubiese forma de traerla de vuelta.

    Lydia: «¿Ya estás contento?»

    Yo: «¿Qué haces?»

    Lydia: «¿A ti qué te parece? No te quieres creer que no era sangre. Me tomas por mentirosa. ¿Me crees ahora?»

Yo: «¿No quieres conservarlo? Creía que te encantaba.»

Lydia: «No, no me encanta. Es una tontería. Además, odio el Club de la Danza. Todo es una tontería.»

Yo no entendía qué le pasaba. De todos modos, le he prestado ayuda. Hemos tirado el disfraz por el balcón. Hecho trocitos, como si estuviera muerto. Era una caída desde muy arriba. Cuando llegara abajo, se habría terminado todo el problema y se podría volver a empezar. Hemos tirado los pedazos entre los dos. Los mirábamos caer, como gruesas gotas de una lluvia lenta. Al final, la lluvia siempre se lleva la sangre. Abajo había algunos críos. Nuestras gotas les caían encima y luego ellos las recogían y las juntaban para formar plumas. Se perseguían con ellas como si fueran loros alucinados y se las tiraban, como levísimas bombas.

Lydia: «No le cuentes a nadie lo que hice, ¿vale?»

Yo: «¿Sabes de quién era?»

Lydia: «No, te lo juro por Dios. Lo único que hice fue llevar la ropa a la lavandería y ya está. Sólo era una prueba.»

Yo: «A mí no me robaron el abrigo. Lo tiré por el tubo de la basura.»

Lydia: «¿Por qué?»

Yo: «Si tú no tienes que decírmelo, yo a ti tampoco.»

Lydia: «Vale.»

Yo: «Una vez, Jordan tiró un gato por el tubo de la basura.»

Lydia: «De eso nada. Era un farol. Te lo crees todo.»

Hemos seguido mirando hasta que los críos se han hartado y han soltado las plumas. Al caer, los fragmentos del disfraz parecían cadáveres recién dormidos. He pedido perdón por dentro, pero esta vez no era con tristeza, sino con fuerza. Fuerza para protegernos de lo que pueda venir, como si todos tuviésemos un diente de cocodrilo.

Créeme, es mejor si no nos veis llegar. Tenéis que alcanzar vuestros logros, cumplir con vuestras obligaciones, todas esas tareas humanas. Todas esas cosas que hacéis mientras fingís que la muerte no espera a la vuelta de la esquina son las que determinan qué rostro tendrá cuando por fin os topéis con ella. Seguid con vuestras tareas hasta caer aturdidos. Tomad decisiones, contestad llamadas. Vivid cada momento; ya cuidarán de sí mismos los monumentos cincelados en el mármol en cuanto desaparezcáis, o acaso moldeados en la arcilla de quienes os sobrevivan.

Tengo zapas nuevas. Se llaman Diadora. ¿Conoces esa marca? Te lo juro, son muy guapas. Mamá vio lo que le había hecho a las Sports.

Mamá: «¿Qué le ha pasado a la tela? Están hechas polvo.»

Yo: «Quería unas Adidas.»

Lydia: «Ni siquiera te han salido rectas. Todas las rayas torcidas. Parecen de marica.»

Yo: «Tú sí que tienes cara de marica.»

Mamá: «¡Eh! Cuidadito con esa palabra. ¡Nadie es marica!»

Hemos ido a la tienda del cáncer. Allí también venden zapatillas. Las Diadora son las mejores. Eran las únicas de mi talla. Ha sido un golpe de suerte que te cagas. Son todas blancas, con el signo de Diadora en azul. El signo de Diadora parece una flecha, o algo que viene del espacio. Sólo de verlo ya sabes que vas a correr superrápido, se nota a la primera.

Ni siquiera parecen de segunda mano. Sólo tienen un par de rasguños. Su primer dueño las cuidó muy bien. Lo que pasa es que le crecieron demasiado los pies. Hemos intentado imaginar cómo era el primer dueño.

Lydia: «Me juego algo a que era feo y le olían los pies y los tenía llenos de costras.»

Yo: «¡De qué vas! Ni siquiera huelen mal. Seguro que jugando a fútbol y corriendo era el mejor.»

Me he inventado que el dueño anterior había dejado algo de su espíritu en las zapatillas y que eso me ayudará a pasar el balón recto y a correr muchos kilómetros.

Lydia: «No le digas a nadie dónde las has comprado, o te caerá una buena.»

Yo: «Que sean de la tienda del cáncer no significa que tengan cáncer.»

Todo el mundo dice que las cosas de la tienda del cáncer tienen cáncer. Son idiotas. Con mis zapas nuevas corro más rápido que nunca. Cuando las llevo siento que podría correr toda una eternidad sin tener que parar. Hasta las probé en el pasillo, donde el suelo brilla a tope, y hacen un chirrido brutal. Fue una pasada.

Sí que suena a mona pelada. Pero hay que escuchar con mucha atención. Con las Diadora también pasa, no es sólo con los zuecos de las enfermeras.

A Poppy le encantan mis Diadora. Dice que son superguapas. Por eso hemos de estar juntos, porque nos encantan las mismas cosas. Nos encantan las Diadora y Michael Jackson y a los dos nos gusta más la uva morada que la verde. Tener novia es fácil. Sólo hay que hacer manitas de vez en cuando. Es la única obligación. El resto del rato puedes seguir pasándolo bien como siempre. En el recreo, Poppy y yo nos sentamos en los escalones del edificio de Ciencias. A veces me encarga alguna misión. A veces tengo que bailar como Michael Jackson, cantar una canción o contar un chiste. A Poppy le encanta que haga cosas para ella. A veces quiero jugar al terrorista suicida, pero Poppy quiere que me quede con ella. Tampoco es que me importe. Yo también me quiero quedar.

Al principio le cogía la mano con todos los dedos juntos y estirados. Poppy no lo soportaba.

Poppy: «¡Eso es de críos! Mira, se hace así.»

Lo que se hace es intercalar todos tus dedos con los de la otra persona. Así es más sexy. A las chicas les gusta más así. Te sudan las manos a tope, pero sigue siendo agradable. Algunas de las normas que se aplican a las novias son un poco distintas aquí. No las puedes perseguir y tirarlas al suelo. Está prohibido. En vez de eso, has de hacer manitas con ellas. Es más amable.

Poppy me ha dejado probar sus gafas. Sólo las lleva para leer. No son como las gafas de los viejos, son bonitas y pequeñas. Incluso con ellas puestas sigue siendo la más guapa.

Yo: «No las voy a romper.»

Poppy: «Ya lo sé. Te quedan bien. ¿Qué tal se ve?»

Yo: «Es una cosa de locos.»

Cuando una persona normal se pone unas gafas que no necesita, el mundo entero se tambalea. Te lo juro, es brutal. No podía ni ver adónde iba. No sabía si una cosa estaba cerca o lejos. Al caminar con ellas puestas me mareaba. Casi choco con una pared. Las gafas sólo sirven si tus ojos ya no funcionan. Si los ojos funcionan, las gafas no sirven. Era muy extraño. Era como mirar por debajo del agua.

Poppy: «Sólo ves raro porque no necesitas gafas. Yo, cuando me las pongo, lo veo todo normal.»

Yo: «Ojalá yo necesitara gafas y tú no.»

Poppy: «Ay, qué dulce. Gracias.»

Quería decirle que sigue siendo la más guapa. Quería decirle que ella es mi color amarillo, pero había demasiada gente mirándonos.

Aunque no se vean las líneas, sabes que están ahí. Sólo hay que tenerlas en la mente. El túnel de detrás del centro comercial es una línea. Si la cruzas, te la juegas. Yo ni siquiera entro en ese túnel. Acojona demasiado. Está siempre oscuro, por mucho sol que haga, y el agua de los charcos es tope guarra y tóxica.

La carretera que pasa por mi cole es la línea siguiente. No se puede ir más allá. Lo más cerca que he estado es en la parada de autobús que hay junto a la colina. Nunca he ido más lejos.

La línea siguiente es la carretera que hay donde termina el río. Al otro lado está el McDonald's. Sólo he pasado por ahí con mamá y en autobús. Si vas solo, te la juegas. Esa carretera pertenece a la panda de Lewsey Hill.

La última línea es la de las vías del tren. Quedan tope lejos, más allá del río. Nunca he ido tan lejos. Las vías del tren es donde se libran todas las guerras. Es el campo de batalla. Una vez, los de la panda de Dell Farm y los de Lewsey Hill tuvieron una bronca brutal. Había mil personas. Todos llevaban navajas y bates de béisbol y espadas. Murieron algunos. Era en los viejos tiempos, cuando yo aún no había llegado.

Jordan: «Se cortaban los brazos y las piernas y todo. Fue vomitivo. Siguen ahí. Se ven los brazos y las piernas colgados de los árboles. Los dejaron ahí como advertencia.»

No sé si es verdad. Ni siquiera sé por dónde se va a las vías del tren.

Las líneas forman un cuadrado. Sólo estás a salvo si permaneces dentro del cuadrado. Eso es casa. Si te quedas ahí no te pueden matar. Lo mejor de estar en casa es la cantidad de escondites que hay. Si alguien te persigue y has de escapar, siempre tienes adónde ir. Hay un montonazo de callejones, uno tras otro. Sólo has de meterte en cualquiera de ellos para estar a salvo. Nunca te pillarán. Sólo hay que seguir recto, sin parar de correr.

Te puedes esconder en los matorrales del parque. Son tan altos que te cubren. Hubo un cadáver de un hombre durante un año entero en los matorrales y nadie lo vio. Sólo lo encontraron cuando se metió por ahí un perro y, en vez de salir con el palo que buscaba, salió con una mano en la boca.

También te puedes esconder en los contenedores. Nadie te va a buscar ahí por el olor. Si eres capaz de contener la respiración, te puedes pasar toda la vida ahí dentro, escondido.

La iglesia es casa para todos. Si entras ahí nadie te puede hacer nada, es una ley sagrada. Puedes correr al centro comercial. Si eres buen escalador, puedes escalar por el garaje, o por un árbol. Te ven, pero no te pueden pillar. Son demasiado gordos para seguirte. Sólo te pueden bajar con una cuerda. En casa todo el mundo está a salvo. Pero ¡hay que acordarse de echar todos los cerrojos!

Dizzy me ha visto junto a la puerta principal. Yo no me lo esperaba, por eso ha sido mejor todavía. El mejor momento para las persecuciones es cuando salimos del cole.

Dizzy: «¡Eh, nenaza, te voy a matar! ¡Será mejor que corras!»

He salido corriendo. Nunca me pillan, son demasiado lentos. A veces corro hasta casa, como si estuviera muerto de hambre. En cambio, si quiero que la persecución dure más, voy de un lado a otro como una serpiente. He pasado por el aparcamiento de los profes hasta la verja de alambre de espino. No iba a la máxima velocidad. Quería que Dizzy creyera que me podía pillar. Me he parado al llegar al cartel:

He esperado a que Dizzy llegara a mi altura. Me he agarrado a la verja, como un prisionero. Eso lo ha cabreado más todavía. Ha sido muy divertido.

Dizzy: «No juegues conmigo, tío. ¡Me las pagarás cuando te jo...!»

Le he dejado acercarse un poco más y luego he echado a correr de nuevo. Corriendo en paralelo a la verja, he pasado por la puerta y he seguido colina abajo, hacia el túnel. Al volverme he visto que Dizzy seguía en lo alto de la colina y respiraba con dificultad, como un trotro estropeado. Ha tenido que abandonar. ¡Doscientos puntos más para Harrison Opoku! ¡Ya te he dicho que mis Diadora son las más rápidas!

Sólo me he puesto a correr en serio cuando se ha sumado X-Fire. Al salir del túnel lo he visto al otro lado de la calle. Al verme, se ha puesto como una moto y ha arrancado directo hacia mí.

X-Fire: «¡Date por muerto, capullín!»

Se me ha acelerado la sangre. He corrido hacia la iglesia. Quería entrar, pero la puerta estaba cerrada. He seguido corriendo por delante del Jubilee Centre y la biblioteca grande. Avanzaba en línea recta para ir más rápido. Oía los pisotones de X-Fire detrás de mí. Notaba que sus pensamientos asesinos se iban soltando y llenaban el aire como una lluvia superfuerte.

X-Fire: «¡Te voy a matar, hos...!»

He llegado al centro comercial. La señora de la silla motorizada estaba justo delante de mí, casi choco con ella. Sólo tenía un segundo para pensar. Lo he hecho casi sin darme cuenta. Me he montado en la parte trasera de la silla. Ni siquiera me ha dado tiempo a pensar que era una locura.

Señora de la silla motorizada: «¿Qué haces ahí? ¡Bájate!»

Yo: «¡No puedo! ¡Lo siento!»

X-Fire se acercaba. Yo quería que la mujer fuera más deprisa, pero el motor no daba más. Era un fastidio. Casi parecía más lento que ir andando. Todo se ha detenido. Me ha parecido que, de tanta lentitud, podía estropearme y morir.

Yo: «¡Dese prisa, señora! Pise el acelerador!»

Señora de la silla motorizada: «¡Bájate de ahí!»

Unos cuantos críos se han puesto a correr a nuestro lado. Creían que era un juego. Al pasar me hacían la peineta.

Críos: «¡Gilipollas!»

Señora de la silla motorizada: «¡Vale! ¡No pienso permitirlo!»

La señora de la silla motorizada ha pisado el freno y me ha obligado a bajar. Me he vuelto a toda prisa para echar un vistazo hacia atrás. X-Fire estaba parado. Dizzy había llegado a su altura. Los dos se estaban riendo como locos. Todo el mundo se reía.

Dizzy: «¡Qué buena máquina, nenaza! ¿Hay que sacarse el carnet?»

X-Fire: «¡Eh, Ghana! ¡Dile a ese zumbado que como vuelva a ver a su perro le meto una puñalada!»

Se han largado al centro comercial, llevándose toda su maldad consigo. Me ha dado un montón de rabia que la persecución se acabara tan pronto. Ha sido demasiado fácil. He esperado un poco para recuperar el aliento y luego he seguido corriendo. Enseguida he llegado a la altura de la señora de la silla motorizada. Al pasar, la he saludado con la mano.

Yo: «¡Gracias por el viaje! ¡Perdón por el lío!»

Señora de la silla motorizada: «¡Largo, cabroncete descarado!»

En Inglaterra nunca saben si es broma o va en serio. Creo que les gastan tantas bromas que luego se olvidan de cómo es cuando va en serio. Cuando sea viejo, mi silla irá más rápido para ayudar a los fugitivos y tendrá las ruedas más grandes para pasar por los baches.

JUNIO

Nuestra base es la escalera que hay junto a mi torre, la que va hasta el primer piso. Ahí estamos a salvo. Sólo la usan los yonquis y están tan dormidos que ni siquiera nos ven. Dean y yo estábamos de guardia (sólo es otra palabra para cuando vigilas a los malos). Teníamos que quedarnos ahí hasta que empezara la acción, aunque nos llevara el día y la noche enteros. Por si duraba tanto, teníamos Cherry Coke y algunos Skip.

Yo vigilaba con los binoculares y Dean se encargaba de tomar notas. Tenía que escribir todas las pruebas que yo viera.

Dean: «He intentado pillar el teléfono de mi madre, pero lo necesitaba. Aunque su cámara es una mierda, sólo tiene tres megapíxeles. Tendremos que hacerlo a la antigua.»

A mí me gusta incluso más a la antigua. ¿Has probado los Skip? Están buenos que te cagas. Saben a gambas y tienen un aroma que te chisporrotea en la lengua. Es bestial.

Yo: «¿He de decir todo lo que veo?»

Dean: «No, sólo lo que parezca sospechoso. Gente que se comporte en plan culpable, o que haga algo raro.»

Yo: «¿Jesús cuenta?»

Dean: «No, Jesús no es sospechoso. Los asesinos no llevan patines, llamarían demasiado la atención. Sería como delatarse ellos mismos.»

Yo: «Ya me parecía...»

Jesús pasaba por delante en ese momento con sus patines en línea. Nunca choca. Es muy elegante. Lo llaman Jesús porque lleva barba y el pelo largo, aunque lo tiene gris. Todo el mundo dice que si Jesús estuviera vivo hoy en día tendría esa pinta. Yo he avisado al verlo, pero no lo hemos anotado.

Yo: «Jesús pasa junto a las torres con sus patines en línea. Está a punto de caerse por culpa de una grieta del pavimento, pero se salva en el último momento. Sigue avanzando. Un crío le hace una peineta. ¿Hora?»

Dean: «Las doce y ocho minutos.»

Yo: «Oído. Ningún acto sospechoso. El detective Opoku sigue observando.»

Vigilar desde nuestro puesto de guardia es bestial. Nadie sabe que estamos observando. Sobre todo con los binoculares, se ven cosas que normalmente no vemos. Es muy relajante. He visto que Jesús llevaba una serpiente tatuada en el brazo. No la había visto antes. Daba gusto. He visto un triciclo de bebé en el techo de la parada del autobús. También daba gusto.

He visto la pista de baloncesto, pero no había nadie dentro. Daba pena verla así, destrozada y vacía. Ni siquiera sé por qué.

Lo mejor ha sido cuando he visto el nido de las palomas. Viven en las ventanas de Pikey House (es una casa vieja y grande donde vivían los huérfanos, pero se quemó toda cuando yo aún no había llegado). De hecho, he llegado a ver cómo dormían en los alféizares. Mi paloma no estaba, pero he visto otras que iban de aquí para allá. Probablemente llevaban la cena a casa para su esposa y sus niños.

Paloma: «¡He llegado! ¡Hora de cenar!»

Palomas bebés: «¡Ummm! ¡Gusanos! ¡Mi plato favorito!»

Dean: «¡Déjate ya de palomas! Concéntrate, tenemos trabajo. Salvo que quieras ponerte tú a tomar notas.»

Yo: «¡Vale, vale! ¡Ya me concentro!»

Nos hemos centrado en la furgoneta del Chips n Tings. Siempre está aparcada delante de mi torre, en la otra acera. Cualquiera que compre comida ahí se convierte en sospechoso, porque sus hamburguesas están rancias. Para comerse eso hay que ser un criminal.

Dean: «Es una tapadera para vender drogas, lo que yo te diga. Las esconden en el envoltorio, o dentro del pan. Una vez les pedí una de patatas fritas y el pavo no me las puso. Me dijo que probara en el McDonald's.»

Yo: «¿Tenía un diente de oro?»

Dean: «No, pero se estaba fumando un cigarrillo. Si te fumaras un cigarrillo dentro de una furgoneta de patatas de verdad, el ayuntamiento te la cerraría. Por salud y seguridad, y tal. Desde luego que tiene mala pinta.»

Por la noche, todos los gamberros pasan por Chips n Tings a fumar y escuchar música tope alta sin bajar del coche. Nadie va en coche hasta una furgoneta que vende patatas fritas si la comida está rancia. Yo no iría ni caminando, aunque estuviera muerto de hambre. Me he quedado tope quieto para que los binoculares no temblasen. Y agachado, para no desvelar nuestra posición. Hemos pasado un montón de horas allí. Empezaba a picarme mogollón el trasero, pero no quería ser el primero en moverme. Casi empezaba a gustarme el dolor, porque quería decir que era un detective de verdad.

Dean: «¿Algo?»

Yo: «Todavía no. Ha llegado un blanco desconocido, ha comprado una hamburguesa y se ha ido. Ningún signo de culpabilidad.»

Dean: «Mantén los ojos bien abiertos.»

Yo: «Por supuesto, jefe. O sea, afirmativo.»

<u>Los síntomas de culpabilidad incluyen</u>:
Sensación de cosquilleo por dentro del calzoncillo
Hablar demasiado rápido
Mirar todo el rato alrededor como si hubieras perdido algo

Fumar demasiado
Gritar demasiado
Rascarse
Mordisquearse los dedos
Escupir
Ataques repentinos de violencia
Gases incontrolados (tirarse muchos pedos)
Histeria religiosa

Dean los aprendió todos de la tele. Se puede tener alguno de esos síntomas y sin embargo ser inocente, como cuando tienes un cosquilleo porque necesitas cambiarle el agua al canario. Sólo nos interesaban las personas que tuvieran tres síntomas, o más. El tres es el número mágico.

Dean: «¿Y ese de ahí? Está fumando y creo que acabo de verlo morderse las uñas. Míralo de cerca.»

Lo he mirado.

Yo: «No pasa nada. Sólo es Terry Takeaway. Siempre fuma así.»

Dean: «Ya, pero... ¿puedes descartarlo? Yo creo que el muy cabrón es sospechoso. Sigue mirando.»

Yo: «Sólo tiene dos síntomas y los dos son normales en él. Sólo se ha parado a pedir fuego. Creo que está controlado.»

Dean: «¿Estás seguro?»

Yo: «Estoy seguro. Es amigo mío.»

Entonces Terry Takeaway me ha visto. Me habrá visto primero *Asbo*, porque se ha puesto a tirar de la correa y cuando Terry Takeaway se ha decidido a seguirlo iba mirando directamente hacia nuestro puesto de guardia. Usaba las manos como pantalla para que se lo oyera mejor.

Terry Takeaway: **«¡Vale, Harri!»**

A Terry le encanta pegarte sustos así. Le parece muy divertido.

Dean: «Me cago en la... Nos acaba de fastidiar el escondite. Abortamos misión. Qué huevos.»

Yo: «Lo lamento, sargento. Culpa mía.»

Dean: «Déjalo. La próxima vez me encargo yo de los binoculares, ¿vale?»

Yo: «De acuerdo.»

La próxima vez iré disfrazado para que los civiles no me reconozcan. Se pueden comprar narices y gafas falsas en el mercado, sólo cuestan un pavo. Llamamos «civiles» a los que no son criminales ni policías.

Yo: «Incluso puede que ya no esté aquí. Yo, si matara a alguien, me largaría para que no me pillara la policía.»

Dean: «Pero tendrán vigilados los aeropuertos. No, probablemente estará escondido hasta que la policía deje de buscarlo. Pronto matarán a cualquier otro chico y tendrán que concentrarse en él. Entonces nuestro asesino podrá salir de su escondite y seguir como si no hubiera pasado nada.»

Yo: «Qué chungo.»

Dean: «Ya lo sé. Pero por eso necesitamos las pruebas, y tal. Hemos de mover el culo y empezar a recoger muestras de ADN. Sangre, saliva, incluso mierda. Escupitajos. Cualquier cosa que se pueda obtener de una persona sin que se dé cuenta. Si lo guardas en la nevera, no se estropea. Sólo necesitamos bolsas para guardar las muestras.»

Yo: «Espera.»

He sacado un Chewit de grosella del bolsillo. Me lo he metido en la boca y luego he pillado el mejor escupitajo que he podido encontrar y lo he recogido con el envoltorio vacío. Cabía perfectamente. Sobraba espacio suficiente para plegarlo, de manera que el moco se conservaba fresco y puro.

Yo: «¡Perfecto!»

Le he tirado el moco bomba a Dean. Lo ha esquivado justo a tiempo. Le he dado un Chewit para que hiciera él lo mismo. Ha buscado un escupitajo grande, lo ha envuelto para hacer una bomba y me lo ha tirado. Con caca también se podría hacer, pero tendría que ser un trozo pequeño. No sé cómo conseguir mierda humana sin que su dueño se entere.

¡Y no quiero saberlo! ¡El jefe tendría que pagarnos más por eso!

Yo: «Qué es el ADN?»

Dean: «Es un poco como una huella dactilar, pero por dentro. Todas las células de tu cuerpo llevan una etiqueta pequeñita que sólo te pertenece a ti. Está incluso en las células de la caca y de la saliva, en todas. Sólo se puede leer con un microscopio.»

Yo: «¿Y qué dice?»

Dean: «Sólo es un montón de colores. Pero en cada persona cambia el orden, o sea que mi ADN puede ser verde azul rojo verde y el tuyo verde azul verde rojo, multiplicado por un millón de veces. Y del orden de los colores depende si vas a ser listo o rápido, o de qué color tendrás los ojos y qué crímenes cometerás. El ADN lo decide todo incluso antes de tu nacimiento.»

Era bestial. Será por eso por lo que soy tan rápido, porque Dios sabía que quería serlo. Me dio todas las virtudes que quería sin pedírselas siquiera. Te lo juro, el ADN es un gran invento. Ojalá pudiera ver mis colores, así sabría qué otras habilidades voy a aprender en el futuro. Espero que una sea el baloncesto. He encontrado otro escupitajo y lo he estudiado con los binoculares al revés, pero no se veía nada, porque los colores quedan como enterrados.

Lástima que el asesino no viera sus colores a tiempo. Podría haber encontrado el color de cuando mató al chico muerto de una puñalada para pintarlo por encima con otro color. Poppy lo hace cada dos por tres. Acaba de pintarse las uñas y decide que después de todo no le gusta ese color y vuelve a empezar. Te lo juro, tendría que escoger uno, porque si no se va a pasar toda la vida pintándose las uñas y no le quedará tiempo para quererme.

Lydia está enamorada del Samsung Galaxy. Es una especie de teléfono móvil. No habla de otra cosa. Cree que la tía Sonia le comprará uno por su cumpleaños. Una vez la oí cuando rezaba en el baño y lo estaba pidiendo. Esperé a que saliera.

Yo: «Me voy a chivar. ¡Se supone que no has de rezar para pedir un móvil!»

Lydia: «¡De qué vas! ¡Cuando rezo puedo pedir lo que quiera!»

Yo: «¡Amante del demonio!»

Lydia: «¡Lameculos!»

A Lydia no le va a caer un Samsung Galaxy, cuesta cien pavos. Si le cae un teléfono, yo pediré la Play. Si no, no sería justo. La tía Sonia nos quiere a los dos igual.

Me encanta escuchar a la gente cuando habla por el móvil. Los oyes en cualquier sitio: caminando por la calle, en la cola de la caja del súper, sentados en el parque. Lo mejor es cuando van en el autobús, porque no se pueden escapar. Se les oye todo. Hablan de toda clase de locuras. Yo los escucho siempre que voy en autobús a la tienda del cáncer. (El conductor va sentado detrás de un cristal blindado. Es bestial. Así no pueden pegarle un balazo, ni se lleva un mordisco si a algún animal se le va la bola.)

Una vez oí a un hombre hablar de quesos. Le decía a quien hablaba con él que había conseguido el queso.

Hombre del teléfono: «Tengo el queso. No he conseguido camembert, no tenían. Pero me he quedado el brie.»

Te lo juro que dijo eso. Qué divertido. Otra vez oí a una chica que hablaba de cuando le pusieron el piercing en el ombligo. Estaba contando que se le había infectado por culpa del anillo.

Chica del teléfono: «Ya sé que hay que lavárselo. Me lo lavé. Con agua con sal, sí. Aun así, se me puso asqueroso. Me salía pus. Al final me lo quité, no podía soportarlo. ¿Se puede pillar cáncer de ombligo?»

Te lo juro por Dios, ¡se oye cada cosa! Es muy relajante. Mamá dice que sólo es cotilleo, pero a mí me encanta. Me parece muy interesante. Es mejor que no te vean escuchando, porque si no se callan y se acaba la diversión.

Lydia: «Sólo lo usaré para cosas urgentes. En verdad es para ti, para que sepas dónde estoy en todo momento. Así es más seguro.»

Yo: «Mentirosa. Sólo lo quiere para hablar de marranadas con Miquita.»

Lydia: «¡Qué va! No es verdad.»

Mamá: «¿Qué marranadas?»

Lydia: «¡Nada!»

Yo: «De besar a los chicos.»

Mamá: «¿A qué chicos?»

Tía Sonia: «¡Lydia tiene novio!»

Lydia: «No tengo. Es un farol.»

Yo: «¿Cómo te has hecho esa herida en la nariz?»

La tía Sonia lleva una venda enorme en la nariz y tiene un cardenal en el ojo con todos los colores del arco iris. Parece que venga de la guerra. Estoy listo para destrozar a quien se lo haya hecho. Sería capaz de clavarle el cuchillo de sierra para que le duela más todavía.

Mamá: «Sí, ¿cómo te lo has hecho? ¡Cuéntanoslo!»

Tía Sonia: «Ha sido culpa mía, por tonta. Quería sacar mi maleta, que estaba encima del armario, para buscar un vestido. Resbaló y me cayó en la nariz. Y me la partió. Vi las estrellas.»

Lydia: «Pero ¡qué tonta!»

Mamá: «Deberías tener más cuidado.»

Tía Sonia: «Ya lo sé.»

La tía Sonia se ha quedado tope callada cuando ha vuelto Julius de cambiarle el agua al canario. Él le ha dicho que se sentara en su regazo, como si fuese una criatura. La tenía agarrada por el brazo, como si llevara esposas, como si estuviera a punto de escaparse. Tiene la mano tan grande que le rodeaba todo el brazo. Él creía que seguíamos hablando de Agnes. (Tiene fiebre, pero no se morirá, Dios no lo permitirá si todos prometemos ser buenos.)

Julius: «Si necesita medicamentos, yo le puedo conseguir cosas buenas. Nada de esos saldos caducados. Tengo un amigo en Legon, si quieres puedo llamarlo.»

Mamá: «No hace falta. Ya has hecho mucho por nosotros, gracias.»

Julius: «Julius sólo quiere que todo el mundo sea feliz, ¿eh?»

Ha soltado una risotada fea y le ha dado un tirón a las medias de la tía Sonia. La tía Sonia casi se cae de la silla. Se veía la cintura de las braguitas por debajo de las medias. Era bastante desagradable.

Mamá: «Tengo que ir al trabajo. Ven a la cocina, que te daré el bizcocho de té.»

Yo: «No sabía que había bizcocho. ¿Puedo comer un poco?»

Mamá: «Es el último trozo. Mañana haré más.»

He oído que mamá abría su cajón secreto y lo volvía a cerrar. Se sabe que es el cajón secreto porque chirría. Allí no hay bizcocho de té, sólo un montón de dinero y chocolate con leche. Lo sé porque lo he visto esta mañana. No he cogido nada.

Yo: «No he observado migas en la boca del sospechoso al volver del lugar: cocina. Mi nariz de detective ha olfateado algo raro.» (Sólo lo he dicho por dentro.)

Julius siempre se larga a toda prisa y levanta un vendaval a su paso. La tía Sonia tiene que ir corriendo detrás de él, como un perro.

Con el aire que desplaza Julius, a ella se le pone cara de palo, como con el viento de los pedos del metro. Huele como el matarratas y el *Convincente*.

Mamá: «Acordaos de que el ascensor no funciona. Bajad las escaleras con cuidado, no vayáis a tener otro accidente.»

Tía Sonia: «No te preocupes por mí. Estoy bien. ¿De qué color quieres el teléfono?»

Mamá: «No, Sonia. No hace ninguna falta.»

Lydia: «Rojo.»

Tía Sonia: «A ver qué puedo hacer.»

Lydia: «¡Gracias!»

Yo: «¡Cuidado con los charcos! La gente mea en la escalera.»

Lydia: «Harri escupe en los charcos.»

Mamá: «¿Cómo es eso?»

Yo: «¡No es verdad! Mamá, te lo juro por Dios.»

Julius: «¡Venga, vámonos!»

Julius estaba al final del rellano. Ha soltado la puerta y ha echado a andar. Casi le pega un portazo en la cara a la tía Sonia. Te lo juro, romperse la nariz dos veces en el mismo día sería el récord mundial de mala suerte. No he conseguido sacar una huella dactilar del vaso que ha usado Julius, se habrán fundido con su matarratas. Una vez lo olí de cerca y se me abrasó la piel de los ojos. Me pasé una hora ciego.

Si Connor Green vuelve a llamar «facilona» a Poppy le clavaré un compás en la pierna. Connor Green dice que le ha visto las tetas a Poppy. Dice que les ha visto las tetas a todas las chicas de séptimo.

Connor Green: «Cuando fueron a natación. Me dejaron entrar en el vestuario cuando no estaba la profesora y me las enseñaron todas. Los chichis también. No fue idea mía, lo hicieron porque querían. Se lo puedes preguntar.»

Yo: «Se lo preguntaré.»

Connor Green: «No lo reconocerán. No querrán que sepas lo facilonas que son.»

Connor Green es un mentiroso. No le ha visto las tetas a Poppy. Sólo lo dice porque quiere ser su novio. Cuando ha visto el mensaje que me ha escrito Poppy se le han puesto los ojos oscuros. Por eso me he dado cuenta. Quería que el mensaje fuera para él, se notaba.

P.M. + H.O.
C.A.S.D

Significa que Poppy y yo estamos juntos. Es lo que quieren decir las letras de encima : P.M. por Poppy Morgan y H.O. por Harrison Opoku. Cuando pones un + entre los dos significa que esas dos personas van juntas, como en una suma. Es lo que me dijo Poppy.

Poppy: «C.A.S.D. significa "Cierto Aunque Se Destruya". O sea, que cuenta aunque alguien borre los nombres. Nadie puede destruirlo, queda para siempre.»

Poppy lo ha escrito en su pupitre. Era en clase de Lengua. ¿Sabes lo que es el típex? Es una pintura especial para tachar los errores. Es blanco, igual que el papel. Si te equivocas, lo pintas por encima con típex y vuelves a empezar. Así nadie ve en qué te has equivocado. Es muy listo. Ojalá sirviera para todo, no sólo para la escritura.

Poppy: «Ahora lo escribes tú. Ha de ser grande como el mío.»

Yo: «¿Y si lo ve la señorita Bonner?»

Poppy: «No lo verá. Lo taparé con mi carpeta.»

Poppy ha sostenido su carpeta delante mientras yo escribía mi mensaje. No puedes inhalar el típex porque tiene el mismo veneno que los marcadores. El cepillo es tope pequeño. Va bien para escribir porque queda bastante claro. Lo mejor es que cuando se seca no hay quien lo borre. Yo quería que lo viera todo el mundo. Sólo tenía que mantenerlo en secreto hasta que se secara el típex.

Me temblaba un poco la mano porque tenía que ir rápido. Aun así, ha quedado guapo.

H.O. + P.M.
C.A.S.D.

Mi mensaje era igual que el suyo, sólo que yo he puesto H.O. antes de P.M. He puesto mis letras primero porque el mensaje era mío. Todo lo demás era igual. Lo he tapado con mi plumier hasta el final de la clase. Lo he vuelto a leer antes de salir. Era bestial verlo ahí. Parecía importante. Hasta Poppy lo pensaba, se notaba que le ha encantado. Sonreía de oreja a oreja. Ahora, todo el que se siente en mi pupitre sabrá que Poppy y yo estamos juntos. No se puede retirar.

Es como casarse. Es mejor todavía, porque ni siquiera tienes que hacer cosas de sexo.

Cuando te casas, toda tu familia, tu mamá y tu papá y la mamá y el papá de ella, tienen que esperar fuera del cuarto del sexo. El marido y la esposa entran y lo hacen ahí dentro. Sólo pueden salir cuando ya lo han hecho. Después de hacerlo significa que ya están casados a los ojos de Dios y eso no puede romperse. Entonces se celebra una gran fiesta. Pero si a la chica le sale un pez por el chichi quiere decir que ya lo había hecho antes con otro chico. Entonces está rota y no te tienes que casar con ella, se la puedes devolver a la familia. Si la chica es fea es una buena noticia, pero si era guapa y te la querías quedar de verdad es un poco de mala suerte.

Connor Green: «Una vez vi un vídeo de una mujer que se tiraba a un perro. Creo que era un Alsaciano. ¿En tu país es pecado tirarse a un perro?»

Yo: «Tirarse a cualquier animal es pecado, sea un perro, un pollo o un gusano, da lo mismo. Si haces algo así, Dios te saca los ojos.»

Connor Green: «¿Y si te tiras a un niño? Eso es lo peor, tiene que serlo. ¿Qué pasa si te tiras a un niño? ¿Qué te hace Dios entonces?»

Yo: «Entonces te mata de la peor manera posible. Como que se te cae toda la piel y te hierve el cerebro. Se te salen los ojos de las cuencas y las tripas se te escapan por el agujero del culo.»

Dean: «¡Qué asco!»

La chica de los raritos siempre está asustada como un conejillo porque su abuelo le hace el sexo. Es lo que dice Dean. Vive con su abuelo. Por eso camina de esa manera tan rara. Por eso es silenciosa como un conejo.

Yo: «¿Por qué no se lo dice a su madre?»

Dean: «Su madre se murió. Está sola con su abuelo.»

Yo: «Entonces, ¿por qué no se lo dice a la policía?»

Dean: «Si se lo dijera, encerrarían a su abuelo y entonces ella no tendría dónde vivir.»

Entonces me ha dado pena la chica de los raritos. Quería decirle que podía venirse a vivir conmigo, pero todo el mundo creería que estoy enamorado de ella.

Connor Green: «Hay gente que se tira un agujero de la pared. Hacen un agujero en la pared y la meten por ahí. Normalmente es en un cuarto de baño.»

Te lo juro, ¡no me lo podía creer! Era cosa de locos. Hacen como que el agujero es una señora. A veces hay una señora al otro lado de la pared. Cuando ve la picha del hombre que sale por el agujero le da un beso.

Yo: «Entonces, ¿para qué sirve la pared?»

Connor Green: «Para que no puedan verse.»

Yo: «¿Por qué? ¿Son feas?»

Connor Green: «Normalmente, sí.»

Yo: «Entonces, ¿por qué le hacen el sexo a ellas? ¿Por qué no sólo a la pared?»

Dean: «Para que la gente no crea que son pervertidos.»

Poppy nunca le enseñaría las tetas a Connor Green. Dice que es tontito. Si eres tontito no gustas a las chicas, sólo les gustas si eres sexy. Te lo juro, Connor Green no ha visto una teta en su vida, me apuesto un millón de libras.

Es verdad que la gente se mea en la escalera, se huele a un millón de kilómetros. Hay que tener cuidado de no meterse en los charcos. Si caes de un salto en un charco normal eres un retrasado, pero si te metes en uno de pis quiere decir que estás hecho de pis.

Si aterrizas en una aguja y se te clava en el pie, coges el sida. Tienes que ir superrápido y, al mismo tiempo, tener mucho cuidado. Es una habilidad muy difícil. Podría ser mi próximo superpoder.

Ya no puedo volver a coger el ascensor. Nunca más. La Colillera estaba dentro. Cuando la he visto ya era tarde. Ya se había cerrado la puerta. Estaba todo el rato detrás de mí. Me ha clavado la mirada hasta llegar arriba, con esos ojos alocados y llorosos. Se notaba que me quería matar. Ella creía que el pelotazo se lo había pegado yo.

No fui yo, fue Jordan. No sé por qué cree que fui yo. Yo ni siquiera chutaba. Sólo quería jugar a pasar la pelota. El ascensor se ha parado.

Colillera: «¡Hostia puta!»

Creía que me iba a morir, pero el ascensor ha vuelto a arrancar. Sólo era una falsa alarma. Como me rasque con esas uñas, me envenena. Y entonces, cuando me quede dormido, me descuartizará y hará conmigo una tarta. Quería pedirle perdón, pero no me salían las palabras. No podía ni moverme. Era acojonante. He tocado el diente de cocodrilo que llevaba en el bolsillo. He rezado para pedir una segunda oportunidad.

El ascensor tardaba un montón de rato en llegar arriba. Tenía el estómago encogido. Notaba que la Colillera me seguía mirando con sus ojos azules y ansiosos. Si me volvía, me escupiría veneno en la cara y se me llevaría a su guarida. Es que no me quiero morir todavía. El ascensor se ha vuelto a parar.

Yo: «¡Hostia puta!»

Te juro por Dios que cuando se han abierto las puertas he sentido un alivio enorme. La Colillera ha salido. Me la he quedado mirando por si se daba media vuelta, pero ha seguido caminando. Luego se han vuelto a cerrar las puertas y me he tirado un pedo de pájaro carpintero. Se lo dedicado a Dios y a todos los ángeles. ¡Qué mal rollo! ¡Me había librado por los pelos! De hoy en adelante, nunca más cogeré el ascensor. Sólo puedo subir por las escaleras. En las escaleras estoy a salvo. Si corro muy rápido, el olor a meado no me pilla.

Cuando el señor que cuenta las noticias en «London Tonight» pone una cara tope seria sabes que has de prestar atención. Se nota que no está mintiendo. Cuando habla del chico muerto se nota que él también lo echa de menos. Se nota que lo quiere. Sólo hay que escuchar, ésa es nuestra tarea. Esta vez, hasta Lydia estaba de acuerdo. Me ha hecho subir el volumen.

Presentador: «Hoy hace tres meses que lo acuchillaron fatalmente delante de un restaurante de comida rápida, una víctima más de la epidemia de crímenes con arma blanca que sigue asolando la capital. La policía atribuye al miedo a las represalias la incapacidad de convencer al público para que aporte información. Esta noche nos preguntamos qué puede hacerse para romper el muro de silencio y animar a quienes tienen alguna información para que hablen. Dígannos, por favor, lo que piensan al respecto en nuestros números habituales, que aparecen en la parte inferior de la pantalla.»

Yo: «Tendrían que dar una recompensa. Preguntarles qué es lo que más quieren y comprárselo. Así hablarían. Cosas como una bici nueva, o un montonazo de petardos. O, si ya tuvieran sus cosas favoritas, entonces no matarían a nadie porque serían demasiado felices. Ni se les ocurriría.»

Lydia: «¿Y quién va a comprar todo eso?»

Yo: «La reina. Tiene un montón de dinero. Y ya es vieja, no lo necesita.»

Lydia: «Pues escríbele a la reina. Pídele una bici nueva, a ver qué te dice.»

Yo: «Le escribiré. Le mandaré un email. Y le pediré una cara nueva para ti. La de siempre es demasiado fea.»

Lydia: «No te pases. Pídete un cerebro nuevo. El que tienes es débil.»

Yo: «O un culo nuevo para ti. El tuyo es muy gordo. Parece un bungalow.»

Lydia: «Y tu cara parece un váter.»

Yo: «Pues la tuya lo es. Por eso huele a mierda.»

Yo esperaba que Lydia cumpliera con su turno, pero se ha quedado mirando la foto del chico muerto por la tele. Tenía una cara triste, como si lo conociera. No lo conocía. Yo lo conocía mejor que ella.

Yo: «A ése no le puedes dar un morreo, está muerto.»

Lydia: «¡De qué vas! Ni se me había ocurrido. ¡Qué asqueroso!»

Ha tenido suerte. Con un beso de Lydia se pillan todos los gérmenes idiotas del mundo. Me pregunto cómo será el cielo de verdad. Para los niños es distinto que para los adultos. O sea, no sé si ahí habrá alguien que les siga diciendo que cuando se hace de noche tienen que dejar de jugar al fútbol y volver a casa. El chico muerto era el que sabía hacer más cosas, levantaba la pelota con un golpe de talón y luego la mantenía en el aire un montón de rato, dándole con los dos pies. Al chutar siempre apuntaba a las escuadras, como debe ser, y hasta sabía cabecear. Todo se le daba bien. Me pregunto si ahí habrá perros que te roben la pelota, como *Asbo*. Tendría su gracia. Espero que en el cielo los animales sepan hablar, así cuando están contentos te lo pueden decir y no tienes que adivinarlo. Normalmente se sabe por los ojos, pero eso sólo funciona con los animales grandes; con las palomas o las moscas, no. Siempre tienen los ojos tristes.

Presentador: «Y eso es todo por nuestra parte. Buenas noches.»

Yo: «¡Buenas noches!»

Siempre contesto. No me importa. Cada vez que lo dice, se lo devuelvo.

Lydia: «Es que no te lo dice a ti.»

Yo: «Sí, me está mirando a la cara.»

Lydia: «Pero no puede verte. No sabe que estás ahí.»

Yo: «Eso ya lo sé. No soy idiota.»

Te lo juro, ¡Lydia siempre se lía! Ya sé que no puede verme. Pero insisto en que habla conmigo, de lo contrario no lo diría. Es lo mismo que cuando hablas con alguien por teléfono; no te ven, pero saben que hablan contigo. Es lo justo. Él me lo ha dicho y yo se lo devuelvo. No cuesta nada tener buenos modales, es lo que dice mamá. La idiota es Lydia.

Yo: «¡Gracias! ¡Nos vemos mañana!»

De pequeño solía cazar pájaros, pero lo dejé. Nunca los pillas. Sólo puedes pillar pollos y eso no cuenta, porque es muy fácil. Había una paloma que sólo tenía una garra. Era casi tan bonita como la mía. Se las arreglaba para caminar bastante bien. Iba dando saltitos por el borde del parque, en busca de algún gusano.

Yo: «¿Te arrancaron esa pata en una guerra entre palomas? ¿O se la comió un gato? ¿Naciste así? No te preocupes, estás a salvo, si vienen niños malos te avisaré. No les dejaré pegarte.»

Paloma: «   »

Ya sé que Jesús dijo que valgo más que cien gorriones, pero no sé qué opina de las palomas. Creo que tenemos el mismo valor. Quizá valgan más las palomas, porque ellas pueden volar y yo no. A mí me da lo mismo que tengan una o dos patas, me gustan igual.

Donde antes estaba el árbol ahora hay hierba. Cuando cayó el árbol, los hombres lo arrancaron del todo y llenaron de tierra el agujero. Y ha crecido la hierba. Casi lo cubre del todo. Apenas se llega a ver la tierra. Es alucinante. No sé de dónde ha salido esa hierba que crece tan rápido. No vi que la plantara nadie. Simplemente, brotó. Parece magia.

A lo mejor las semillas las trajo la lluvia. Es lo único que se me ocurre.

Me senté en la hierba nueva a escuchar el sonido del viento en los árboles. Cuando el viento sopla entre las hojas suena igual que el mar. Me encanta que el viento suene como el mar, es muy relajante. En las casas a veces todo es demasiado pequeño, me hace sentir como apretujado. Quería estar al aire libre, con el mar y los pájaros.

Si Agnes se muere, le cambiaré el sitio. Puede quedarse con mi vida. Se la regalaré, y me moriré yo por ella. No me importaría, porque ya he vivido mucho. Agnes sólo ha vivido un año y pico. Espero que Dios me lo permita. No me importa ir pronto al cielo. Si Él quiere que nos cambiemos el sitio, yo lo hago. Sólo espero que me dé tiempo a probar antes el Haribo Horror Mix (son mis Haribo favoritos. Son unas chuches con formas muy locas, como murciélagos y arañas y fantasmas. Mamá dice que a Dios no le gustan, pero es que ella se preocupa demasiado por todo).

Mamá: «No seas tonto. Agnes no se va a morir, sólo tiene fiebre.»

Yo: «La hermana de Moses Agyeman tenía fiebre. Se murió.»

Mamá: «No es lo mismo.»

Lydia: «Se murió porque su mamá la llevó a un curandero. Lo sabe todo el mundo.»

Aun así, me daba miedo. Cualquiera se puede morir, hasta un bebé. Mueren todos los días. El niño muerto no le había hecho nada malo a nadie y lo mataron de una puñalada. Yo vi la sangre. Su sangre. Si le pasó a él, le puede pasar a cualquiera. Yo seguía esperando que Agnes me dijera «hola», pero no había manera. Sólo podía soltar aire, y era muy distinto. No sonaba tan alto como debe ser. Sonaba demasiado deprisa y demasiado lejos.

Abuela Ama: «Se curará. Dios está cuidándola.»

Yo: «¿Dónde está papá?»

Abuela Ama: «Trabajando. ¿Tienes algún mensaje para él?»

Yo: «Dile que cuando vengan se traiga una manta para Agnes. Las mantas del avión son muy rasposas y te da la electricidad.»

Abuela Ama: «Se lo diré. No te preocupes.»

Después de colgar, la respiración de Agnes seguía sonando en mi oído. Yo quería que sonara más fuerte. No entiendo muy bien por qué hay que morirse antes para poder ir al cielo, tendría que poderse entrar por una puerta. Así podrías volver de visita cuando quisieras, no sería para siempre, sino más bien como unas vacaciones. Para siempre es muy largo, no me parece justo.

Los tiburones no duermen. Si no siguen nadando se mueren, o sea que no pueden dormir ni un momento, ni siquiera un segundo. Creo que lo leí en mi libro de las criaturas de las profundidades, o a lo mejor lo vi en aquel sueño. En mi sueño todo era negro. Era un mar y yo caía en él. Era un mar Muerto, como el que estaba esperando a Agnes. Allí estaban todos los ectópicos y los no deseados. Los oía llorar y notaba que chocaban contra mí mientras nadaba. No podía quedarme ninguno, no dependía de mí. Tenía que seguir nadando, como los tiburones. Oía que me llamaba Agnes:

Agnes: **«¡Harri!»**

Pero no me dejaban parar. Ella estaba sola. Yo sólo podía seguir nadando con la esperanza de que una de aquellas olas me acercase a ella y me permitiera cogerla. Era la única manera de salvarla.

Cuando me desperté me dolían las piernas de dar tantas patadas. Confié en haber nadado muy rápido para hacer una ola bien fuerte. Tenían que llegar muy lejos.

Papá me enseñó a nadar en el mar, en Kokrobite. Fue cuando entregamos las sillas que había hecho para el hotel de la playa. Al principio me daba miedo por si había tiburones, pero papá sabía cómo echarlos si se acercaban demasiado.

Papá: «Sólo hay que darles un puñetazo en la nariz. Tienen la nariz extra sensible. Los hace estornudar y entonces, cuando cierran los ojos, te largas nadando. De esta forma estarás a salvo.»

Papá me sostenía por la barriga y yo sólo tenía que patalear. Era fácil y todo. Me encantaba hacer olas. Daba la sensación de que las olas nos mantenían juntos para que no nos perdiéramos. Cada vez que creía que iba a salir disparado, papá me hacía girar en torno a él y así volvía a estar a salvo. Te lo juro, el mar es tan grande que no te cabe ni en la cabeza. Al mirar hacia donde se termina el mar ya no me parecía tan acojonante, era como mirar el país donde nací. Cada vez que algún pescador saltaba al agua provocaba una oleada que se sumaba a las nuestras. No se mantenían separadas como yo creía, se mezclaban todas como los dedos cuando hacemos manitas. Cada ola se fundía con la otra y el mar se volvía a estirar para conservar siempre la misma forma. Era muy inteligente. La gente provoca olas al moverse que sirven para que nadie se pierda. Sólo hay que orientarse en la dirección adecuada y patalear.

Me he despertado demasiado pronto para verte. Estabas al otro lado de mi ventana, lo he notado antes incluso de abrir los ojos, pero ¡cuando he mirado ya habías alzado el vuelo! La próxima vez quédate, por favor, solamente quiero hablar contigo. Solamente quiero preguntarte si existe el cie...

Paloma: «Existe.»

Yo: ¿Y el niño muerto está ahí? ¡Lo sabía! Y Agnes... ¿se curará? No quiero que se muera. No le gusta estar sola, le da miedo.

Paloma: «Se curará. No la dejaremos sola, te lo prometo.»

Yo: «¿Y cómo sé que me estás diciendo la verdad? ¿Y si sólo existes en mi cabeza?»

Paloma: «¿No me sientes en la barriga?»

Yo: «A veces, pero también puede ser porque como demasiado rápido, o por tener demasiados deseos.»

Paloma: «*No, soy yo. Confía en mí, Harri, yo no te mentiría. Vuélvete a dormir.*»

Yo: «¿Puedo soñar contigo esta vez? ¿Soñar que volamos juntos y soy como tú? Me quiero cagar en la cabeza del malo, ¡sería bestial!»

Paloma: «*Ya veré si puede ser. Ahora, cierra los ojos.*»

Bryden Campbell estornuda como los ratones. Esperarías de él algo gigantesco porque es muy fuerte, pero a la hora de la verdad sólo le salen estornudos minúsculos. Ni siquiera se oyen. Apenas se puede decir que suenen. ¡Te lo juro, qué cosa tan graciosa!

Connor Green: «Parece un ratón en pleno orgasmo.»

Te tienes que reír porque si no te hace polvo. Un orgasmo es otra manera de llamar a los estornudos de los ratones. Es mi palabra favorita de hoy. La he dicho en vez de «salud».

Brayden Campbell: «¡Achís!»

Yo: «¡Orgasmo!»

Brayden Campbell: «¡Que te den por...!»

Brayden Campbell es el más duro de séptimo curso. Nunca le ha pegado nadie. Es grande y rápido a la vez. Su movimiento especial es la llave de cabeza. Es cuando te atrapan la cabeza bajo el brazo y no ves nada y no puedes ni respirar. También es el mejor pegando de verdad. La mayoría pegan sólo al aire, pero Brayden Campbell te pega de verdad. Da puñetazos como los hombres. Lo he visto con mis propios ojos. A Ross Kelly le dio uno en el cogote y Ross echó un escupitajo por la boca. Hasta se oyó dónde había caído el puñetazo. Una cosa de locos. Brayden Campbell te puede tumbar de un solo golpe.

Chevon Brown es el segundo más duro. No es tan grande como Brayden, pero puede que sea más rápido. Nunca tiene miedo. Es capaz hasta de darte una patada. Le da lo mismo si te mata. Da patadas en la barriga, o incluso en los huevos.

Kyle Barnes está siempre dando empujones. Te empuja contra la pared, o hacia los matorrales. Es muy escurridizo. En verdad es trampa, porque usa las cosas del mundo para derrotarte. Te empuja contra cualquier cosa que tenga a mano. La única manera de ganarle es mantenerte apartado. Si no estás cerca no te puede empujar. Sólo empuja, es la única técnica que conoce. Yo le podría ganar. Soy demasiado rápido para él. Y no me puede empujar contra nada porque nunca me acerco a él.

Kyle Barnes: «¡Acércate para que te pueda pillar, gallina!»

Yo: «¡Lo siento! ¡Ni hablar!»

También soy más duro que Gideon Hall. Él va a la otra clase de séptimo. Todo el mundo dice que Gideon Hall es tope duro, pero sólo porque tiene más refuerzos que nadie. Si lo pillas a solas es un flojo. Una vez Gideon Hall no me quería dejar pasar. Sólo tuve que chocar con él con el codo por delante, y casi se cae al suelo. Ni siquiera me persiguió luego. De duro no tiene nada.

LaTrell ganó a un chico de noveno. Yo no lo conozco, sólo me lo contaron. De hecho, le rompió el brazo al otro chico. Vino la policía y todo.

Todos: «No ha parado de retorcérselo hasta que se lo ha partido. Ha sido mareante. Se veía sobresalir el hueso y todo. El otro no podrá volver a jugar a baloncesto. Ya no puede ni levantar el brazo por encima de la cabeza porque no es capaz de ponerlo recto.»

· · ·

La técnica especial de Dean es el *uppercut*. Es cuando le pegas un puñetazo a alguien desde abajo. Mueves la mano de abajo arriba y les pegas el puñetazo bajo la barbilla. Nunca lo ha usado. Sólo es para algún caso de urgencia.

Dean: «Es que es demasiado peligroso, y tal. Puede provocar daños cerebrales. Sólo lo uso cuando no tengo otra opción.»

La verdad es que yo no tengo una técnica especial. Se me da mejor la defensa que el ataque. Aun así, soy uno de los más duros de séptimo, el tercero o el cuarto. Soy muy rápido. Una vez Connor Green me quiso dar una bofetada en la oreja y yo lo bloqueé con mi truco de taekwondo. ¡Y de veras funcionó! Lo vio todo el mundo. Y ahora creen que sé taekwondo. Ya ni siquiera intentan pelear conmigo. Saben que me escaparé y, si no, bloquearé sus golpes.

Se ha montado un follón a la hora de comer. El mejor hasta la fecha. Yo ni siquiera creía que fuera en serio hasta que he visto cómo se desprendía el pelo. No sabía que las chicas pudieran pelear así. Era una cosa de locos. Han sido Miquita y Chanelle. Nadie sabía por qué se peleaban, sólo podíamos mirar. Era acojonante y todo. Miquita le ha pegado un puñetazo de verdad a Chanelle en la cabeza, un golpe tope sucio, como de hombre. Luego Chanelle le ha agarrado el pelo a Miquita. Miquita berreaba como una bruja loca.

Chanelle estaba callada. Se concentraba a tope. Tenía la cara sonrosada y una mirada tope salvaje. Estaba muy cabreada.

Miquita: «¡Zorra del...! ¡No vas a decir ni mierda!»

Entonces Miquita le ha tirado del pelo a Chanelle. Se ha quedado con unos mechones en las manos. Se ha soplado el pelo de las manos y nos ha caído a todos encima. La gente gritaba al tocarlo, era asqueroso.

Entre todos hemos formado un corro para verlas. Las amigas de Miquita la animaban a gritos y le decían que matara a Chanelle. Nadie animaba a Chanelle. Me ha dado pena, no me parece justo que todos animen a la misma.

Chanelle ha hecho una bomba. Se ha convertido en una bola y se ha lanzado contra el vientre de Miquita. Miquita ha salido volando. Casi rompe el corro, pero ha rebotado hacia el centro. Todos querían que siguiera peleando. Querían ver morir a alguien. Miquita ha intentado hundirle los dedos en los ojos a Chanelle. Chanelle los ha cerrado para impedírselo. Entonces Miquita ha intentado arrancarle una oreja. Ha sido la parte más divertida. Todo se ha parado.

Chanelle: «¡Pendientes!»

Miquita le ha soltado la oreja y han empezado a pelear otra vez. Miquita ha pillado la cabeza de Chanelle. Se la estaba apretando. Chanelle no se podía mover. Daba patadas. Intentaba darle un pisotón a Miquita, pero no veía nada. De verdad parecía que se fueran a matar. Yo quería que parasen. Ya no me hacía gracia. Alguien iba a morir. Pero todos seguían animándolas.

Todos: «¡Mátala! ¡Mátala!»

Había algunos miembros de la panda de Dell Farm. Se reían. Les encantaba. Dizzy sacaba fotos con el móvil.

Dizzy: «¡Jo! ¡Vas a morir, zorra!»

Killa no se reía. Sólo ponía cara seria. Estaba preocupado por Miquita. Quería que ganase ella. Al final no ha podido seguir mirando, se ha largado a la cafetería.

X-Fire: «¿Adónde vas, tío? Tienes que verlo, y tal. Toda esta mierda es por ti.»

Killa: «Que te den, tío. No tengo nada que ver.»

El culo de Chanelle parecía a punto de reventar los pantalones. Ha caído un moco al suelo y se le ha pegado a Miquita en los zapatos. No hacían más que dar vueltas. No iban a parar. Miquita intentaba obligar a Chanelle a dar la vuelta para que quedase ante la ventana de la cafetería. Todo el mundo sabía cuál era el plan.

Dizzy: «¡Tírala por la ventana, tía!»

Es lo que iba a hacer. Tiraba de Chanelle hacia la ventana. Chanelle tiraba hacia el otro lado. Iba arrastrando los pies por el suelo. Es como cuando llevas una cabra a la choza de la matanza, pero la cabra no quiere ir. Chanelle hacía lo mismo. Sabía que iba a morir. Empujaba sin parar. Miquita tiraba sin parar.

Miquita: «¡Te lo has ganado! ¡Será mejor que cierres la boca, zorra!»

Yo quería cerrar los ojos, pero no podía dejar de mirar. Era demasiado bestial. He visto a Lydia al otro lado del corro. No sabía si animar a Miquita o a Chanelle. Se las ha quedado mirando a las dos. Tenía la cara toda rígida y asustada.

Entonces han llegado los profes. Han roto el corro y han cogido a Miquita y Chanelle y las han separado. Se ha callado todo el mundo. Se notaba que la gente estaba decepcionada. Querían ver morir a alguien. Los profes nos han sacado a empujones. Se ha deshecho el corro y nos hemos largado todos. Ha sido muy rápido.

Se veía el moco en el suelo y algunos mechones de Chanelle, como una telaraña extravagante. Había una uña. Alguien ha pasado por allí y la ha chafado de un pisotón justo cuando ya iba a recogerla como prueba. Durante el resto del día no me he podido concentrar, todo el mundo seguía pensando en el follón. Cada uno repetía su parte favorita, como si hubiéramos visto una peli. Nadie se creía que había pasado de verdad. Era la mejor pelea que habían visto en la vida. Lo mejor era cuando pensabas que se iba a morir alguien que no te cae bien, te sentías como invisible.

Todas las bolas del billar del Club de la Juventud están rotas. Todas tienen agujeros y ni siquiera ruedan bien. La gente las tira al suelo. Se supone que no hay que hacerlo, pero lo hacen igual. Y algunos palos ni siquiera tienen punta. No le puedes pegar recto a la bola. Todo sale torcido. Te lo juro, da un montón de rabia. La mesa huele a polvo húmedo. Tiene un montón de quemaduras de cigarrillos. Si le dieras un lametazo, pillarías un millón de gérmenes. Ni siquiera Nathan Boyd se atrevería a dárselo.

Lydia ha entrado la primera para ver si X-Fire estaba dentro. Ha asomado la cabeza por la esquina. Yo tenía los dedos cruzados. (Cuando hay una urgencia, es más rápido que rezar.)

Yo: «¿Vía libre?»

Lydia: «¡Sí! Venga. Si no, pasaremos aquí toda la noche.»

Era la única oportunidad. X-Fire se cree que la mesa es suya y si está por allí nadie puede ni tocarla. Eso cuando no está Derek. Derek es más grande que X-Fire y sabe taekwondo. Me enseñó un bloqueo con el antebrazo. Hay uno para cuando te atacan por arriba y otro para cuando te atacan por abajo. Es muy fácil. Derek no me enseña ninguna llave de ataque para que no la use con Lydia. Cuando alguien le pide una llave, suele ser para darle una paliza a su hermana. Él sólo enseña bloqueos defensivos.

Hemos jugado hasta que las bolas locas ya fastidiaban demasiado. Lydia ni lo intentaba. Ha metido la bola blanca por el agujero aposta para perder.

Lydia: «Se acabó la partida. Has ganado.»

Yo: «¡Eh! No vale dejarse ganar. ¡Es trampa!»

Lydia: «Hago lo que me da la gana. Además, es una estupidez de juego.»

Sólo lo dice porque no sabe. Pero eso no significa que deba abandonar. Mamá dice que abandonar es pecado. Es lo mismo que mentir. Es todavía peor, porque te mientes a ti mismo.

Al salir he usado los binoculares para comprobar que no hubiera enemigos. Miquita y Killa estaban sentados en el muro. Miquita se estaba fumando un cigarrillo muy gordo y Killa le había metido la mano por detrás, dentro del pantalón. Era asqueroso. Me daban ganas de vomitar.

Miquita: «Hola, caramelito.»

Yo: «Quita, hombre.»

Miquita: «¿Quieres un poco, Clamidia?»

Miquita le estaba ofreciendo el cigarrillo a Lydia. El humo apestaba a sudor. Se me ha acelerado el corazón a tope.

Lydia: «No, gracias.»

Miquita: «Es buena chica, y tal. Y sabe cuándo cerrar la boca, no como Chanelle. A esa zorra le he tenido que dar una paliza. Se cree que sabe algo y no sabe una mierda. Sólo quiere llamar la atención, sólo eso. Tiene que madurar.»

Se veían las quemaduras de mechero de la mano de Miquita, brillantes como rastros de cera. Y ni siquiera son por una buena razón, como las de la tía Sonia, son una trampa. Se las hizo Killa, sólo para que ella lo admire. Cuando lo supe casi me dio pena por él. Yo no necesitaba quemar a Poppy para que me admirara, sólo tenía que hacerla reír. Alguien debería explicarle que lo mejor para conseguir que te admiren es la risa. Es más fácil que quemar.

Killa: «Deja de mirarme, tío. Si no apartas esa cosa te la rompo a hos...»

Al mirarlo con los binoculares, tenía boca de idiota. Desde tan cerca ya ni siquiera se le notaba el enfado, parecía como de dibujos animados. A mí Killa no me acojona. Ni siquiera es capaz de deletrear su nombre. Tendría que ser Killer. Tenía la mirada triste porque se le estaba metiendo el humo en los ojos. Yo conozco esa sensación, te pican a tope.

Killa: «En serio, tío, no es cachondeo. Quita eso de una pu... vez.»

Killa se ha puesto en pie, supercabreado. Yo me he dado media vuelta a toda prisa y en vez de mirarlo a él me he puesto a mirar el Jubilee Centre. En la fachada se ven todavía los fantasmas de las palabrotas, listos para atraparte. Que te jodan y me la suda y chúpamela. He notado que Killa me agarraba por detrás. No me lo esperaba. Me ha cogido las manos, me las ha apretado en serio y me ha obligado a soltar los binoculares. Los ha aplastado una y otra vez contra la pared hasta que se han partido en un millón de trozos.

Killa: «Te lo he dicho, hos... No me jo..., tío.»

Derek: «¿Qué pasa aquí?»

Derek ha llegado tope rápido, como un rayo, y Killa se ha largado por el callejón. Miquita ha salido tras él, con su culo gordo rebotando por ahí, como un saco lleno de ratoncillos.

Yo: «¡Me los vas a pagar! ¡Le diré a la policía que me los has roto!»

Es imposible arreglarlos, están demasiado hechos polvo. Sin los binoculares, vuelvo a ser sólo un civil.

Lydia: «Ya te compraré otros.»

Yo: «No los encontrarás. Los pillé en el Carnaval.»

Lydia: «No hace falta que sean del color del Ejército.»

Yo: «El color del Ejército me gusta. Es mejor para esconderse.»

Lydia: «¿De quién tienes que esconderte?»

Yo: «De nadie.»

Lydia: «Vámonos a casa, que ya es tarde.»

Los síntomas de culpabilidad incluyen:
Sensación de cosquilleo por dentro del calzoncillo
Hablar demasiado rápido
Mirar todo el rato alrededor como si hubieras perdido algo ✓
Fumar demasiado ✓
Gritar demasiado
Rascarse
Mordisquearse los dedos
Escupir ✓
Ataques repentinos de violencia ✓
Gases incontrolados (tirarse muchos pedos)
Histeria religiosa

Lo he escrito en mis notas para Dean:

Yo: «El detective Opoku ha observado cuatro síntomas de culpabilidad en un sospechoso: Killa. Luego ha puesto obstáculos a la investigación del detective Opoku. El detective Opoku sugiere que lo convirtamos en sospechoso principal. Atención: raro será que la cómplice del sospechoso, Miquita Sinclair, alias *Manos Regordetas*, alias *Miquita Comemierda*, colabore. Es una zorra. Sugiero aproximación con cautela. Corto y cambio.»

«Alias» quiere decir que tienes otro nombre. Da lo mismo si lo has escogido tú o te lo ha puesto alguien.

Todas las mujeres estaban muy preocupadas por si ya no iban a conseguir carne.

Una mujer: «¿Dónde se supone que voy a comprar la carne ahora? Yo siempre se la he comprado a Nish.»

Otra mujer: «Su carne es mejor. La del carnicero siempre está dura. No es tan fresca.»

Una mujer: «Ya lo sé. ¿Qué podemos hacer?»

Era demasiado tarde para hacer nada, porque ya se estaban llevando a Nish. Gritaba y berreaba como un extraterrestre. Sonaba cabreado. No quería ir. Los policías tiraban y tiraban de él, pero él se agarraba a su furgoneta. Se negaba a soltarla. Han tenido que soltarle los dedos de uno en uno. He oído cómo se los partían. Te lo juro, ha sido muy cruel.

Relojero: «¡Dejadlo en paz! ¡Matones!»

Frutero: «¡Ya era hora, jod...! ¡Encerradlo!»

Era una cosa de locos. No me parecía justo. Tampoco es que haya envenenado a nadie. Yo quería ayudarle, pero los polis estaban en medio y me hubieran tirado ácido en la cara con sus rociadores.

La mujer de Nish se les ha echado encima. El policía le ha dado un empujón, lo he visto con mis propios ojos. Se le ha caído un zapato. Se lo he recogido yo. Estaba llorando. Llevaba las uñas de los pies pintadas de rojo. Eran preciosas, de locura. También tenía los labios rojos. Había comida por ahí. La gente ha empezado a robarla. Los hubiera matado.

Noddy: «¡Eh! ¡Devuelve eso, cabronazo ladrón!»
Imbécil: «¡Que te den, calvorota!»
Han venido más policías para detener a los ladrones. Han cerrado la furgoneta de Nish para que nadie pudiera entrar. Luego se han llevado a Nish y a su mujer. Les han atado los brazos con cadenas. Iban llorando los dos. Se me han encogido las tripas. Nish es de Pakistán, una vez vi la bandera en su furgoneta. Tiene una estrella y una luna y es mi segunda bandera favorita, después de la de Ghana.

Las estrellas en las banderas representan la libertad. La estrella apunta hacia todas partes, quiere decir que puedes ir a donde quieras. Por eso me encantan las estrellas, porque representan la libertad.

Yo: «¿Han envenenado a alguien?»
Noddy: «No, no han envenenado a nadie.»
Yo: «¿Y por qué se los llevan? No lo entiendo.»
Lydia: «Espabila, hombre. Qué flojo eres.»
Noddy: «Lo único que pasa es que han perdido los papeles.»
Yo: «¿Qué papeles?»
Mamá de Dean: «Yo no sabía que era ilegal. Su carne es mejor que la basura que vende el carnicero. Ésa está llena de grasa.»
Noddy: «Supongo que en algún momento se les tenía que acabar la suerte. Tres libras, por favor, bonita. Si compras otro paquete te puedo hacer descuento, tres por cuatro libras.»
Mamá de Dean: «Venga, pues.»
La mamá de Dean estaba comprando calcetines. Se pueden comprar con todo tipo de deportistas en la parte alta, uno que juega a tenis, otro a fútbol, otro que va en bici... Yo también los tengo. Me apuesto un millón de libras a que son para Dean.

Yo: «¿Y ahora que les va a pasar? ¿Los enviarán a su país? ¿En Pakistán hay mercados?»

Lydia: «Pues claro que sí, idiota. Hay mercados en todas partes.»

Yo: «¿Y tienen trenes que van por debajo de la tierra?»

Noddy: «Eso sí que ya no lo sé.»

Espero que sí. Espero que Pakistán sea tan chulo como aquí. Si tuviera que volver a mi país, lo que más añoraría sería el metro. Y a mis amigos. A Poppy lo que más le gusta es cuando aparto las nubes por ella. Me quedo mirando fijo una nube hasta que se aparta y vuelve a salir el sol. Poppy no se creía que fuera yo, pensaba que era el viento. Yo sigo creyendo que era por mí.

Yo: «¿De qué papeles hablaban? ¿Nosotros los tenemos?»

Lydia: «Se refiere al visado. Lo llama "papeles" porque se cree que eres tonto. Ay, me olvidaba: es que lo eres.»

Yo: «¿El mismo visado que vende Julius? Una vez lo oí hablando por teléfono. Dijo que podía vender un visado por quinientos. ¿Y Nish por qué no compra uno? Así se podría quedar.»

Lydia: «En realidad no se pueden comprar. Los que vende Julius no son buenos.»

Yo: «¿Por qué? ¿Qué les pasa?»

Lydia: «No sirven, son falsos. Olvídate de Julius, es un delincuente. Si le compraras un pollo, al llegar a casa ya se habría convertido otra vez en huevo.»

Yo: «Pero nuestro visado sí que sirve, ¿no?»

Lydia: «Sí.»

Yo: «¿Estás segura?»

Lydia: «¡Sí, estoy segura! ¡No me molestes!»

Ojalá nuestro visado funcione. Si nos lo intentan quitar me volveré invisible y cuando no me vean me colaré por detrás de ellos, les quitaré el rociador de ácido y se lo echaré hasta que se conviertan en cenizas. Ojalá se me hubiera ocurrido antes de que pegaran a la mujer de Nish en la cabeza.

Cuando vuelva a ver a Dean le preguntaré si le han gustado sus calcetines nuevos. Si a mí me parecen guapos, seguro que a él también.

Connor Green dice que el verdadero nombre de pila del señor Staines es Marinero. Porque estuvo en la marina. Yo no me lo creo. El señor Staines es demasiado gordo para ser de la marina, enseguida se ahogaría y terminaría en el fondo del mar. Ya soy capaz de recordar todo lo que sé de francés sin mirarlo en el libro. Puedo mantener toda una conversación. El señor Staines dice que tengo muy buen acento. Sólo me sé una conversación. Es para poder explicar quién eres cuando conoces a alguien nuevo:

Yo: «*Je m'appelle Harrison Opoku. J'ai onze ans. J'habite à Londres. J'ai deux soeurs. J'aime le football.*»

¿Quieres saber qué significa? Significa: «Me llamo Harrison Opoku. Tengo once años. Vivo en Londres. Tengo dos hermanas. Me gusta el fútbol.» Cuando lo dices en voz alta suena mejor. Por escrito no es tan divertido.

Lo primero que haría cualquier persona que fuera a Francia sería subir hasta lo más alto de la torre Eiffel y tirar un escupitajo enorme. Estamos todos de acuerdo. Menos Connor Green, que echaría una meada.

Connor Green: «Claro que los de abajo probablemente intentarían pillarlo. En Francia la gente se bebe el pis, y tal. Creen que así vivirán más. Los muy cabrones.»

Jordan era el primer candidato para una muestra de saliva, porque le encanta escupir. No nos iba a costar nada, seguro que nos la daba directamente.

Jordan: «¡Que te den por el..., tío! ¡No pienso escupir ahí!»
Yo: «Está limpio.»
Jordan: «Me da lo mismo. Además, ¿para qué quieres que escupa ahí? ¿Qué vas a hacer luego?»

Me he mordido los labios para que no se me escapara una sonrisa. No pasa nada por mentir, si es por una buena razón.

Yo: «Es para mi proyecto de Ciencias, para comprobar cuánto sobreviven los gérmenes en la saliva. Hay que conseguir un montón de escupitajos, echarles unos gérmenes y el que los mate antes es el más especial. A lo mejor resulta que tu saliva sirve para curar algo. Podrías hacerte rico.»

Jordan: «No quiero curar a nadie. Que se mueran, me importa una mier... Quita de ahí, tío.»

He tirado la botella a la papelera. ¡Otra idea que fracasa! Qué mal rollo, nadie quiere colaborar en la investigación. Te da la sensación de que todos son malos menos tú. Te sientes muy solo. Todavía no tengo un arma favorita. La verdad es que no lo he pensado. Si tuviera que escoger, probablemente sería una pistola de agua. Las venden en el mercado. Sólo disparan agua. Es bestial a tope, el agua llega lejos en serio. Tienes que pedir permiso antes de empapar a alguien, por si acaso no le gusta; si no, se armaría una bronca. En las vacaciones de verano me pillaré una.

El arma favorita de Jordan es una Glock.

Jordan: «Es lo que usan todos los gángsteres duros. ¿La has visto?»

Yo: «No. ¿Qué pinta tiene?»

Jordan: «Es la más chunga, tío. Es la más fuerte. Si te pegara un tiro con una Glock te arrancaría la cabeza. Llevan balas expansivas.»

Yo: «¿Y eso qué es?»

Jordan: «Son esas balas especiales, capaces de atravesar paredes y todo. Es mortal, una pasada. Es la primera arma que pillaré cuando tenga dinero.»

Yo: «Yo también.»

Jordan: «Tú no puedes pillar una Glock, es para mí. Ni siquiera sabías que existían hasta que te lo he dicho.»

Yo: «Vale, pero me encantan.»

Jordan: «Bueno, pero no tanto como a mí. A mí me molan más que a nadie.»

Estábamos esperando el autobús. Estábamos en la parada de la otra acera, delante de las viviendas. Si esperas dentro de la parada, nadie te ve. Sales de un salto justo cuando ya llega el bus y les pegas un susto bestial. Ni siquiera les da tiempo a impedírtelo.

Si le das al bus en cualquier parte, ganas diez puntos. Cincuenta por pegarle en una ventana. Si le das al parabrisas, delante de donde se sienta el conductor, ganas cien puntos. Si el parabrisas se rompe, son mil.

Si le dieras a la rueda y se pinchara y el bus acabara chocando, sería un millón de puntos, pero eso no lo ha conseguido nunca nadie. Es prácticamente imposible.

Jordan es el que mejor tira. El que tiene más fuerza. Sólo porque se ha quedado las piedras más lisas. A mí me han tocado las puntiagudas y no son aerodinámicas (aerodinámicas significa que vuelan mejor por el aire. Mis piedras no son aerodinámicas porque tienen aristas).

Jordan ha visto una Glock de verdad. La tuvo en sus manos y todo. Fue en una de sus misiones para la peña de Dell Farm. Tenía que enterrar una pistola.

Jordan: «Siempre tienen una pistola enterrada en algún sitio por si la necesitan. Tienen un montón por todas partes, y tal.»

Yo: «¿Y por qué no las guardan en sus casas?»

Jordan: «No seas retrasado. ¿Y si se las pilla la poli?»

Yo: «¿La probaste?»

Jordan: «No, no tenía balas. Las balas se esconden en otro sitio, no se guardan con la pistola. Pero la disparé igualmente. Apreté el gatillo y todo. Una pasada de fuerte.»

Se nota que a Jordan le encantó. Se le han puesto los ojos como platos. Dice que es mejor enterrarla en algún jardín en el que sólo entren sus dueños. Si la entierras en un parque al que va mucha gente, hay más posibilidades de que alguien la encuentre y se la lleve.

Ni siquiera conocen al dueño del jardín. Ni les piden permiso. Suele ser algún viejo. Así no se enteran. Si alguien les pregunta por la pistola no saben ni de qué les están hablando. Así es más seguro.

Jordan: «Siempre se entierran por la noche. Se escoge algún sitio tranquilo, donde no haya farolas y tal. Y se entierra a poca distancia, cerca de alguna flor o una piedra o lo que sea, algo para acordarte luego de dónde la has puesto. Pero hay que ser muy rápido: si alguien te sigue, se acabó la partida. Te matan por haber revelado el escondite. Yo sólo lo he hecho dos veces.

Te lo juro, ¡plantar un arma es una cosa de locos! Al menos, cuando entierras una planta crece algo. De un arma no puede crecer nada. Me ha dado por imaginar que plantaba una pistola y brotaban un montón de pistolitas del suelo. Y luego las vendía en el mercado,
    Yo: «¡Aquí tengo las pistolitas! ¡A dos libras el kilo! ¡Pistolitas frescas y preciosas!»
    Era muy divertido. Plantar un arma es la locura más grande que he oído en mi vida, te lo juro por Dios todopoderoso.

Hay que saber siempre de dónde puedes sacar un arma si tienes un apuro, nunca se sabe cuándo la vas a necesitar. Lo normal es que la necesites para una guerra o para un atraco. Si vas armado, atracar es más fácil.
    Jordan: «Si ven un arma no te joden, y tal, les da tanto miedo que te entregan lo que quieras. Es fácil, tío.»
    Ni siquiera tienes que disparar, basta con apuntarles con ella. La pistola lo facilita todo.
    Jordan: «Pero me muero de ganas de pegarle un tiro a alguien, tío. Les dispararía a la cara y tal. Me gustaría ver cómo explota la cabeza, qué pasada. Me gustaría ver cómo estallan los ojos y los sesos se desparraman por todas partes. ¡El bus!»
    Llegaba el autobús. Nos hemos preparado. Yo sostenía las piedras con las dos manos. He esperado una orden de

Jordan. El corazón me iba tope rápido. Yo he apuntado al costado. Jordan, a la ventana grande de delante. Está prohibido correr hasta que has tirado todas las piedras. Me he quedado esperando. El autobús frenaba.

Necesitaba romper una ventana. Necesitaba mil puntos para ponerme al día.

Jordan: «¡Ya!»

Nos hemos asomado de un salto. Jordan ha tirado la primera piedra. Le ha dado a la ventana grande, pero sin romperla. Yo he tirado todas mis piedras a la vez. No he apuntado, sólo las he tirado lo más rápido posible y con todas mis fuerzas. La primera ha fallado, pero la segunda ha golpeado en un costado y ha salido rebotada. Había gente bajando del bus. No han intentado detenernos.

Jordan: «¡Hijos de...!»

Jordan ha tirado la segunda piedra. Ha pasado rozando una cabeza y ha golpeado el borde de la ventana. El conductor estaba como una moto, lo hemos visto. Parecía que se le iba a reventar la piel. Te lo juro, era bestial. Sólo que me he quedado helado cuando he visto venir a mamá. Salía del autobús. Me ha mirado. Ni siquiera sé cómo ha pasado, no había tenido tanta mala suerte en la vida.

Jordan: «¡Patas!»

Hemos echado a correr. Yo estaba demasiado asustado para mirar atrás. Tenía ganas de vomitar. No he parado hasta llegar al túnel. Hemos recuperado el aliento.

Jordan: «Todas las mías le han dado. Una en la ventana, una en el borde, dos por un lado. ¿Y las tuyas?»

Yo: «No sé. Creo que una en un lado, y nada más.»

Jordan: «¡Qué malo eres, tío! ¡Te he ganado!»

Yo: «Mis piedras eran demasiado puntiagudas, sólo ha sido por eso.»

Me daba lo mismo. Tampoco necesito tanto los puntos. Hemos cruzado al otro lado del túnel. Mamá nos estaba esperando. Se me han encogido las tripas. Todo se había acabado.

Mamá: «¡Eh! ¿Se puede saber qué estás haciendo? Dime que no he visto lo que he visto. ¿Tienes algo que decir?»

Yo: «Perdón, mamá.»

Mamá: «Niñato estúpido. Te va a caer una buena. A casa ahora mismo.»

Mamá ha empezado a darme empujones. Jordan se ha puesto a reír.

Yo sólo quería morirme.

Mamá: «Y no te vuelvas a juntar con ese crío.»

Yo: «Ha sido sin querer. Sólo estábamos jugando.»

Mamá: «No haces más que perder el tiempo con él. Si te vuelvo a ver con ese crío te vas a enterar.»

Mamá me empujaba hacia la puerta de nuestra torre. Justo al volverme, me ha dado el salivazo en toda la cara. Hasta he notado cómo me entraba en el ojo.

Jordan: «¡Ahí tienes tu muestra, gallina!»

Jordan me ha hecho una peineta, y luego otra para mamá. Me he limpiado el ojo con la manga antes de que me llegaran los gérmenes al cerebro. Ahora Jordan y yo somos enemigos para toda la vida. Todo ha sido demasiado rápido.

Yo: «¡Que te den por saco!»

No sé a quién iba dirigido, a Jordan o a mamá. Ya me daba todo igual. Notaba las palabras al salir de mi boca, secas y afiladas como cuchillos. Acojonaba un poco, pero ya no podía parar.

Mamá: «¿Qué acabas de decir? Te voy a dar una paliza que te vas a quedar blanco.»

Mamá me ha echado una bronca. Me sonaban truenos en los ojos como si fuera el cumple del dios del cielo.

Mamá: «Que no te vuelva a oír decir eso. Ya está bien de tonterías. Espabílate, Harrison. Piensa un poco en lo que has hecho.»

Ya sé lo que he hecho, me lo he cargado todo. Todo está hecho polvo y la culpa es mía. Yo sabía que era verdad, lo notaba por dentro. Tenía que haber sido bueno. Tenía que haber sido bueno, pero me he permitido olvidarme y ahora

Dios va a destrozarnos. Es probable que mate primero a Agnes para darme una lección. No podía respirar bien. Ni siquiera quería. He practicado, a ver cómo se sienten los muertos. He aguantado la respiración tanto como podía, pero era una cosa de locos. Se me volvía todo borroso en la cabeza y he tenido que empezar a respirar otra vez. Yo pediría que en el ataúd me pongan un montón de agujeros para que entre el aire. Sólo porque así sería más fácil. Podrían ser las ventanillas de mi avión.

Vuestras supersticiones me hacen reír, las veo a todas horas en vuestra forma de toquetearos los botones, de derramar la sal. Casi me enternece, creéis que si vestís la muerte con vuestros disfraces y rituales desertará para pasarse a vuestro bando. Creéis que la podréis distraer si sois cada vez más, venga a darle hachazos al viejo palo de madera para cegar a la muerte con las astillas. Así que no nos tiréis más piedras, sólo hacemos lo más natural. Yo inflo las plumas del cuello, muevo la cabeza sin parar. Arrastro un poquito la cola para hechizar a la hembra. ¿Has visto qué colores, qué pecho tan fuerte? Nuestros hijos serán campeones, inmunes a todas esas... A todos los «itis» y «cocos» que destrozaron a tus antepasados. Eso es, mete tu pico en el mío, serán sólo unos segundos. ¡Bingo!

Parece mucho esfuerzo para tan poca recompensa. No sé qué se supone que hay que sentir. Pero tengo esa deuda con el chico. La tengo con todos vosotros, una conjura barata contra el goteo permanente de arena que ningún reloj puede capturar.. Me alejo de la hembra y me lanzo hacia la puesta de sol.

Soplaba una brisa agradable. Había parado de llover y se veían las estrellas. He salido al balcón para intentar recordar cómo eran las cosas antes de que naciera Agnes. Las estrellas sólo están hechas de luz antigua. Hasta lo dicen en Google.

Cuando miras una estrella estás viendo algo de hace un millón de años. Yo no necesitaba ir un millón de años atrás, sólo dos añitos. He escogido la estrella que parecía mejor y le he pedido que me lo enseñara. Si puedo sentir qué ha cambiado, seré capaz de descubrir qué pieza se ha roto y cómo puedo arreglarla. Y entonces podría salvarnos. Se lo he pedido con todas mis fuerzas. No he parpadeado, no fuera a ser que todo se estropeara y tuviera que volver a empezar.

Lo mejor fue aquel apagón. Se fue la luz de toda la calle. Papá, Patrick Kuffour y yo dimos una vuelta con la camioneta para rellenarle los faroles a todo el mundo con parafina. Para llegar a todos tuvimos que trabajar hasta bien entrada la noche. Todos querían darnos conversación, pero teníamos que avanzar para no llegar demasiado tarde a la gente. Patrick y yo íbamos en la parte abierta de la camioneta, como los soldados. Teníamos la sensación de estarnos ocupando de una misión importante.

Patrick Kuffour: «Vigila los árboles, podría haber francotiradores. Estate atento. Como fracasemos en esta misión, nos lo harán pagar caro.»

Patrick y yo éramos los encargados de preguntar. Preguntábamos a la gente si necesitaban parafina y luego papá les cargaba los faroles con su barril. Todo el mundo se quedaba en la calle. No querían irse a la cama. Al final, montamos una gran fiesta. Fue una idea que tuvimos entre todos. A nadie se le ocurrió primero, lo pensamos todos al mismo tiempo.

Los apagones siempre se convierten en una fiesta. Es lo mejor que tienen.

Todo el mundo colgó los faroles de los tejados y de las vallas. Parecían estrellas caídas. Nosotros les devolvíamos la vida. La gente bailaba en la calzada para celebrarlo. Le conté las buenas noticias a Agnes. Todavía estaba en la barriga de mamá, pero yo sabía que me estaba oyendo.

Yo: «¡He arreglado las estrellas para ti! Cuando salgas, te estarán esperando!»

Mamá: «Gracias, cariño.» (Lo dijo con una voz diminuta, como si fuera Agnes quien hablaba.)

Nos dieron un trago de cerveza por haber completado la misión. Hacíamos como que estábamos borrachos. Patrick Kuffour hizo la mejor caída: se inclinó hacia atrás, por encima de su muro, y cayó de espaldas; cuando fui a mirar por encima del muro, estaba patas arriba, agitando piernas y brazos como un escarabajo al revés. Te lo juro, lo más divertido que he visto en mi vida.

Entonces, el señor Kuffour puso en marcha su generador y la señora Kuffour y mamá y la abuela Ama hicieron un guiso de judías pintas para todos. Nos comimos el guiso en torno a los faroles, con la cabeza aturullada por las polillas y por la música que salía del transistor del señor Kuffour. Era superguapo. Una música que sonaba a lo lejos nos acariciaba los oídos como una brisa adorable. Todo el mundo se olvidó de que era de noche. Las chicas se pusieron a jugar al ampe, dando palmadas y saltitos que nosotros tratábamos de impedir tirándoles granos de cacao a las piernas. Luego se quedaron sin aliento y acabaron todas tumbadas por el suelo, como un montón de hojas de otoño.

Cuando salió el sol, me sentía triste y afortunado a la vez, no quería que terminase nunca la noche. Todo el mundo se echó a llorar en broma cuando el señor Kuffour apagó el generador. De inmediato dejó de sonar la música y llegó la hora de irse a casa. Yo me metí en la cama con una gran sonrisa en la cara y el brillo del sol en los ojos me calentó el cuerpo entero. Te lo juro, fue la mejor noche de mi vida. Sólo quería que todo siguiera igual. Sentirme siempre así.

Al recuperar esa sensación he cerrado los ojos y he dejado que me llenara de nuevo. Así he sabido lo que debía hacer. He cerrado la puerta con mucho cuidado y he dejado la llave puesta. He pasado de puntillas por delante de la habitación de mamá. Ella y Lydia roncaban como dos cerditas adorables. Papá lo habría entendido. Y hasta hubiera estado de acuerdo conmigo. Era la única manera de arreglarlo.

He tirado mi diente de cocodrilo por el tubo de la basura. He oído cómo llegaba al fondo y desaparecía. Era un sacrificio ofrecido al dios del volcán. Un regalo para Dios. Si le regalaba toda mi buena suerte, él nos protegería de las cosas malas, las enfermedades, las puñaladas, los niños muertos. Y nos reuniría por fin otra vez. Tendría que hacerlo a la fuerza. Si no, sería injusto. Era un buen intercambio, nadie podía decir que no lo era. Sabía que iba a funcionar. ¡Gracias, paloma, por señalarme la estrella adecuada!

Al pasar por delante de la iglesia nos han visto X-Fire y Dizzy. Yo ya sabía que nos iban a parar, ni siquiera he intentado salir corriendo. Sabía que sería algo corto, porque si no llegarían tarde a pasar lista. Me he quedado parado en el césped de la iglesia.

Yo: «Venga, aquí no os pueden hacer nada.»

Dean y Connor Green me han seguido. Se han quedado justo en el borde. Si tienes los dos pies en tierra sagrada no te pueden tocar.

Dizzy: «¿Tú crees que eso nos importa una mier...? O sea, somos muy mayores ya para cuentecitos de hadas y tal.»

Dizzy ha seguido adelante. Ha pisoteado todas las flores. Se le notaba en la cara que tenía ganas de pelea en serio. Todo porque yo ya no llevaba encima el diente de cocodrilo. Era parte del trato: Dios ha de proteger primero a los demás, yo ya me cuido solo. Ni siquiera me importa. He salido del césped de la iglesia y he vuelto al camino.

Yo: «Déjalos en paz, no tiene nada que ver con ellos.»

Dizzy: «Vale, lo que tú digas.»

Dizzy me ha pegado dos puñetazos fuertes en el brazo. No me ha importado. No me dolía. Sólo he gritado de mentira para que dejara en paz a Dean y Connor. Dizzy se reía como un mono idiota.

Dizzy: «Gallina.»

X-Fire: «Venga, ya basta, no vale la pena. Capullín.»

Hemos esperado a que estuvieran cerca del túnel y entonces les hemos hecho una peineta. Ha sido muy divertido.

Connor Green: «¡Tontos del culo!»

Dean: «¡Picha floja!»

Yo: «¡Pegas como una nena!»

No nos han oído. Ya no me pueden hacer daño. Siempre ha sido mentira. Yo sabía que era mentira.

Yo: «¡Comemierdas!»

Dean ha leído mis notas y luego he plegado el papel para guardarlo a toda prisa, antes de que lo viera alguien. Estábamos fuera del polideportivo. Desde allí veíamos los escalones de la cafetería. Aunque, a vista pelada, todo parecía pequeño. Necesitamos otros binoculares.

Dean: «Cuatro síntomas de culpa son muchos, pero tampoco prueban nada. No conseguiremos que confiese sin torturarlo, y tampoco tenemos los utensilios necesarios. Hacen falta baterías de coche y cables y martillos y mierdas de ésas. Sigo pensando que lo mejor es el ADN. ¿Has conseguido alguna muestra?»

Yo: «No. Intenté conseguir saliva de mi amigo Jordan, pero no me la quiso dar.»

Dean: «¿Y algo de pis?»

Yo: «Podría conseguirlo en el hospital. Si pillo la placa de mi madre, me podría colar hasta el cuarto donde guardan el pis de los enfermos. Ya está frío, lo guardan en la nevera.»

Dean: «No, es demasiado peligroso, ahí arriba lo vigilan todo con un millón de ojos. Espera. ¿Qué hacen ésos?»

Dizzy, Clipz y Killa la estaban liando al lado de la cafetería. Dizzy tenía a Killa arrinconado contra la ventana y fingía que era un policía y lo cacheaba para comprobar si llevaba armas. Ha obligado a Killa a separar los pies y levantar las manos. Tenía las manos apoyadas en el cristal para no caerse. Todos los dedos tocaban el cristal. Todas sus huellas dactilares en un mismo sitio. Clipz lo apuntaba con un arma invisible para que el sospechoso no se fugara.

Dean: «Es nuestra oportunidad. Tenemos que hacerlo ahora. ¿Qué opinas tú?»

Se me ha encogido el estómago. La sangre se me ha vuelto de metal. Estaba listo. Tenía que estarlo. El plan era fácil. Yo me encargaría de correr, porque soy el más rápido. Dean iba a ser el capturador. He sacado la cinta adhesiva de la mochila y se la he dado.

Dean: «Dale un empujón fuerte para que se distraiga y así me dará tiempo a recoger las muestras. Si se te echa encima, sal corriendo.»

Yo: «Oído, código rojo.» (Quiere decir que ha llegado la hora de pasar a la acción.)

Hemos echado a andar hacia la cafetería con toda la calma, como si no pasara nada. Teníamos que hacerlo ya, antes de que se fueran. He subido los escalones. Si dicen algo no hagas caso. Ni siquiera te pares. Dean ha seguido adelante y se ha plantado cerca de la ventana, como si todo fuera normal. Yo me he situado justo detrás de Killa y luego le he pegado un empujón fuerte por la espalda. No me ha dado tiempo a asustarme, simplemente le he dado un empujón y me he preparado para salir corriendo.

Killa: «¿Qué host... haces?»

Yo: «¡Mariconcete! ¡Mariconcete!»

Dizzy: «¡A por él!»

Dizzy y Clipz han venido por mí. Killa se ha quedado ahí, confuso y cabreado. Dean ha puesto manos a la obra con el celo, pegándolo donde Killa había tocado la ventana, para arrancarlo enseguida y salir corriendo de vuelta hacia el polideportivo por el otro lado.

Killa: «¿Para qué has hecho eso?»

Se ha puesto a borrar las huellas de la ventana, pero ya era demasiado tarde. No podía pararnos. Le hemos ganado en su propio juego.

Killa: «¡Capullo!»

Han salido todos detrás de mí. Me he dado la vuelta y he echado a correr hacia el edificio de Ciencias. Me he metido en la clase del señor Tomlin. Estaba a punto de empezar; he visto todos los limones en fila. Otra vez alguien iba a descubrir que los limones se pueden usar como baterías eléctricas. Ojalá fuera yo. Ojalá yo pudiera volver a aprenderlo todo como si fuera la primera vez.

Señor Tomlin: «¿Qué pasa, Harri? ¿Por qué corres?»

Yo: «Por nada. Me he perdido.»

Señor Tomlin: «Si no fuera porque llevas la cabeza atornillada al cuerpo, serías capaz de perderla.»

Yo: «¡Espero que no!»

Killa y Dizzy estaban al otro lado de la puerta. Al ver al señor Tomlin han dejado de perseguirme. Killa le ha dado una patada a la puerta. Se había terminado el asunto y tenía que admitirlo. Al final siempre pierden los malos.

Killa: «¡Date por muerto!»

Señor Tomlin: «Aún faltan cuatro minutos para que termine el recreo. Id a molestar a otra parte.»

El señor Tomlin era algo así como mi chaleco antibalas. Me ha protegido de los pensamientos asesinos de los malos. He cruzado el edificio de Ciencias en plan superrápido y he salido por el otro lado sin darles tiempo ni a enterarse. Sólo tengo que escaparme de ellos en los recreos y al terminar el cole. No son capaces de pillarme ni ahora que no tengo binoculares.

Hemos esperado en el Club de los Ordenadores hasta que todo el mundo se ha ido a casa. ¿Has oído hablar de You-Tube? Es un sitio que está en internet, lleno de películas en las que se ve como un bicho se come a otro. Dean me ha enseñado una de una serpiente que se comía a un niño. De hecho, se lo tragaba entero. Era en un sitio que está muy lejos, todo de tierra. Luego, todos los de la aldea pegaban a la serpiente con unos palos, hasta que vomitaba al niño.

Nadie sabía si estaba muerto o sólo dormido. Estaba todo recogidito, hecho una pelota apretada y gustosa. Tenía un montón de baba de la tripa de la serpiente por todo el cuerpo, pero no había perdido ni los brazos ni las piernas. Era más pequeño que nosotros.

Dean: «Me encantaría ver una serpiente comiéndose un coche, eso sería bestial. Una vez pasó.»

Yo: «Pues yo quiero ver una serpiente que se come a sí misma. Y luego desaparece y no queda nada.»

Dean: «Bestial.»

Hemos esperado hasta que no hubiera moros en la costa y luego hemos sacado la muestra para examinarla. Dean ha acercado la copia impresa a la luz.

Yo: «No se puede distinguir bien. Están demasiado borrosas. ¡Maldita sea!»

Dean: «Es que tenía prisa, y tal. Tendrías que haberlas pillado tú.»

Todavía se veían algunas líneas. Eran claras y definidas por el centro, pero la parte exterior quedaba borrosa, como cuando alguien se mueve mientras están sacándole una foto. Se veían dos dedos, más el borde del pulgar. Necesitamos una cinta más ancha.

Dean: «Mierda. No te preocupes. Al menos, ya tenemos una copia. A lo mejor, con el ordenador de la policía la pueden limpiar. Pueden ampliarla y todo eso. Y entonces sí que serviría.»

Yo: «Bueno, vale, jefe.»

He pegado el celo en una página de mi cuaderno de ejercicios y luego la he doblado y en la parte delantera he escrito el nombre del sospechoso. Killa. Me lo voy a quedar con todo lo demás hasta que nos haga falta. Era como un acojone, pero del bueno. Como si una parte de la vida de Killa ahora fuese mía. No puede esconderse para siempre; tus huellas cuentan tu historia tanto si te gusta como si no. Cuando la serpiente lo vomitaba parecía que el niño estaba naciendo. A lo mejor era un niño serpiente y se supone que nacen así. A lo mejor de mayor será el Hombre Serpiente. Se lo contaré a Altaf cuando lo vea, si fuera verdad le encantaría. Y a mí. Sólo tienes que escribir «serpiente come niño» en YouTube y verlo tú mismo. ¡Te aseguro que lo vas a alucinar!

Agnes: **«¡Harri!»**

Te lo juro, esta vez ha sido la más chula, me pitaban los oídos y hasta se me deshacían las orejas. Ha durado un montón. Yo ni siquiera quería que parase.

Yo: «¡Hola, Agnes! ¿Te encuentras mejor?»

Abuela Ama: «Di que sí.»

Agnes: **«¡Sí!»**

Mamá lloraba de contenta. Ha tenido que intervenir Lydia.

Lydia: «Al menos ha recuperado la voz. Di "Lydia".»

Agnes: «¡Lydia!»

Lydia: «¡Te queremos!»

Yo: «¡Te queremos, Agnes!»

Tenía la barriga calentita y a gusto por haberla salvado. Yo también quería llorar de contento, pero me he tenido que aguantar, porque Lydia me estaba mirando.

Abuela Ama: «Está bien. Esta mañana se ha despertado pidiendo un plátano. Se ha puesto a comer hasta que ya no podía más.»

Mamá: «¿Qué temperatura tiene?»

Papá: «Normal. Todo está bien. No te preocupes.»

Mamá: «Ojalá pudiera estar con vosotros.»

Papá: «Ya. Pronto nos vemos, ¿vale?»

Yo: «¿El tejado sigue bien?»

Papá: «¡Está bien! Anoche hubo tormenta y ni siquiera se movió.»

Yo: «No hagas más muebles, ¿vale? Vende los que tienes. Así podrás venir antes. ¿De acuerdo?»

Papá: «De acuerdo.»

Yo: «¡Adiós, Agnes!»

Agnes: «¡**Iós**!»

Te lo juro, Agnes grita mejor que nadie en el mundo. He jugado a fingir que era un superpoder. Cuando sea mayor la llamarán SuperGritona. Yo incluso le dejaré que sea mi compinche (es como un superhéroe más pequeño que va por ahí con el superhéroe grande, en plan de mejor amigo y ayudante).

No le he dicho a papá que he perdido mi diente de cocodrilo. No quería estropearlo todo otra vez.

Había un montón de pasaportes en la mesa. Julius los ha metido en su bolsa sin darme tiempo a echarles un vistazo. Tenía curiosidad por saber cómo eran las fotos, si la gente sonreía o llevaba el pelo a lo loco, o si tenían gafas o cicatrices. Pensaba que a lo mejor alguno se parecía a mí.

Tía Sonia: «Tiene un poco de saldo. Va con tarjeta.»

Julius: «Todo va con tarjeta hoy en día. ¿Verdad que sí?» (Palmada en el culo.)

A Lydia le ha caído un Samsung Galaxy, aunque no es su cumpleaños hasta pasado mañana. Estaba tan contenta que hasta se ha puesto a llorar de verdad. Berreaba como una loca. Era muy molesto. El teléfono tiene cámara y todo.

Lydia: «¡Decid "patata"!»

Cuando alguien te saca una foto tienes que decir patata, así te queda la cara bien. Lydia no hacía más que sacar fotos de todo. Yo sonriendo. Yo conduciendo mi coche. Mamá y la tía Sonia pellizcándose. El árbol de la tía Sonia. El tío Julius bebiendo su matarratas y con esa cara que mete miedo. El retrato de Nana Acheampong de la pared de la cocina. Por la mirilla de la puerta ha salido todo como borroso.

Le iba a pedir que te hiciera una foto, pero entonces me he acordado de que no te gusta. Nadie más ha visto pasar tu sombra ante la ventana, sólo yo estaba mirando. Que no te vean, te quiero sólo para mí. Lo prefiero así, y punto. Si te ve mamá sólo servirá para que te alejen de mí.

Aunque no era mi cumpleaños, a mí me ha tocado un coche teledirigido. Te lo juro, es superguapo, va tope rápido. Y se conduce de verdad con el mando. No hay ningún cable. Es como un bugui de playa. Sólo tiene el chasis, sin puertas, para que se vea el hombrecillo que lo conduce. Es rojo y plateado y va a ciento cincuenta por hora.

Al principio no sabía conducirlo bien, chocaba todo el rato con las paredes.

Yo: «¡Para de hacerme fotos! ¡Por tu culpa estoy chocando!»

Lydia: «¡Para de chocar! ¡Me obligas a hacerte fotos!»

Suerte que tiene un parachoques grande delante, así que cuando te la pegas no se destroza el coche. He practicado en el pasillo que queda fuera del piso de la tía Sonia. El coche funciona bien con cualquier tipo de suelo. Lo he probado en la moqueta y en las baldosas y corría tope rápido. Las ruedas son megagrandes, y los neumáticos se agarran muy bien para que no se atasque en ningún sitio. Lo quiero probar en todos los tipos de suelo. Tierra y barro, hierba, en todas partes. Seguro que en la nieve será genial. Te lo juro por Dios, en cuanto llegue la nieve seré el primero en salir. Así tendré toda la nieve para mí antes de que la gente la destroce con sus pisadas. La primera bola de nieve se la tiraré a Vilis. Le quiero dar en toda la cara. Te lo juro por Dios, será una pasada.

¿Las palomas emigran al sur en invierno?

Iré donde tú vayas.

¡Qué bien! Te puedes instalar en un árbol y mirar cómo tiro bolas de nieve.

Julius estaba reparando el *Convincente*, poniendo cinta nueva en el mango porque la vieja ya estaba toda descamada por el sudor y de tanto dar golpes. Lo hacía tope despacio y con cuidado, como si el bate fuera una paloma coja y le estuviera enganchando una pata nueva.

Yo: «¿Con eso le puedes arrancar de verdad la cabeza a alguien?»

Julius: «Eso ya no lo sé, pero desde luego puedes montar un buen estropicio. Si lo haces bien le puedes arruinar los sesos a alguien. Una vez le pegué a un tipo en la cabeza y al instante se le pusieron ojos de idiota, como si se le apagara la luz. Se notaba que le había partido el coco. Empezó a hablar superlento y a babear, sólo por un golpecito en el sitio adecuado. El punto exacto. Fue por su culpa, tenía que haber pagado sus deudas, como todo el mundo. Ahora es un vegetal, tiene que llevar babero como los bebés.»

Julius ha soltado una risotada de malo. Mamá se ha puesto a lavar los platos más deprisa, como si les quisiera arrancar algún pecado de tanto frotar. Yo prefiero que me maten con el *Convincente* y no con un cuchillo. El cuchillo está muy afilado, te raja demasiado el espíritu. Como el bate es más redondo, conservas mejor el espíritu. Y así llegas antes al cielo y tu mamá tiene menos lío que recoger. Aunque te rompan el coco no pasa nada; luego lo recuperas. Lo más importante es el espíritu.

El arbolito de la tía Sonia parecía aún más pequeño que antes. Las hojas brillaban como piel quemada. Como siempre lo tiene dentro de casa, no se puede mojar con la lluvia. Le he echado un poco de agua cuando nadie miraba. El agua ha desaparecido entre las piedras de la maceta y el árbol no ha crecido ni nada.

Tenía que hacer un recado del señor Smith. No quería hacerlo. Podía ser una trampa. A veces el profe te encarga un recado sólo para ponerte a prueba.

Anthony Spiner: «Una vez el señor Smith me dio un mensaje. Lo abrí y... ¿sabes qué ponía?»

Yo: «¿Qué?»

Anthony Spiner: «"No sigas leyendo este mensaje." Sólo ponía eso. Era una trampa.»

Lincoln Garwood: «Qué retorcido, tío. Odio al señor Smith, es un mamón.»

Yo no he mirado el mensaje, lo he llevado directamente a la secretaría. No me apetecía caer en una trampa. Cuando volvía a clase, la he visto. No la había visto antes, creo que va a décimo. Siempre lleva una cinta blanca en el pelo. Estaba arrodillada en el suelo. Tenía una sábana y todo. Estaba ahí mismo, en pleno pasillo. Con los ojos cerrados y todo eso. Me he tenido que parar.

Me la he quedado mirando. Era muy relajante. Tenía que quedarme tope quieto. Supermegaquieto, para no estropearlo todo. He intentado no respirar. No quería que parase.

La veía mover los labios, pero no oía ninguna palabra. A veces se inclinaba tanto hacia delante que casi tocaba el suelo con la cabeza. Hacía que todo fuera tope lento. Me entraba sueño sólo de mirarla. Quería preguntarle qué pedía en sus oraciones, pero me he tragado las palabras cuando ya casi salían.

Se veía que no podían ser bombas. Se veía que era algo bueno por fuerza.

Me he quedado detrás de la pared para mirar desde allí. No había nadie más. Había un silencio de primera categoría. Hasta me he olvidado de volver a clase. Me hubiera apuntado a rezar con ella, pero no he querido estropearlo.

Al terminar sus rezos, la chica de la cinta en el pelo ha abierto los ojos y se ha levantado. Me he dado la vuelta a toda prisa y me he alejado por el pasillo. Intentaba no hacer ningún ruido. No quería que me viera. No quería que se enterase de mi presencia, por si acaso se estropeaba todo. He esperado a que se fuera y luego he vuelto a la vida. Al pasar de nuevo por donde la había visto rezar, he contenido la respiración. He esquivado ese trozo del pasillo con un rodeo para no pisarlo.

Al doblar la esquina, Killa venía de frente hacia mí. Cuando me ha visto ya no me daba tiempo a hacer nada. Me ha llevado a los baños. Demasiado rápido para evitarlo. Me ha encerrado entre los lavabos. Llevaba un cúter de la clase de Plástica y me ha apuntado con él.

Killa: «Quiero que me devolváis mis huellas. Son mías. ¿Qué habéis hecho con ellas?»

Yo: «Las tiré. Ni siquiera se habían pegado bien. Sólo era una broma.»

Killa me ha empujado contra la pared. Me he dado un golpe bastante fuerte con la cabeza contra la máquina de toallitas de papel. El filo de la hoja del cúter, por culpa de la luz que entraba por la ventana, brillaba como una puesta de sol salvaje y me cegaba. He cerrado los ojos y me he preparado para sentir el quemazo. Todo estaba en silencio. El mundo se ha detenido. Cuando ha vuelto a sonar, la voz de Killa se agrietaba como una mentira. Es lo que pasa siempre que intentas meter mucho miedo sin tener la sangre encendida a tope.

Killa: «Déjate de rollos conmigo, ¿vale? Esto no es cosa tuya. Además, no podrás probar nada. Déjalo antes de meterte en algún problema serio, ¿sí?»

Me ha dado un empujón contra la máquina de las toallas y se ha largado. Me he palpado la cabeza, pero no he visto que saliera sangre. He esperado hasta recuperar el aliento. Sólo temblaba un poco. Tenía una mancha negra en la camisa, de las manos sucias de Killa. Tendría que estar prohibido manchar a los demás. Tendría que estar prohibido fastidiarle la tranquilidad a los demás, no es justo. La mancha mojada de mi pantalón sólo era de sudor, porque fuera hacía mucho calor.

En Inglaterra todo el mundo celebra la llegada del verano abriendo la ventana de par en par y poniendo la música tope alta. Es una tradición. Así se sabe que es verano. Hay que hacerlo cuando sale el sol. Lo hacen todos a la vez.

También sacan la bandera. Si tienes una bandera, la tienes que sacar al mismo tiempo que los demás. Así todo el mundo sabe que eres de ahí y que ha llegado el verano.

No siempre es la misma música, las hay bien distintas. Al acercarme a las torres he oído un montón de músicas distintas, todas mezcladas. Era fantástico. Me daban ganas de bailar. Iba con una sonrisa de oreja a oreja, no podía evitarlo.

Al final, me he apuntado yo también. He cogido el lector de cedés de la habitación de mamá y he puesto el disco de Ofori Amponsah. He puesto *Open Heart*, mi favorita. Quería que la oyera todo el mundo. He abierto la ventana y he sacado el equipo de música.

Yo: «¡Hola! ¡Soy Harri! ¡Es mi música! ¡Ojalá os guste!»

Luego me ha dado miedo que se me cayera y lo he metido en casa otra vez. Espero que todos hayan oído mi canción, nuestro equipo de música no suena muy alto. Y luego Lydia lo necesitaba. Es su cumpleaños y tiene dos cedés nuevos.

Lydia: «¡Date prisa!»

Yo: «¡Ya te lo llevo! ¡No te pongas tan pesada!»

Mamá: «No te metas con ella. Le daré tu trozo de pastel a las palomas.»

El pastel de Lydia es sólo de chocolate. Yo para mi cumple me pido uno de Spiderman. Los regalos de Ghana para Lydia han venido en una caja grande. He llegado antes que ella a abrir la puerta. Estábamos esperando los dos tope atentos, pero Lydia ha tenido que ir a cambiarle el agua al canario y entonces han llamado a la puerta. El cartero me ha dado a mí la caja. Al principio me la iba a quedar. Sólo se la he dado porque es su cumpleaños.

Lydia: «¡Manos fuera! ¡Te voy a dar!»

Yo: «¡Ni lo sueñes!»

He sacado fotos de todo con el teléfono de Lydia: cómo agarraba la caja. Cómo la abría. Lo que había dentro. Había un montón de regalos, no sólo uno. Había dos cedés de Abena, uno de Michael Jackson y uno de Kwaw Kese.

Había unos pendientes de la abuela Ama. Eran sólo dos círculos. Estaban hechos de oro de verdad (para saber si el oro es de verdad lo tienes que morder. Si no queda la marca de los dientes, es de verdad).

Lydia: «¡Quítate mis pendientes de la boca! ¡Los estás llenando de saliva!»

Yo: «¿Quieres que los compruebe, o no?»

Lydia: «¡No!»

Había un dibujo de la mano de Agnes. Era precioso. Es muy fácil: le llenan la mano de pintura y luego la ponen encima del papel. Han ayudado a Agnes a escribir su nombre. Yo también aprendí a escribir el mío así: me ponían el lápiz en la mano y luego me la movían. Salían unas letras preciosas, con un trazo tembloroso, como si lo hubiera escrito una araña.

Papá le ha hecho una bailarina de madera a Lydia. Creo que se supone que es ella. Se parece un poco, pero la cara no. Papá no sabe que Lydia ya no va a danza. Siempre se olvidaba de sonreír.

Se ha puesto a llorar.

Yo: «Si no la quieres, me la quedo yo. La puedo cambiar en el cole. A lo mejor me toca un reloj.»

Lydia: «¡No me molestes!»

Yo: «¿Por qué te pones así?»

Mamá: «Porque echa de menos a su papá, ya está. No la molestes.»

Yo: «No te pongas triste. Es tu cumpleaños. Tienes la nariz llena de mocos.»

Lydia: «¡Cállate!»

Mamá: «Harrison, déjala en paz.»

Tenía que hacerla reír. Si no lo conseguía, ya podíamos dar el día por acabado. He pensado en todas las palabras que conozco para animar a los demás. Pensaba irlas probando hasta que alguna funcionara.

Yo: «Vamos, cariño. Ánimo.»

Nada. Ni una sonrisilla minúscula.

Yo: «Alegra esa cara. Ya sabes que es mejor así.»

Otra vez, nada.

Yo: «*You are my sunshine, mi only sunshine.*
You make me happy when things are gay.»

Mamá: «¡Harrison! ¡Ya vale con la broma de los gays!»

Lydia: «¡Basta ya!»

Ha sonreído un poquito, lo he visto. Estaba a punto de conseguirlo. Tenía que arreglar el día. Sólo necesitaba intentarlo una vez más. Y entonces me he puesto a cantar una tonadilla con todas las rimas inventadas para decirle que la quería un montón con todo mi corazón, y cosas así.

Lydia: «¡Vale ya!»

Yo: «¡Te pillé! ¡He ganado!»

Lydia ha soltado una carcajada. Ya no se podía aguantar. Me encanta cuando consigo salvarle el día. Ni siquiera necesitaba los puntos. Le he dejado quedárselos.

Yo: «¿Quieres mi regalo? Tienes que seguirme, está fuera.»

Lydia: «Venga ya. No voy a caer en otra trampa.»

Yo: «No es una trampa. Te lo prometo.»

Mamá: «A mí no me mires. No tengo nada que ver.»

Yo: «¡Venga, sal, gatita cobarde!»

Al final Lydia ha tenido que salir porque el secreto era demasiado grande para dejarlo pasar. Yo iba delante y ella me seguía. Los dos hemos aguantado la respiración al bajar la escalera.

Lydia: «¿Adónde vamos?»

Yo: «Ya verás. Tú confía en mí.»

Hemos ido a la parte trasera de la torre y ahí le he dicho que teníamos que parar. Lydia ha buscado su regalo por todas partes. Ha mirado en los árboles y debajo de los coches y en las ventanas. Ha mirado incluso debajo del contenedor. Estaba muy despistada. Ni siquiera sabía qué buscaba. Era una sensación bestial.

Lydia: «¡Dame mi regalo y vámonos ya! ¿Dónde está?»

Yo: «Justo delante de ti.»

Han construido una rampa nueva en la parte trasera de la torre para que puedan subir y bajar las sillas de ruedas. No la habíamos visto hasta esta misma mañana, cuando ha llegado el hombre del ayuntamiento con la hormigonera. Dean me ha retado a meterme dentro, pero yo no pensaba correr ese riesgo, sabía que estaría superpegajoso. Desde el primer momento he sabido lo que iba a hacer. Te lo juro, casi me vuelvo loco de aguantar el secreto todo el día.

El cemento todavía estaba mojado. El del ayuntamiento se había ido a comer. Si lo íbamos a hacer, tenía que ser en ese momento. No se podía planear mejor.

Lydia: «¿Qué se supone que hago aquí?»

Yo: «Sólo tienes que saltar. Será bestial. Se marcarán tus huellas y cuando se seque, quedarán pegadas para siempre. Y así la rampa será nuestra y lo sabrá el mundo entero. No sólo la rampa, toda la torre. Pero has de saltar con fuerza. Lo tienes que hacer en serio.»

Lydia: «Qué tontería. No pienso saltar ahí.»

Yo he reunido todas mis fuerzas y me he plantado en el mejor sitio y luego he pegado un salto tope fuerte hacia la rampa con los dos pies a la misma altura. He intentado concentrar toda la fuerza de mi cuerpo en el cemento.

Lydia: «Parece que estés cagando.»

Yo: «Es la mejor manera. Ya verás.»

He contado hasta diez. Me he movido un poco para marcar bien las pisadas en el cemento y luego he salido de un salto para no pringarlo todo. Ha quedado de coña. Era perfecto. Mis huellas estaban en el cemento, preciosas, bien claras y nuevecitas. Hasta se veía la marca de Diadora que llevan mis zapatillas en la suela. Se veían todas las líneas y todo. Daba una sensación bestial.

Yo: «Lo más difícil es salir. El cemento intenta engancharte. Cuando saltas para salir tienes que hacer más fuerza todavía. Te toca.»

Lydia: «Qué chorrada.»

Yo: «¡Hazlo de una vez, más que vaga! Cuando alguien piensa un regalo para ti no puedes rechazarlo. Es como decirle a la otra persona que la odias.»

Lydia: «¡Vale, vale!»

Lydia hacía como que estaba cabreada, pero no engañaba a nadie. Le ha puesto tantas ganas como yo. Ha pillado la posición de cagar y ha pegado un salto tope fuerte. Ha caído justo al lado de mis huellas. Incluso ha contado hasta diez, que yo la he visto mover los labios.

Yo: «Ahora, muévete un poquito.»

Lydia: «¡Ya me estoy moviendo!»

Ha intentado salir de un salto, pero se le han quedado los pies pegados y casi se cae. Lloraba como un bebé.

Lydia: «¡Ayúdame! ¡Ayúdame!»

Yo: «¡No te asustes! ¡Ya voy!»

Le he dado un tirón y la he sacado del cemento. Sus huellas han quedado al lado de las mías. Limpias y claras. Todas las líneas bien marcadas, como las mías. Le ha encantado. No le ha dado tiempo a disimular que se le ponían los ojos como platos.

Lydia: «Rápido, escribamos los nombres antes de que se seque.»

Me he sentado junto a la rampa y he escrito los dos nombres debajo de las huellas. Tenía que apretar mucho con el dedo para que salieran las letras. Se podía leer. Te lo juro, ha quedado guapísimo:

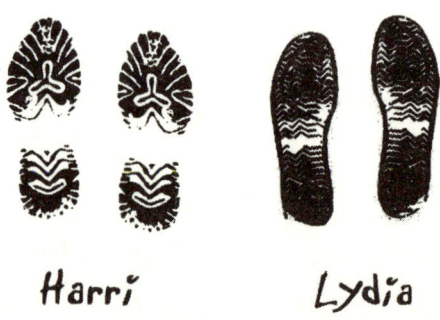

Lydia tenía una sonrisa de oreja a oreja.

Yo: «¡Feliz cumpleaños! ¡Ya te he dicho que te iba a encantar!»

El cemento que tenía en el dedo parecía masa para hacer bizcocho, pero olía a vómito. Si no te lo quitas antes de que se endurezca, se te queda el dedo como una piedra. Hemos limpiado los zapatos en un charco y quitado todos los grumos con un palo. Ahora todo el mundo nos conoce. Ahí están las huellas para decirle a todo el mundo dónde estamos. Me muero de ganas de que se sequen ya. Vigílamelas hasta que estén duras, ¿vale?

Las vigilo. Si a alguien le da por estropearte la fiesta, no sabe lo que le espera; al que se acerque demasiado, le cae una cagada encima. ¿Quieres saber lo que opino? Llevo ya el tiempo suficiente por aquí para tener alguna opinión. Vuestro problema es que todos queréis ser el mar. Pero no lo sois, sólo sois una gota. Una gota entre una cantidad infinita. Si lo aceptarais, todo sería mucho más fácil. Dilo conmigo: «Soy una gota en el océano. Soy vecino, nación, norte y nada. Soy uno entre muchos y todos caemos juntos.»

O a lo mejor yo sólo soy una rata con alas y no sé ni de qué hablo.

No hay nada que me guste tanto como una buena sorpresa. Como tener el cemento ahí, listo para que escribamos algo, o como cuando crees que alguien hará algo fatal y de repente descubres que en realidad le sale muy bien. Con Manik pasaba lo mismo: nadie esperaba que fuera tan buen portero, porque está muy gordo, pero en realidad Manik es un portero brillante. Es imposible meterle un gol. Donde está él no pasa nadie. Una vez le pegué un pelotazo en la cabeza sin querer y ni se movió, siguió jugando como si no hubiera pasado nada. Si no llega a ser porque le lagrimearon un poco los ojos, nadie se habría enterado de que acababan de darle un golpe en la cabeza. Desde entonces lo llamamos Supermanos. Se nota que le encanta. Cada vez que lo decimos, se le pone una sonrisa de oreja a oreja.

Todos: «¡Otro paradón de Supermanos! ¡Está que se sale!»

Tampoco pensaba que a Dean se le daría bien escalar, porque tiene el pelo de color naranja. Ni me lo imaginaba. Pero en realidad es un escalador brillante. Se le da tan bien como a Patrick Kuffour (es capaz de subir al tejado del centro comunitario en tres segundos. Lo llamábamos Sangre de Mono.)

Dean: «No te preocupes, ya la cojo yo. Soy un escalador genial.»

Estábamos jugando un partidillo en la calle, he chutado con rosca y la pelota ha ido a parar encima del garaje. Yo ni siquiera sabía que era capaz de mandar tan lejos la pelota nueva. En realidad, estaba orgulloso. Dean se ha subido de un salto al contenedor y luego a pulso hasta el tejado del garaje. Todo ha sido tope rápido. Lo hacía parecer fácil. Ha tirado la pelota abajo y yo la he cogido. Al verlo de pie ahí arriba casi me mareo. Me daba el sol en los ojos. He oído un aleteo, pero no he distinguido de dónde venía.

Dean: «Sube. No pasa nada. Yo te ayudo desde aquí.»

Yo: «Pero ¡nos pueden robar la pelota!»

Dean: «¡No seas gallina!»

Yo: «¡No lo soy! ¡Venga, vamos a nueve! Estamos empatados. El que marque el próximo, gana.»

Dean no quería bajar. Se notaba que le encantaba estar ahí arriba. Andaba de una punta a otra como un rey. Se reía en la cara del peligro.

Dean: «¡Eh! ¡Qué es esto?»

Ha recogido algo. Estaba envuelto como si fuera un paquete. Mojado por los charcos que hay en el tejado, y lleno de grasa. El envoltorio parecía hecho con trapos arrancados de alguna prenda de ropa.

Dean: «¿Lo abro?»

Yo: «¡Ábrelo!»

Dean: «Pero... ¿seguro que quieres que lo abra?» ¿Y si es ántrax, o un diente humano?»

Yo: «¡Deja de fastidiarme y ábrelo de una vez!»

Ha deshecho el envoltorio. Dentro había una cartera. A pesar de que me daba el sol en los ojos he visto que era una cartera. Era azul y tenía un velcro negro.

Yo: «¿Hay dinero dentro?»

Dean: «Espera, está muy pegajosa. Voy a bajar.»

Se ha bajado del tejado del garaje y me ha enseñado la cartera. Tenía unas manchas muy oscuras. Olía a lluvia. La ha abierto y hemos revisado todo por dentro. No había dinero. Había algo enganchado en un compartimento, pero la lluvia lo había convertido en pegamento. Dean lo ha arrancado con mucho cuidado: era una foto. Al verla, se me ha encogido el estómago.

Yo: «¡Es el niño muerto!»

Dean: «¿Tú crees?»

Yo: «¡Te lo juro por Dios! ¡Si hasta lleva puesta la camiseta del Chelsea!»

La foto era tope pequeña y en la parte mojada estaba llena de manchas. Salía el niño muerto con una chica blanca. Sólo se les veía la cabeza y los hombros. Los dos con sonrisas de oreja a oreja. Yo no sabía que tenía novia. Era casi tan guapa como Poppy, pero tenía un ojo desviado, aunque puede que lo hiciera queriendo, en plan de broma. Daba mucha pena. Me ha dado por pensar que el niño muerto estaba atrapado en la foto y ya era demasiado tarde para sacarlo de ahí. Ojalá yo hubiera estado presente cuando lo acuchillaron. Habría echado al asesino antes. Habría avisado a gritos a la policía o le hubiera tirado una piedra o lo hubiera paralizado con mi aliento. No sé por qué nadie hizo nada.

Dean: «Yo le hubiera dado una patada de kung-fu en las bolas.»

Yo: «Yo también.»

Dean me ha dejado tocar la cartera. Estaba pegajosa. He rezado una oración por dentro. Sólo he dicho que lo sentía. Era lo único que recordaba.

Yo: «¿Tú por qué crees que está tan pegajosa? ¿Será por la sangre?»

Dean: «Eso parece, o a lo mejor es grasa. Puede que tenga alguna huella. Volvamos al laboratorio.»

A Dean no le he hecho decir la contraseña, eso es sólo para civiles. Hemos empujado la cama contra la puerta para estar más seguros. Dean sostenía la cartera mientras yo le ponía celo en la parte pegajosa. Lo he puesto con suavidad y mucho cuidado para que no hubiera ninguna arruga y luego lo he quitado tope despacio. La parte pegajosa se ha enganchado al celo. Lo he sostenido contra la luz. Ninguna línea, sólo una mancha grande de rojo oscuro. Ninguna huella, nada que sirva de referencia.

Dean: «No importa, hubiera sido mucha casualidad. Si es sangre, todavía nos queda el ADN.»

Yo: «Chúpala, así lo sabremos.»

Dean: «No la pienso chupar, podría tener el sida. Apártala, ¿vale? La sangre me acojona.»

Me ha quedado algo de sangre en el dedo. Estaba pegajosa. Me la quería comer para que su espíritu pudiera vivir dentro de mí, pero me daba demasiado miedo el sida. He esperado a que oscureciera para lavármela. Me la quería dejar, pero al final me picaba demasiado.

El agujero donde antes estaba el árbol ha desaparecido del todo. Ahora está cubierto, no sólo de hierba, también por un montón de hierbajos y plantas. Nadie se daría cuenta de que antes ahí había un agujero. *Asbo* ha hecho una buena cagada en la hierba nueva. Es su nuevo cagadero favorito. Al verme ha movido la cola con tanta fuerza que creía que se le iba a despegar del culo. Le caigo muy bien porque le hablo con voz suave. Así saben que eres su amigo.

Terry Takeaway: «¿Te lo quieres quedar? Todo tuyo.»

Terry Takeaway me ha dado la correa de *Asbo*. Me lo ha dejado aguantar y todo. *Asbo* es muy fuerte. No me ha esperado ni nada, ha echado a andar enseguida. He tenido que seguirlo para que no me tirase al suelo.

Terry Takeaway: «Dile "quieto" y no tirará tanto.»

Yo: «Quieto.»

Terry Takeaway: «Más fuerte. **¡Quieto!**»

Ha funcionado. *Asbo* ya no tiraba tan fuerte. Iba más despacio y caminaba a mi lado.

Yo: «Bien hecho.»

Cuando un perro hace algo bueno siempre tienes que decírselo. Y así ya sólo hará cosas buenas. Sólo saben lo buenos que son si se lo dices a todas horas. Se lo has de decir cada vez para que no se olviden. Terry Takeaway me ha enseñado a llevar bien la correa. Si la llevas demasiado tirante, el perro no puede ir a ningún lado. Y entonces ha de caminar contigo. Si la llevas demasiado suelta, el perro se olvida de que va atado y se intenta largar. Al final, he controlado a *Asbo*. Ya no intentaba largarse. Si yo caminaba hacia un lado, *Asbo* iba conmigo. Si yo me paraba, él también. Te lo juro, era bestial. Era como si fuera mío. Como si me perteneciera.

Yo: «¡Asbo, busca a los malos! ¡Busca, vamos, chico! ¡Rastrea el olor de los malos!»

Asbo miraba a todas partes, como si tuviera una misión. Le ha olisqueado la pierna a un hombre al pasar a su lado. Yo le miraba la cara: no ha movido las orejas, ni ha abierto mucho los ojos. No olía a maldad. Al llegar al parque lo he soltado. Ha salido corriendo, pero ha vuelto enseguida. Casi todo el rato iba corriendo en círculos. Le gusta correr incluso más que a mí. Luego hemos hecho algunos truquillos.

Terry Takeaway: «Sentado.»

Asbo se ha sentado. Se quedaba ahí, mirándonos. Esperaba que le dijéramos algo.

Terry Takeaway: «Tumbado.»

Asbo se ha tumbado en la hierba. Estaba boca arriba. Seguía moviendo la cola. Le he visto todos los pezones y los huevos. Se notaba que le gustaba mucho. Estaba jugando.

Terry Takeaway: «La pata.»

Eso ha sido lo mejor. *Asbo* me ha levantado la pata. Le he estrechado la mano. Era muy divertido. Hacía sus truquillos conmigo y todo. Le encantaba. Cuando le he dicho que se sentara, se ha sentado. Cuando le he dicho que me diera la pata, me la ha dado. Era una sensación bestial. Yo quería quedármelo. Te lo juro, ha sido lo más divertido que he visto en mi vida.

JULIO

Las huellas dactilares sólo sirven para el tacto y para que puedas sostener las cosas cuando están mojadas. En realidad, no significan nada. Si no tuvieras huellas, podrías ser quien te diera la gana.

Las cejas sirven para que no se te meta el sudor en los ojos. Yo creía que no servían para nada, pero no es verdad: sirven para frenar el sudor y la lluvia. Si no existieran, la lluvia y el sudor se te meterían en los ojos y te dejarían ciego. Las pestañas también. Son para que no te entre el polvo. Ni los bichos.

Todo lo que crees que no sirve para nada en realidad está ahí para ayudarte, o para protegerte de algo. El pelo de la cabeza impide que se te caliente demasiado el cerebro cuando hace calor, o que se te enfríe cuando hace frío. El pelo es mucho más listo de lo que parece. Todo el mundo tiene las mismas defensas. Todos tenemos cejas y uñas y pestañas. A todos nos crece el pelo en los mismos sitios. Así todos tenemos las mismas posibilidades de sobrevivir. Eso es lo justo. Lo contrario no lo sería.

Connor Green: «Y entonces, ¿por qué los hombres tienen pezones?»

Señor Tomlin: «Porque sin ellos parecerían idiotas. Siguiente pregunta.»

El señor Tomlin ha derrotado a Connor Green con su chiste. A Connor le da mucha rabia. Él intenta ganar al señor Tomlin contando chistes, pero el señor Tomlin siempre es mejor que él.

Connor Green: «Y cuando estamos en la bañera, ¿cómo puede ser que el agua no suba por el agujero del culo y nos ahogue por dentro?»

Señor Tomlin: «Porque el esfínter anal interno se contrae de manera involuntaria para ocluir el canal rectal. ¿Algo más?»

Connor Green: «Ha dicho "anal". Eso no nos lo puede decir, es abuso sexual.»

Señor Tomlin: «Corta el rollo, Connor. ¿Alguien más?»

Dean: «¿Cuando te mueres te sigue creciendo el pelo? Mi tío dice que sí. Y las uñas también. ¿Es verdad, señor?»

Señor Tomlin: «No, eso es una falacia.»

Connor Green: «¿Usted tiene algo que se apoya, señor?»

Señor Tomlin: «Vale, sal de clase. ¿Connor? Que te vayas ahora mismo, por favor.»

Connor Green: «Pero, señor, yo sólo he preguntado si tiene algo que se apoya.»

Señor Tomlin: «**¡Fuera!**»

Connor ha tenido que salir de clase. Se ha puesto colorado como un cangrejo. Yo estaba encantado de que el señor Tomlin le gritara de esa manera. A veces se pone muy pesado. A veces sólo quiero que se calle para que el profesor nos pueda ayudar. En Ciencias se aprenden las cosas más interesantes.

El señor Tomlin dice que lo de la estación espacial sí que es verdad. Al principio parecía una estrella brillante, pero si sigues mirando ves que se mueve. Yo sólo la vi una vez, porque el cielo nunca está oscuro del todo, hay demasiada luz en el aire por las farolas y las casas. En la estación espacial tienen que cagar en un tubo que lo aspira y lo lanza al espacio. Por eso la lanzadera tiene limpiaparabrisas. Todo el mundo está de acuerdo.

. . .

El suelo del rellano es perfecto para jugar con mi bugui playero. Brilla a tope. El coche va superrápido. Te da la sensación de que tú también vas rápido, por muy quieto que estés. Si no te acuerdas de pestañear acabas mareado.

Me he quedado mirando la puerta de Jordan. Esperaba que se abriera. He llamado flojito y luego hacía como que había sido sin querer. Se ha abierto la puerta. Al principio Jordan no ha dicho nada, sólo me miraba. Se ha tirado un montón de rato mirando. Yo chocaba todo el rato porque me cabreaba que estuviera mirando. Sólo quería que me lo pidiera de una vez.

Jordan: «Déjame probar.»

Era parte del plan, pero había que hacerle esperar un poco más.

Yo: «Un momento.»

He seguido conduciendo. Quería que se creyera que se lo iba a dejar enseguida. Quería que le diera rabia. Así el ganador sería yo por última vez. Notaba que me estaba mirando. He seguido conduciendo. Como si él ni siquiera estuviese allí. Era una sensación bestial. Ojalá durase para siempre.

Jordan: «Venga, tío, déjamelo probar. Hace siglos que lo tienes.»

Yo: «Lo vas a romper.»

Jordan: «No lo romperé, conduzco que te cagas. Nunca choco.»

Yo: «Ya no somos amigos.»

Jordan: ¿Quién lo ha dicho? Venga, tío.»

Yo: «Dos minutos más.»

Jordan: «Sólo uno. Te enseñaré cómo hacerlo volcar, es una pasada.»

Era lo que estaba esperando. Quería que lo deseara con todas sus fuerzas. Quería que me lo suplicara. Así, al ver que no se lo dejaba le dolería todavía más. Quería castigarlo. Ésa era mi misión.

Todo estaba oscuro y en silencio. Notaba cómo el corazón se me aceleraba a tope mientras esperaba el momento adecuado. Sabía que sería bestial. Estaba junto a mi puerta. Era perfecto. He tenido que morderme los labios para que no se me escapara la risa.

Yo: «No puedo, me tengo que ir. Tengo la cena lista.»

He recogido el coche y me he metido en casa. Luego he cerrado la puerta. Me sentía superrápido. Lo he hecho a toda prisa. No le ha dado tiempo ni a imaginárselo. Ni siquiera sabía lo que iba a pasar. Ha sido perfecto. Ahora soy el campeón para siempre.

Poppy no necesita ponerse maquillaje porque ya es guapa sin nada. Miquita y Chanelle y todas las demás lo tienen que llevar porque por debajo son feas. Miquita siempre lleva sombra de ojos de color verde. La hace parecer una rana.

Parece una bufona verde y hortera, pero no se lo he dicho. No estoy para esas cosas.

Miquita se estaba poniendo el pintalabios de color cereza. Se me ha acelerado el corazón a tope. No había escapatoria.

Miquita: «Entonces, ¿estás listo para mí? ¿Te has lavado los dientes? No, es broma, ya sé que eres limpio. Eres un niño muy mono, y tal.»

Miquita me iba a enseñar a besar. Miquita se ha morreado con cientos de chicos y sabe todas las maneras de hacerlo mejor. Si aprendo a besar bien, Poppy nunca cortará conmigo para irse con otro.

No quiero que Poppy corte conmigo. Quiero que sea mía para siempre. Da mucho gusto. Lo mejor es cuando la tengo que proteger de las cosas malas, como cuando le aparto las avispas. Poppy siempre me lo agradece. Cuando me sonríe se me deshace el estómago y se me queda todo calentito.

Era una cosa de locos, pero me tenía que quedar tope quieto. Olvidarme de que odio a Miquita y acordarme sólo de su trasero grande y jugoso y del bamboleo de sus grandes tetas y de sus labios de experta. Usarla para prepararme para el momento de la verdad. Lydia se moría de risa. Le ha encantado.

Lydia: «*Necesito un amante.
no un Casanova.*»

Yo: «¡Quita de ahí!»

Lydia: «*Nos vamos a querer todos los días.
Serás mi amor.*»

Yo: «¡Cállate! ¡Te la vas a ganar!»

Miquita: «Estate quieto, caramelito. Relájate.»

Estaba todo apretujado en el sofá. Miquita se ha sentado encima de mí. No me podía escapar por mucho que quisiera, porque pesa una tonelada. Se estaba lamiendo los labios como si fuera un gran pez enloquecido. He cerrado los ojos para que todo fuera más rápido.»

Miquita: «Abre un poco más la boca, eso es. Relájate, tío. Te va a gustar, te lo prometo.»

Todo iba tope lento. He notado que Miquita se acercaba. La oía respirar y notaba su aire caliente en la cara y luego una teta me ha tocado el brazo. Entonces me ha besado en los labios. Era bastante suave. La verdad es que tampoco estaba tan mal, hasta que he notado que metía la lengua.

Yo: «Nnnggggtngg, nnnnoabbbbbiasdichchchchonnnnnadaddddelaleeeengua!»

Miquita ha parado. Yo he recuperado el aliento.

Miquita: «¿Qué has dicho?»

Yo: «¡Que no habías dicho nada de la lengua!»

Miquita: «Pero a todo el mundo le gusta con lengua. Has de aprender la mejor manera, si no no sirve de nada. Tú déjate llevar.»

Lydia: «Sólo van a séptimo. Tampoco les hace falta saber nada de lenguas.»

Miquita: «Calla, tía, qué sabrás tú. Tú déjame hacer mi trabajo y ya está. ¿Quieres que tu hermano sea un marica?»

Me ha vuelto a meter la lengua. Toda caliente y babosa. Te lo juro, qué desagradable. Yo me movía para liberarme, pero ella me empujaba más todavía. Miquita hacía un gruñido horrible mientras me besaba, como una zombi enamorada. Y me aspiraba con los labios. Su lengua daba vueltas dentro de mi boca como una serpiente asquerosa. He pensado en Poppy. He hecho que su color amarillo me llenara como un sol. Y entonces he notado que alguien me cogía una mano. Me he agarrado al sofá para que no me la pudieran arrancar.

Lydia: «Miquita.»

Miquita: «Tú relájate, tío. Dámela.»

Me ha pellizcado la mano para que soltara el sofá y luego la ha cogido y se la ha metido por dentro de la braga. He notado algo de pelo en los dedos. Raspaba. Hacía cosquillas. Y entonces todo ha sido como una locura. Te lo juro por Dios, yo me estaba mareando. Me ha separado los dedos y se ha metido uno por el chichi. Estaba todo húmedo y correoso. Ha cogido otro dedo y luego otro y ha empujado mi mano arriba y abajo. Seguía sorbiéndome con los labios y echándome su aliento caliente por la nariz. Yo no podía impedírselo. Ni siquiera me gustan las cerezas. Tenía un mareo en el estómago como si fuera en barco.

Yo: «¡Basta! ¡Lyia, ocorro! ¡Ítaamela denciiiima!»

Lydia: «Ya no puede más. Está conteniendo la respiración.»

Miquita: «Ya diré yo si puede o no puede. ¿Qué vas a hacer, Clamidia? Para de moverte, tío. Creía que querías aprender.»

Yo: «¡He cambiado de idea! ¡Quítate de ahí!»

He reunido todas mis fuerzas y la he apartado de un empujón. Miquita tenía los ojos soñolientos y mirada de tonta y respiraba a lo loco, como cuando te peleas. Tenía los vaqueros abiertos y todavía aguantaba mi mano por dentro de la braga. He aprovechado la oportunidad para sacarla a toda prisa. Notaba como chinchetas en la piel, porque el pelo me hacía cosquillas y me brillaban los dedos de su chichi. Me quería morir.

Miquita: «No está mal para un principiante. Pero acuérdate de no lamer los dientes, que a las chicas no nos gusta. ¿Quieres volverlo a probar?»

Yo: «Quita, no volveré a hacerlo nunca. ¡Lárgate!»

Me he ido antes de que me volviera a pillar. Me he lavado la boca y las manos. Cuando he intentado mear me ha salido muy raro, creo que Miquita me ha roto algo. Lydia tenía que haberla hecho parar. Yo no tenía que haber descorrido los cerrojos. Ha sido una mala idea. Ni siquiera sé cómo ha pasado. Si Poppy se entera de que me he morreado con otra, seguro que corta conmigo.

Yo: «¡Zorra estúpida! ¡No tienes ninguna gracia!»

Miquita estaba al otro lado de la puerta del baño. Sonreía como una rana estúpida y gorda.

Miquita: «Aún no hemos terminado. O sea, sólo ha sido la primera lección. ¿Se te ha puesto la picha dura? ¿Tenías una sensación extraña ahí abajo?»

Yo: «No.»

Lydia: «No le digas eso. Es demasiado joven. Déjalo en paz.»

Miquita: «¿Y tú quién eres? ¿Su madre? Que tú seas una estrecha no significa que los demás también lo sean. Es que sois tan flojos, colega...»

Lydia: «Al menos mi novio no es un asesino.»

Todo se ha detenido. Lydia ha cerrado la boca a toda prisa, pero era demasiado tarde, las palabras ya habían salido y no se las podía tragar. A Miquita se le ha quedado la cara tiesa.

Miquita: «¿Qué has dicho?»

Creía que Lydia se iba a poner a llorar. Ni se ha movido. Se ha quedado paralizada de la impresión. Todos lo estábamos. Yo no me lo hubiera imaginado por nada del mundo, era demasiado fuerte para soltarlo. Era un silencio pero de los chungos y alguien tenía que romperlo. Mamá nunca está cuando la necesitamos.

Yo: «No deberías dejar que te quemen.»
Miquita: «¿Qué?»
Lydia se ha tocado la quemadura de la plancha en la cara, pese a que ya casi ha desaparecido. Ha pillado mi mensaje y la fuerza que le estaba mandando. Se ha despertado.

Lydia: «Deberías decirle que pare. Mírate las manos, ¿cómo ha podido hacerte eso? Es de cobardes.»

Miquita se ha abrochado los vaqueros. Ni se le veían las manos de tanto como las movía. Ya no podías seguir odiando sus manos regordetas y quemadas, ya no parecía justo.

Miquita: «¿Me estáis llamando "cobarde"? Ya visteis lo que le hice a Chanelle.»

Yo: «Ella no es Chanelle, es Lydia. Y si la vuelves a tocar te rajo con el cuchillo de sierra. Le diré a Julius que te dé una paliza, es un gángster de verdad.»

Lydia: «De eso nada. Vete a casa, Miquita. Aquí ya no te queremos.»

Miquita: «¿Y te crees que me importa? Sólo eres una zorrita estúpida.»

Yo seguía esperando un terremoto, pero no ha llegado. Miquita no sabía qué hacer, se ha largado tope callada. He echado todos los cerrojos y he sacado las Oreo del cajón secreto de mamá. Era un paquete nuevo. Se lo he dejado abrir a Lydia. La primera siempre es la más rica.

Yo andaba por ahí sin meterme en nada, merendando unas semillas de sésamo que ha tirado la señora que conduce esa silla. Le gusta mirarnos comer desde la ventana de su cocina, sueña que se baña desnuda en aguas calientes, sueña con caballitos de mar que le mordisquean suavemente los dedos gordos del pie, bien reblandecidos, y enroscan sus minúsculas colas retráctiles en torno a las dulces perchas de sus pezones. Que cada uno se meta en lo suyo, digo yo, la vida es demasiado corta para ver en los sueños algo que no sea ingenuo y fiable.

No sé de dónde han llegado, sin darme tiempo a prepararme. Eran cuatro. Primero he notado un zuuuuum *a mi espalda, un estallido del aire y un encogimiento del espacio. Cuando he querido darme media vuelta ya lo tenía encima de mí, el macho grande se me ha echado encima del cuello y me ha clavado en toda la cara su pico negro, he visto sus ojos como cuentas de collar, el brillo de su convicción anodina, él y sus compañeros quieren hacerme pagar por algo que les habrá parecido un menosprecio, tal vez no les guste mi manera de caminar, el caso es que ahora me tienen pegada al suelo y sus tres cómplices han formado un triángulo en torno a mí para que no me pueda escapar. Doy patadas y picotazos y empujo hacia arriba, pero dos vértices del triángulo se cierran y ahora siento tres cuchillos en las costillas, tres pares de garras que se me clavan como si fueran piedrecillas sueltas, noto que me tironean, mi piel de paloma se suelta de sus anclajes. Uso mis garras como bombas, pero se están cerrando sobre mí los muros del mundo y, al fin y al cabo, quizá sea mortal. Si yo no estoy, ¿quién cuidará de ese muchacho?*

Yo: «¡**Aaaaaarrrrgggggg**! ¡**A la mierda, urracas!**»

He ido corriendo y he pegado un salto y las he obligado a volar. Mi paloma estaba en la hierba, parecía tope asustada y muerta de pena. Me daban ganas de llorar, pero no he visto sangre ni nada roto.

Yo: «¿Estás bien?»

Paloma: « »

Me he acercado para cogerla, pero se ha largado sin darme tiempo, se ha ido volando hasta el tejado de los pisos de los raritos; seguía funcionando bien y todo parecía normal. ¡Te lo juro, ha sido un alivio bestial!

Yo: «Ten cuidado, paloma, puede que vuelvan por ti. Estate atenta. Vendré a verte cuando vuelva del cole a casa, ¿vale?»

Paloma: «Vale. Eres un buen chicho, Harri. Gracias por salvarme.» (Sólo lo ha dicho dentro de mi cabeza.)

A las chicas les encanta que les hagas regalos. Quiere decir que vas en serio con ellas. Las chicas siempre quieren que vayas en serio, si no se preocupan demasiado y entonces ya no es divertido. Le he regalado a Poppy una chuche con forma de anillo. Eran mis disculpas secretas por haber besado a Miquita. Se lo ha puesto en el dedo. Yo no se lo he pedido, pero se lo ha puesto igualmente.

Poppy: «¡Gracias!»

Yo: «¡De nada!»

Y luego se lo ha comido.

Tampoco es que quiera besar a Poppy. Ya no quiero besar a nadie más, sobre todo desde que Miquita casi me rompe la picha. Sólo besaré a Poppy si me lo pide. Si gano en la Jornada del Deporte, es probable que me quiera besar. Si lo tengo que hacer, lo haré, pero no en los labios.

Clipz: «¿Qué, mariconcete? ¿Ya te la has tirado? ¿Quieres que te enseñe cómo se hace?»

Hemos pasado a su lado. Yo ni lo he mirado. Ya no quiero ni sentarme en los escalones de arriba. No tienen nada de especial. Prefiero los del edificio de Ciencias, tienen la misma vista y los puedo compartir con Poppy. Los de arriba no merecen la pena.

Cuatrocientos metros es una vuelta entera a la pista de atletismo. Parece mucho. He tocado mi carril con la mano para que me diera buena suerte. A Brett Shawcross también se lo he visto hacer. Brett Shawcross y yo éramos los favoritos. Nadie sabía cuál de los dos iba a ganar, no se acababan de decidir. Querían que ganáramos los dos, pero es imposible. Sólo puede haber un ganador.

Brett Shawcross: «Quédate tú con la plata. Yo me llevaré el oro.»

Yo: «Buena suerte.»

Brett Shawcross: «No me hace falta suerte. Te voy a dar una paliza.»

No hay medallas, sólo te dan un certificado. Sólo tengo que ganar para demostrar que soy el que mejor corre y porque le dije a papá que ganaría.

Lincoln Garwood iba por el primer carril. Nos había avisado de que pensaba hacer trampas. Sabe que no va a ganar, porque ese sombrero que ha de llevar para que no se le escapen las rastas pesa demasiado. No hará más que frenarlo y darle pinta de marica. Él mismo lo ha dicho:

Lincoln Garwood: «Es que soy demasiado lento, tío. No quiero parecer marica.»

Como no quería llegar el último, tenía un plan: pensaba caerse a propósito para que pareciese que se había torcido un tobillo. Todos le hemos prometido que no lo contaríamos.

Hemos esperado a que sonara el silbato. Daba muchos nervios. Yo notaba que me latía el corazón como si se me hubiera vuelto loco. Había mucha gente mirando. No sólo mis amigos, también algunos padres.

Aunque mamá no ha venido. Estaba trabajando otra vez. Ha dicho que rezaría para que ganara yo, pero no sé si se habrá acordado.

Yo no quería decepcionarlos. Quería hacer la mejor carrera de mi vida.

Todos los corredores estaban ahí parados. Algunos estaban asustados. Kyle Barnes, venga a masticar su chicle. Saleem Khan, metiéndose el dedo en la nariz. Brett Shawcross se creía que era un corredor de verdad, sacudía las piernas como los corredores de verdad antes de las carreras. Parecía tope serio, como si tuviera que ganar por obligación. Te lo juro, era muy divertido.

Señor Kenny: «¡Preparados!»

Te tienes que poner en posición de «preparados». Es con una rodilla apoyada en el suelo y los brazos estirados por delante. Así da la sensación de que es algo más importante. Nadie lo quería fastidiar. Todo el mundo se ha quedado callado en serio.

Señor Kenny: «¡Listos!»

Es lo mismo que preparados, sólo que sabes que ya falta muy poco para empezar. Te tienes que quedar tope quieto. Alguien se ha tirado un pedo. Nos hemos reído todos.

Señor Kenny: «¡Ya!»

El señor Kenny ha soplado con el silbato y hemos salido todos corriendo. Lincoln Garwood se ha caído enseguida. Lo he visto tropezar. Parecía de verdad y todo. Ha rodado por el suelo, agarrándose el pie. He oído sus gritos a mi espalda. He seguido corriendo.

Brett Shawcross y yo íbamos delante. Todos los demás se quedaban atrás. Yo iba en el carril 4 y Brett Shawcross en el 6. Yo no sabía cuál de los dos tendría más suerte. Íbamos muy igualados. Se notaba que los dos nos esforzábamos a tope. Era una sensación bestial. Brett Shawcross lleva Nike y yo sólo Diadora, pero aun así yo iba primero. Sólo miraba hacia delante. Deseaba ganar más que nada en el mundo.

Kyle Barnes ha abandonado. Se ha quedado sin aire y se ha tirado. Todos los demás iban a kilómetros de distancia.

Todo ha quedado en silencio. Tenía la sensación de ir a cámara lenta, aunque sabía que iba muy rápido. Me ardían las piernas, ya no parecía una carrera, era como si corriese para salvar la vida. Si me atrapaban, me iban a hacer añicos. Tenía que escapar como fuera. Si no conseguía ganar, se terminaba todo.

Al encarar la última curva creía que me iba a caer y he tenido que frenar para no salirme del carril. Al empezar la recta final ya podía ir rápido otra vez, pero me estaba quedando sin aire. Empezaba a marearme. Me he acordado del espíritu de mis zapatillas. He rezado una oración muy rápida por dentro.

Yo: «¡Espíritu, dame tus fuerzas! ¡Dame tu velocidad! ¡No me dejes morir!»

Veía la línea de meta. Ya casi estaba allí. Poppy estaba esperándome, ya me aplaudía en la llegada. Era como la energía más fuerte. He sentido que el espíritu entraba en mis pulmones. He levantado más las rodillas y he movido los brazos más deprisa. Era Usain Bolt, era Superman. Seguía vivo y no me iban a atrapar. He soltado el último aliento y me he estirado hacia la meta. Brett Shawcross ha chocado conmigo y hemos caído los dos. He cerrado los ojos y he esperado el silbato.

Señor Kenny: «¡Primer lugar, Opoku! ¡Shawcross, segundo!»

¡He ganado! ¡Te lo juro, no podía creérmelo! Quería gritar: «¡Sí!», pero me faltaba el aire. Me he quedado tumbado. El cielo bailaba y las nubes iban a la carrera. Tenía chinchetas en la cabeza. Sólo quería mirar el cielo y dormir. Quería volver a empezar.

Brett Shawcross: «Bien hecho. Buena carrera.»

He notado que se me abría la sonrisa más grande del mundo en la cara, como si Dios me la acabara de pintar ahí, haciéndome cosquillas con un pincel. Nunca ha sido tan guapo estar así de mareado. Soy el más rápido de séptimo. Ya es oficial. Me muero de ganas de contárselo a papá. Cuando me he levantado todo el mundo me quería dar la mano, incluso Brett Shawcross y el señor Kenny. Poppy me ha dado un abrazo megalargo. Te lo juro, me sentía como si fuera el rey. Todo el mundo me admiraba y nadie me esperaba en la salida, ¡saben que no me pueden tocar hasta que se borre el hechizo! Te lo juro, ¡ojalá todos los días fueran como éste!

La tía Sonia tendrá que esconderse en el barco. Como la pillen, la tirarán a los tiburones por la borda. Es lo que pasa: primero te cortan para que los tiburones puedan oler tu sangre, luego te tiran al mar para que se te coman. Lo que pasa cuando todos los tiburones llegan a la vez y se pelean por ti se llama «banquete histérico». Cuando terminan contigo, sólo quedan los huesos y un hilillo de sangre.

Mamá: «No te hace falta ir a ningún sitio. Te puedes quedar aquí hasta que encuentres dónde instalarte.»

Tía Sonia: «¿Y que venga Julius a complicarle la vida a todo el mundo? Bastante involucrados estáis ya.»

Mamá: «Ya es demasiado tarde para eso. Empezó a ser demasiado tarde en cuanto acepté su dinero.»

Tía Sonia: «No te tendría que haber hablado de él.»

Mamá: «¿Y cómo lo hubiera hecho para venir hasta aquí? ¿Tenía que plantar un árbol que diera billetes de avión? Estaría todavía en casa, metiendo monedas en una lata de cacao, diez pesewas por aquí, cincuenta por allá. Lo escogí yo, no me obligó nadie. Lo hice por mí y por estos críos. Mientras pague la deuda, estarán a salvo. Se harán mayores y llegarán mucho más allá de donde yo podría llevarlos. Ahora estoy aquí, déjame ayudarte. Dime qué necesitas.»

Tía Sonia: «Tus fogones. Noto que la mujer que fui está volviendo.»

Mamá: «Ya era hora. La echaba de menos.»

La tía Sonia se frotaba los dedos con un gesto lento y triste. Yo esperaba que la capa de piel negra y brillante cayera como pintura seca y las viejas líneas crecieran de nuevo. Si a una lagartija le muerden la cola, le crece otra. Lo he leído en mi libro de reptiles. Las lagartijas tienen mucha suerte.

Mamá: «No te puedes pasar la vida huyendo.»

Tía Sonia: «No, pero podría volver de un salto a donde empecé e intentarlo de nuevo; esta vez pagaré los cincuenta dólares de más para que me toque un barco con un piloto que sepa distinguir a un pescador de un guardacostas. Te digo una cosa, no quieras ni imaginar a qué huelen las cárceles de Libia. Yo todavía sueño con ese olor. ¡Qué horror, me pica la pierna con locura! Pásame ese bolígrafo.»

La tía Sonia lleva un pie enyesado hasta la rodilla. Creo que fue cosa del *Convincente*, pero Lydia dice que Julius le pasó por encima con el coche. El que acierte se lleva cien puntos. La tía Sonia se niega a contarlo. Sólo dice que fue culpa suya por no apartarse. Me ha dejado sacarle una foto al yeso y luego he intentado dibujar mi paloma para que le dé buena suerte, pero más bien parecía un pato.

Tía Sonia: «De todas formas, no dejará que me marche de ninguna manera. Sé demasiado. Debería darme por contenta, al menos consigo analgésicos decentes, estoy tomando Percocets como si fueran lacasitos, me siento como si estuviera otra vez en Estados Unidos, es fantástico. ¿Me las puede devolver, doctor? ¡Gracias!»

He tenido que devolverle las muletas. Total, me estaba mareando. He abierto la puerta para que saliera la tía Sonia y he comprobado que no hubiera enemigos en el rellano. Nadie a la vista.

Tía Sonia: «¿Habéis visto lo que os han hecho en la puerta?»

Hemos mirado todos hacia donde señalaba la tía Sonia. Ahí estaba, con unas letras bien grandes, rascadas en la madera:

MUERTO

Las letras eran angulosas y esqueléticas porque no estaban escritas con rotulador, sino con un cuchillo. Se me ha encogido el estómago, no he podido evitarlo.

Tía Sonia: «¿Quién ha sido?»

Yo: «Probablemente un yonqui. Hay millones por aquí.»

He reseguido la palabra con los dedos, en busca de alguna pista. Sólo estaba fingiendo: ya sabía quién lo había escrito y a quién iba dirigido. Jordan siempre escribe advertencias con su cuchillo de guerra, para que el enemigo se entere de que va en serio y se cague de miedo. Al menos a mí no me dan miedo las cuerdecillas que se ven en los plátanos. Yo me las como. Jordan siempre las quita. Sólo son hilillos de plátano, es imposible que te hagan daño. Jordan no es tan duro. Al repasar la «R» me he clavado una astilla, pero no me he hecho daño.

Lydia: «Tendrías que ver lo que escribieron por la escalera. "Me he fo...do a Dios por el culo."» (Lo ha dicho en un susurro para que mamá no nos echara una bronca.)

Tía Sonia: «¡Lydia!»

Lydia: «Yo sólo cuento lo que he visto.»

Yo: «¿Quién cuidará tu árbol si te vas?»

Tía Sonia: «Me lo puedo llevar, es de plástico.»

Te lo juro, casi he vomitdo. Yo no sabía que era de plástico. Creía que era un árbol de verdad. Vaya engaño más chungo.

Yo: «¿Por qué hacen árboles de plástico? Es una cosa de locos.»

Tía Sonia: «Son más fáciles de cuidar. Los árboles de verdad necesitan alimento y un clima particular. Un árbol de plástico te lo puedes llevar a donde sea y no se muere si te olvidas de regarlo. A según qué personas no les puedes confiar un árbol vivo.»

Mamá: «No digas eso.»

Tía Sonia: «Sabes que es verdad.»

De hecho, si lo piensas bien es una buena idea. Es más seguro que un árbol de verdad. Un árbol de plástico sólo es una mentira si pretende pasar por árbol de verdad, pero si se sabe que es de plástico ya no puede ser una mentira.

Algunos superhéroes nacieron así. Superman era de un planeta en el que todo el mundo tenía poderes. Trueno y Cíclope y el Hombre de Hielo, todos tenían el gen X.

Altaf: «Lo llevan en la sangre desde que nacen. Todos empezaron a dar muestras de tener algún poder cuando todavía eran bebés.»

Yo: «¡Qué guapo!»

Altaf: «A mí me gusta más cuando nacen normales. Como Spiderman, que era normal hasta que le picó una araña. Ni siquiera quería ser especial. Sólo quería seguir viviendo su vida. Pero luego, cuando descubrió sus poderes, se dio cuenta de que los necesitaba.»

Yo: «¿Cómo?»

Altaf: «Necesitaba ser fuerte para cuando empezaran los crímenes. Él ni siquiera sabía que iban a empezar, pero Dios sí que lo sabía desde el principio. Dios envió la araña para que estuviera preparado. Ojalá fuera siempre así. Yo habría salvado a mi papá.»

Yo: «¿Por qué? ¿Qué le pasó?»

Altaf: «Se murió en la guerra.»

Yo: «¿Lo viste? ¿Los helicópteros llevaban metralletas?»

Altaf: «No lo sé, yo no los vi. Huimos antes de que llegaran los etíopes. Pero sí oí los tanques. Hacían mucho ruido, era como un terremoto. Mi papá se iba a reunir con nosotros cuando terminara la batalla, pero lo pilló un misil. No es que le apuntasen a él, sólo que se metió en medio. Se convirtió en puro humo. Si yo hubiese tenido poderes, habría detenido el misil, pero todavía no me tocaba. Entonces, ni siquiera sabía nada de superhéroes, nadie me dijo nada hasta que llegué aquí.»

Altaf ha vuelto a concentrarse en su dibujo. Parecía medio hombre, medio león. Seguro que lo llama el Hombre León. Altaf es, de lejos, el que mejor dibuja.

Yo: «Tendrías que darle visión nocturna. Los leones ven en la oscuridad.»

Altaf: «Es lo que voy a hacer.»

Yo: «¿Sabes qué? El Hombre Serpiente existe de verdad, yo lo he visto.»

Altaf: «¿Dónde?»

Yo: «Salía en YouTube. De hecho, lo vi nacer. Sólo tienes que escribir "serpiente come niño" y lo verás. No te preocupes, luego lo escupe. Es lo más grande que has visto en tu vida. Yo sabía que era de verdad.»

Altaf: «¡Qué pasada!»

Me gusta más cuando nacen normales. Entonces es algo que le podría pasar a cualquiera. Incluso me podría pasar a mí, sólo tengo que cruzarme con una araña radiactiva, o comerme el veneno adecuado. Yo me pediría ser invisible, volar, leer las mentes y tener superfuerza. Son los mejores poderes para ganar guerras y pillar asesinos. Pero no llevaré disfraz, sólo sirve para llamar la atención. Los disfraces te dan pinta de marica.

Espero que no nos pongan deberes cuando lleguen las vacaciones. Sería un rollo. Todo el mundo está de acuerdo.
 Connor Green: «Sería una mierda.»
 Kyle Barnes: «A tope.»
 Yo: «Desde luego. Pinchada en un palo.»
 Hemos hecho un conjuro. Éramos Dean, Kyle Barnes, Connor Green y yo.
 Dean: «Si no pisamos ninguna grieta en lo que queda de curso, durante las vacaciones hará sol todos los días y no nos pondrán deberes. ¿De acuerdo?»
 Todos: «¡De acuerdo!»
 Al primero que pise una grieta le metemos la cabeza en el váter. Si sólo das pasitos de pingüino, tienes tiempo de detenerte antes de llegar a la grieta. Así vas más seguro. Las vacaciones de verano serán geniales. Primero iremos al zoo. Papá y Agnes y la abuela Ama ya estarán aquí. A veces te permiten dar de comer a los pingüinos. Agnes se morirá de risa, nunca ha visto un pingüino. Agnes es la que hace los mejores arrumacos, aunque a veces te mete un dedo en la nariz.
 Luego me iré a dar una vuelta superlarga en bici. Iremos Dean y yo solos. Llevaremos las bicis nuevas que habremos comprado con la recompensa. Saldremos pronto por la mañana y no volveremos hasta que sea tope oscuro.

Daremos la vuelta en bici a todo Londres, hasta la Noria y el palacio y el museo de los dinosaurios.

Dean: «Nos podemos esconder dentro de las costillas del T-Rex y luego salir de un salto cuando cierren por la noche y tendremos todo el museo para nosotros. Sería una pasada.»

Yo: «Sí, eso estaría bien, sobre todo si resulta que por la noche están todos vivos.»

Dean: «Pero no queremos que el T-Rex esté vivo, nos cagaríamos de miedo.»

Yo: «¡Eso sí que no!»

Hemos tomado prestado el teléfono de Lydia. Si no se lo he dicho es sólo por el secreto policial. Yo me encargaba de filmar. He enfocado a Dean con la cámara. Estaba listo para filmar si regresaba el espíritu del niño muerto. Estábamos investigando en la pista de baloncesto porque el niño muerto solía pasar por ahí. La idea de intentar pillar su espíritu con la cámara ha sido mía. Una parte del espíritu del muerto se queda siempre en los sitios que frecuentaba, incluso cuando su alma ya se ha ido al cielo. Tal vez sea sólo un trocito, pero a veces, si buscas con la intensidad suficiente, lo puedes notar.

Yo: «Es como cuando te metes en un charco y luego, al salir, dejas una huella en la tierra seca. Tu espíritu aguanta en el suelo tanto rato como tarda la huella en secarse y desaparecer. Cuando te mueres es lo mismo, aunque dura más porque todo tu cuerpo y tus sentimientos y tus pensamientos estaban ahí y pesan mucho más que una pisada.»

Dean: «Vale, vale. Ya lo pillo. Pero date prisa.»

Yo sostenía una foto del niño muerto para tener más energía. He rezado una oración por dentro para que nos encuentre. Si somos capaces de conseguir que vuelva el tiempo suficiente para que nos cuente qué pasó, si puede llegar a darnos el nombre de la persona que lo apuñaló, entonces ya tendríamos todas las pruebas que necesitamos y él podría descansar en paz por los siglos de los siglos.

Yo: «¿Notas algo ya?»

Dean: «Pues claro, pedazo de ca...llo. Esto no funciona, tío. Venga, vámonos.»

Yo: «Inténtalo un poco más. Imagínate que eres el niño muerto. Imagínate que puedes sentir lo mismo que él y ver lo que él veía. Sale mejor si te concentras.»

El niño muerto era bestial jugando a baloncesto. Una vez metió una canasta desde la otra punta de la pista. Te lo juro, un tiro de esos que salen una vez de cada millón. No vas a ver otro igual en la vida. Todo el mundo dijo que había sido de churro, pero él sonreía como si lo hubiera planeado desde el principio. Ni siquiera se chuleaba, se limitó a seguir jugando. X-Fire lo llamó posturitas, pero él no le hizo ni caso. Cuando X-Fire y Killa se pusieron a darle empujones, él se los devolvió. No le daba miedo nada.

X-Fire: «Pu... posturitas. Ese tiro le sale a cualquiera.»

Niño muerto: «Pues venga, a ver qué tal te sale a ti.»

X-Fire: «Que te den, tío, no me provoques.»

Killa: «Te vamos a meter una pu... paliza.»

Niño muerto: «Niños, tranquis. Jugad sin peleas, ¿vale?»

Yo lo vi desde fuera. Vi cómo pasaba todo desde el otro lado de la valla. Primero X-Fire empujó al niño muerto, luego Killa también. Entonces el niño muerto empujó a Killa y luego X-Fire volvió a empujar al niño muerto. Ya estaban todos como una moto. Cada vez se empujaban con más fuerza. Era una cosa de locos. El niño muerto empujó a Killa tan fuerte que se cayó de espaldas y al levantarse la camiseta se veía el mango del destornillador que asomaba por la trasera del pantalón. Se oían las bofetadas y todo. Nadie los iba a parar, era como si alguien se hubiera equivocado de botón y ahora tuvieran que seguir dando empujones hasta que se les acabaran las pilas. Todos los demás jugadores estaban quietos, mirando. La mayoría eran pequeños, como yo. Sólo pararon cuando uno intentó robar la bici del niño muerto. Tuvo que salir corriendo tras él para recuperar la bici.

Killa: «¡Lo sabía, nenaza!»

X-Fire: «¡Cómo huye!»

Yo creía que se había terminado, pero entonces el niño muerto volvió con la bici. Bebió un trago largo de la botella de agua y se la escupió a Killa por toda la espalda. Le empapó la camiseta y por todas partes.

Niño muerto: «¡La pu... nenaza eres tú, marica!»

Y luego se largó. Killa estaba como una moto en serio. No paraba de gotear agua. Uno de los peques le tiró la pelota.

Peque: «¡Marica!»

En ese momento supe que iban a matar a alguien. Me fui corriendo a toda prisa para que no fuera a mí. Han pasado siglos desde entonces, fue cuando acababa de llegar. Ahora la pista de baloncesto casi siempre está vacía. Alguien arrancó las redes y trató de pegarle fuego a los postes. Y una canasta sin red... como que no es lo mismo.

Dean estaba tumbado en el suelo, debajo de la canasta. Tenía los ojos cerrados y los brazos en cruz, como si fuera un ángel.

Dean: «¡Te digo que no pillo nada!»

Yo: «Es porque él no te conocía, su espíritu no se fía de ti porque no sabe si eres su amigo o no. No pasa nada, espíritu, éste va conmigo. Sólo queremos ayudarte.»

X-Fire: «¿Qué hacéis, mariconcetes? ¿Habéis vuelto a comer sándwiches de retrasados?»

X-Fire y Dizzy bloqueaban la puerta. Killa estaba al otro lado de la valla y Miquita se agarraba a él como si fuera un árbol. He tirado el teléfono de Lydia por la valla a toda prisa para que quedara escondido en la hierba.

Dizzy: «¿No sabéis que aquí no se puede entrar? Ahora tendréis que pagar la multa, y tal. ¿Cuánto lleváis encima?»

Dean: «Nada.»

Dizzy: «No me obligues a hacerte daño.»

Dizzy ha obligado a Dean a vaciarse los bolsillos. Sólo llevaba 63 peniques y dos Black Jack. Dizzy se lo ha quedado todo. No he podido impedirlo, no había por dónde escapar.

Dizzy: «¿Y tus zapatillas?»

Dean: «¿Qué les pasa?»

Dizzy: «Quítatelas antes de que te dé una paliza. No estoy para bromas, tío.»

Dean se ha quitado las zapatillas. Llevaba un tenista estampado en los calcetines. Demasiado tarde para preguntarle si eran sus calcetines favoritos. Ha enseñado el interior de las zapatillas, pero no llevaba nada dentro.

X-Fire: «¿Y tú, Ghana? ¿Algo escondido?»

Yo: «Nada.»

Se me ha encogido el estómago. He apretado la cartera del niño muerto que llevaba en el bolsillo. No he podido recuperar la foto a tiempo.

Dizzy: «¿Qué llevas ahí?»

Dizzy me ha tirado del brazo para sacarme la mano del bolsillo. Yo intentaba meter la cartera aún más adentro. He apretado tope fuerte y he juntado todos los dedos para que fueran como de pegamento. Veía la cara del niño muerto: estaba vivo y sonreía. Nadie lo iba a fastidiar. Pero he tenido que soltarla cuando Dizzy me ha dado un pisotón. Me ha metido la mano en el bolsillo sin darme tiempo a evitarlo y ha sacado la cartera. La foto ha caído al suelo.

Dizzy: «¿Qué es esto? Será mejor que haya algo de pasta aquí dentro.»

Dizzy ha registrado la cartera, pero estaba vacía. La ha tirado como si fuera basura, como si nunca hubiese tenido dueño. Killa ha visto la foto del niño en el suelo. Se ha acercado y la ha recogido. Todo ha quedado en silencio. Killa ha puesto una cara muy seria. Se ha quedado mirando la foto como si intentara hacerla desaparecer.

Killa: «¿De dónde habéis sacado esto?»

Dean: «Nos la encontramos.»

Miquita: «No pasa nada. Sólo es una foto, no significa nada.»

Killa: «¿Qué co... sabes tú? No tienes ni puta idea.»

Miquita: «Cariño, yo sólo digo...»

Killa: «Déjame en paz.»

Killa ha apartado a Miquita de un empujón. Ha rebotado en la valla. Culpa suya, por quererlo demasiado. Dean se ha vuelto a poner las zapatillas. El aire estaba lleno de pensamientos asesinos. Yo tenía la sensación de ahogarme en un mar negro. Killa no paraba de mirar la foto del niño muerto. Me daba la sensación de que se le iba a incendiar en las manos.

X-Fire: «Déjalo de una vez, tío. Deshazte de ella, ¿vale? Vámonos de una pu... vez.»

Killa: «¿Y si no quiero? Esta mierda ya ha llegado demasiado lejos, tío. Se acabó.»

X-Fire: «Yo diré cuándo se acaba. No te nos rajes ahora, que el que nos metió en esta mierda fuiste tú. Dame esa pu... foto y lárgate.»

X-Fire le ha quitado la foto a Killa y le ha dado una patada en el culo para que arrancara. Miquita lo seguía, pero él le ha dado un empujón. Estaba a punto de llorar. Al llegar a la calzada se ha puesto a correr, sacando los codos como una niña. Casi me daba pena y todo, yo no lo recordaba tan flojo. Todo el mundo parece más flojo cuando huye.

X-Fire ha quemado la foto del niño muerto con su mechero. El espíritu soltaba unas chispas rapidísimas, era imposible pillarlas. El humo se ha evaporado en el aire. No había adónde ir.

X-Fire: «Dizzy, vigila la puerta, tío. Éstos no van a ningún lado.»

Dizzy nos ha bloqueado la salida. Yo buscaba un agujero grande por el que salir, pero ellos estaban demasiado cerca. Dean y yo nos hemos quedado juntos. X-Fire se nos ha echado encima y ya no parecía ni cabreado. Estaba decidido. Ha llevado una mano a la parte de atrás del pantalón. Yo sabía que sería una navaja de guerra. Todas las ventanas de todas las casas estaban vacías, nadie nos iba a salvar. X-Fire se ha puesto la capucha.

Te he visto venir como si salieras del sol. ¡Sálvanos, paloma, por favor!

Lydia: «¡Apártate de él! ¡He llamado a la policía!»

Te lo juro, casi se me sale el corazón. Me he dado la vuelta: Lydia estaba al otro lado de la valla. Lo estaba filmando todo con el teléfono, lo habrá encontrado tirado en el suelo. No sé cómo habrá sabido que la necesitaba.

X-Fire: «¡Píllala!»

Yo: «¡Corre!»

Dizzy ha salido detrás de mi hermana. Yo sólo podía rezar. Te he visto cagar, he visto cómo caía justo delante de la cara de X-Fire. Ha tenido que dar un salto para esquivarla y entonces Dean y yo nos hemos escapado y hemos salido corriendo hacia la puerta que Dizzy acababa de dejar libre.

X-Fire: «¡Os voy a matar, hos...!»

No teníamos tiempo para decidir si nos lo creíamos, hemos seguido corriendo. He visto a Lydia por delante y la he seguido. No podía permitir que se perdiera. Me sabía la boca a lluvia. Sigue corriendo, no pares. Si dejas de avanzar está todo perdido. He echado un vistazo atrás a toda prisa. X-Fire ya no estaba y Dizzy tampoco. He seguido corriendo para abrir más hueco. No hemos frenado hasta llegar a la zona comercial.

Lydia: «¡A la biblioteca! ¡Rápido!»

Hemos corrido hasta la biblioteca grande, allí seguro que estábamos a salvo. Hemos subido la escalera que lleva a los ordenadores. Lydia nos ha enseñado el vídeo. Lo ha filmado todo: Killa con cara de pena y X-Fire quemando la foto del niño muerto. Nos ha sacado de ahí justo a tiempo.

Dean: «No lo borres, ¿vale?»

Lydia: «No lo borraré. ¿En qué lío os habéis metido?»

Yo: «Sólo cumplíamos con nuestra obligación.»

Lydia: «Mamá te echará la bronca.»

Lydia ha mandado el vídeo en un mail a Abena para mayor seguridad. Ha tardado un montón en enviarse. Hemos esperado un buen rato para estar seguros. Al llegar a casa he corrido todos los cerrojos y me he bebido un vaso de agua entero con los ojos abiertos. Ya ni siquiera parecía que me estuviera meando en una nube. Sabía que sólo eran burbujas por la lejía.

Podía haber hecho algo más, pero todavía estoy un poco tiesa por el encontronazo con las urracas. Podía haberte salvado, pero no es el papel que me corresponde. Es como dice siempre el Jefe: sólo son carne ligeramente envuelta en torno a una estrella ardiente. Cuando desaparece el envoltorio, en vez de lamentar su pérdida celebramos la liberación de la estrella. Nosotros la acarreamos hasta el lugar que le corresponde con las cuerdas que él nos presta y la colocamos para que alumbre con su brillo la pintura descascarillada de una vida gastada, para que ilumine a las madres afligidas en su camino de vuelta al encuentro con su dios.

Sigue cayendo la lluvia, siguen formándose olas en el mar y vosotros seguís avanzando. Avanzáis por puro despecho, o con magnífica insolencia, avanzáis gracias a vuestro instinto de acero, o tal vez por un afelpado conformismo, seguís avanzando porque estáis hechos para eso. Seguís avanzando y nosotros os amamos por ello.

Cuando desaparecéis, os echamos de menos.

Connor Green se ha plantado encima de una grieta. Lo ha hecho a propósito, se ha plantado ahí de un salto. Ahora se ha roto el conjuro y se nos fastidiarán las vacaciones de verano y será por culpa de Connor Green. Le hemos pegado todos un puñetazo en el brazo. Y nos ha dejado. Ha dicho que no le importaba.

Kyle Barnes: «¡Mamón! ¿Para qué haces eso?»

Connor Green: «Porque me apetece. ¿Y qué? En verdad no hay ningún conjuro, es una gilipollez.»

Kyle Barnes: «¡Tú sí que eres gilipollas!»

Connor Green: «Ya, vale, pero sé algo que vosotros no sabéis. Sé quién mató al niño.»

Nathan Boyd: «¿A qué niño?»

Connor Green: «El de la puñalada delante del Chicken Joe's, ¿quién sino? Yo lo vi todo.»

Se me ha encogido el estómago. Todo ha dejado de moverse, incluida mi sangre.

Connor Green: «En serio. Yo pasaba por delante en coche. Vi cómo apuñalaban al niño y vi salir corriendo a Jermaine Bent. Vi el cuchillo y todo.»

Kyle Barnes: «¿Y por qué no se lo dijiste a la policía?»

Connor Green: «¡Que te den por...! Yo no me pienso ganar una puñalada. Que hagan ellos el trabajo sucio.»

Nathan Boyd: «No te creo. ¿En qué coche ibas?»

Connor Green: «En el de mi hermano.»
Kyle Barnes: «¿Qué coche tiene?»
Connor Green: «Un BMW. Serie cinco.»

Ahí es cuando hemos sabido que mentía. El hermano de Connor no puede tener un BMW, no es tan rico. Connor sólo lleva unas Reebok Trail Burst. Nathan Boyd ha empezado a olisquear el aire. Todos estábamos a punto de soltar la carcajada.

Nathan Boyd: «¿Estoy oliendo algo? ¿Vosotros también lo notáis? ¿Qué es? ¿Mierda de perro? No, no es de perro. ¿Mierda de vaca? No, espera. Podría ser de caballo.»

Connor Green: «Vete a que te den por el..., tío.»

Nathan Boyd: «Ya sé lo que es. **¡La estás cagando!**»

No me lo podía creer, era demasiado fuerte. No hacía más que desear que hubiera otro Jermaine Bent al que no llamasen Killa, porque así no tendría que ser verdad y yo podría volver a mi vida normal. Tenía tantas ganas de arreglarlo todo que no podía ni recogerlo por si acaso volvía a romperse. A lo mejor no tengo lo que hace falta para ser detective. A lo mejor es demasiado arriesgado.

¿Has jugado alguna vez a *rounders*? Te lo juro, qué asco. Qué manía le tengo. Es dificilísimo pegarle a la bola. El bate es demasiado pequeño y la forma que tiene no sirve para nada. Yo nunca consigo darle. Ojalá pudiera usar a *Convincente*, al menos es grande. Quieres ser el bateador porque es el mejor papel, pero luego te tiras un montón de horas esperando tu turno y después ni siquiera le puedes dar a la pelota. Es un fastidio en serio. Todo el mundo me apoyaba.

Todos: «¡Vamos, Harri, que tú puedes!»

Yo sólo quería tirar la bola bien lejos, como Brett Shawcross. Cuando se lo ves hacer a él, parece fácil. No he conseguido darle ni una sola vez. Te lo juro, estaba como una moto. Al final me ha tocado hacer de jugador de campo. Lo único que haces es esperar que te caiga cerca la pelota. Si te cae cerca, intentas cogerla. Es aburrido. En todo el rato no me ha caído cerca ni una vez. Al final ni lo intentaba. Me he quedado sentado hasta que el señor Kenny me ha hecho dar la vuelta al campo.

Señor Kenny: «¡Opoku, arriba! ¡Una vuelta!»

Nadie conocía mi plan. Para que funcionara, tenía que ser secreto. He esperado hasta llegar a un punto tan lejano que no me podían ver y entonces me he escurrido por el agujero de la valla. Si me como las manzanas rojas, conseguiré todos los superpoderes que necesito. Me he hartado de esperar a que una araña radiactiva me venga a morder, por eso uso las frutas de poción mágica. Así los malos no me podrán vencer y estaré a salvo todo el verano.

Primero he buscado a los sasabonsam en los árboles. He mirado si les colgaban las piernas de alguna rama. Nadie a la vista. No caben en esos árboles tan pequeños, las ramas parecían esqueléticas. En el bosque daba la sensación de que el tiempo iba más lento. Yo estaba solo. El aire olía a lluvia. No he visto pájaros, pero los oía cantar en lo alto, por encima de mi cabeza.

Yo: «Hola, paloma, ¿eres tú? Vigílame un poco, ¿vale?»

Paloma: «¡Vale!»

El bosque es mucho más pequeño de lo que pensaba. Se veía desde un extremo al otro, con la carretera y las casas que hay más allá. Yo quería ser el primero en ir allí, pero se me había adelantado alguien: había botellas rotas por el suelo y un montón de envoltorios de caramelo, tiesos y llenos de barro. Era muy desagradable. Quería ser el primero. Me he metido más adentro. He cogido del mejor árbol las dos manzanas que mejor pinta tenían. Lo único que eran muy pequeñas. Sólo son veneno para los demás, para mí son como un meteorito. Es mi única manera de obtener poderes.

Me he sentado en el tronco de un árbol partido. Daba gusto, todo estaba tranquilo. He pensado en todas las cosas importantes que tenía que hacer y en todo el poder que necesitaba, he respirado hondo y he mordido la primera manzana.

¡Te lo juro por Dios, es lo más desagradable que he probado en mi vida! Tenía ganas de escupir, pero me lo he tenido que tragar para que funcionara el hechizo. Me he tapado la boca con la mano para no poderla escupir. He cerrado los ojos y he masticado. Se me revolvía el estómago. He necesitado todas mis fuerzas para bajar la manzana. Me la he tragado entera, toda menos las semillas. He abierto los ojos. Tenía ganas de vomitar y lo veía todo gris. He vuelto a respirar hondo y he mordido la segunda manzana. He tenido que esforzarme mucho. Tenía que concentrarme sin pensar en el mareo, ni en el sabor. Me ha costado un montón de rato, pero he conseguido masticar y tragar, masticar y tragar. Sólo he escupido una vez al final de todo para quitarme ese sabor de la boca.

Luego tenía la barriga fatal. Al principio no me podía levantar. Tenía ganas de hacer caca, pero me he aguantado, porque si no perdería todos los poderes. He esperado. Me daba frío, y luego mucho calor. Será porque los poderes pasaban a la sangre. Necesitaba que funcionase. Lo necesitaba para protegerme y para hacerles pagar lo que hicieron. Me he tirado un pedo de pájaro carpintero. Al final ya era un pedo húmedo, pero no se me ha escapado. No me he convertido en el Supercagón, sino en el Imparable. Al salir del bosque todavía temblaba. El señor Kenny me estaba esperando.

Señor Kenny: «¿Dónde estabas?»
Yo: «Estaba mareado, señor.»
Nathan Boyd: «Ha ido al bosque a fumarse un cigarrillo.»
Connor Green: «Se estaba haciendo una paja.»
Yo: «No, señor.»
Señor Kenny: «Basta ya.»

El señor Kenny me ha dado permiso para quedarme sentado el resto del partido. Total, el *rounders* es un aburrimiento. Nunca le doy a la bola porque la forma del bate no sirve para nada. Lo tendrían que hacer más plano. No sé cómo no se le ha ocurrido a nadie todavía.

Había empezado la guerra. Era de verdad, se notaba. Había humo por todas partes, un humo negro y denso que llenaba todo el cielo. Se notaba el fuego a kilómetros de distancia. Todo el mundo ha ido a ver morir el parque infantil.

Dean: «Al principio creía que se había caído un avión. Ojalá hubiera sido eso, sería una pasada.»

Alguien les había pegado fuego a los columpios. De ahí venía casi todo el humo. Se me ha metido por la nariz el olor a caucho quemado de los asientos y ya no podía oler nada más. ¿Sabes cuando algo huele tan fuerte que te da la risa? Pues era algo así. No se podía reír porque todos los adultos estaban mirando. El fuego era un desastre y teníamos que estar serios.

Mamá de Dean: «Lo han hecho esos malditos críos. Los he visto por aquí al volver de la farmacia. Ya estaban intentando quemarlos.»

Señora de los brazos grandes: «¿Cuándo ha sido eso?»

Mamá de Dean: «Ahora mismo. Yo volvía de la farmacia. Sabía que estaban tramando algo.»

Papá de Manik: «Qué cabroncetes.»

El muro de escalada también estaba incendiado. Todo el metal estaba negro y la cuerda de la red estaba quemada y se iba muriendo. Era un fuego muy caliente. Cuando me he acercado me picaba todo a tope. Era chulo y daba sueño. Es el fuego más grande que he visto en mi vida.

Algunos niños más pequeños jugaban a ver quién se acercaba más. Iban todos corriendo hacia el fuego y el que conseguía llegar más cerca antes de dar media vuelta ganaba. Parecía bestial. Yo también quería jugar, pero tenía que demostrar respeto. Cuando vas a séptimo tienes que dar ejemplo. Todo el mundo se ha quedado mirando el fuego. Ni siquiera querían seguir hablando, sólo mirar. No podían evitarlo. Estaban todos enganchados. El parque se estaba muriendo, pero nadie intentaba salvarlo. Sabían que no podían hacer nada, era demasiado caliente y bonito. Sabían que el fuego ganaría seguro. Era brillante y triste y acojonante, todo a la vez.

Cada vez que llegaba alguien nuevo, había que explicarle lo que había pasado hasta entonces, lo de los niños que habían empezado el incendio. Y entonces el recién llegado decía algo como:

Recién llegado: «Ca...llos.»

Y se quedaban a mirar como todos los demás. Era como tener un secreto, aunque con permiso para contárselo a todo el mundo. Como tener un secreto entre todos. Sentías que estabas con los demás, que conocías a todo el mundo aunque nunca hubieras hablado antes con alguien y no supieras cómo se llamaba. Todos estaban de tu parte. Es lo mejor de las guerras.

Lydia le ha sacado una foto al fuego. Yo en esa foto sólo he visto humo negro.

Yo: «¡Hala! ¡Ni siquiera se ve el fuego! ¡Inténtalo otra vez!»

Lydia: «¡No me molestes! ¡Se me fundirá el teléfono!»

Yo: «De eso, nada. ¡Sácale una foto al barco pirata antes de que se hunda!»

Lydia: «No, me voy. El humo me está fastidiando los ojos. ¿Vienes?»

Yo: «No, me quedo. Iré a casa con Dean.»

Lydia: «Pues ten cuidado. Que no os sigan.»

Yo: «¡No nos seguirán!»

Sólo quería sacarle una foto al barco pirata antes de que se hundiera. Quería estar ahí cuando muriese el parque, para que supiera que estaba ahí y que lo he seguido queriendo hasta el final.

Terry Takeaway: «Bueno, hombrecito. ¿Qué ha pasado aquí?»

Yo: «Sólo un fuego. ¡*Asbo*! ¡Hola, chico! ¡Buen chico! ¡Buen chico! ¡*Asbo*!»

Asbo ha pegado un salto y me ha lamido la cara. Ha sido tope divertido, incluso cuando me ha metido la lengua en la boca. Cuando lleguen las vacaciones de verano le voy a enseñar a cazar espíritus.

Terry Takeaway: «¿Quieres comprar unos DVD? Tengo algunos que están bien, por ahí hay uno de zombis.»

Yo: «No, gracias. Si compras un DVD pirata el dinero se lo queda Bin Laden. Nos lo han enseñado en el cole.»

Terry Takeaway: «Tú sabrás.»

Entonces ha llegado el camión de los bomberos. He oído las sirenas desde kilómetros de distancia. Ha cruzado por la mitad del parque. Todo el mundo se ha cabreado cuando han apagado la sirena, porque la querían oír de cerca.

Bombero: «Todos atrás.»

Pero todos seguían acercándose. No podían evitarlo. Los más valientes eran los pequeñajos. No hacían caso al bombero, seguían acercándose al fuego. Se notaba que les encantaba estar con los bomberos. Querían ayudar. Querían ser como ellos.

Uno de los pequeños ha intentado levantar la manguera, pero no podía ni moverla, porque pesaba demasiado. Se ha puesto a llorar. Ha sido la parte más divertida.

Bombero: «Vale, colega. Yo me encargo. Ya la cogerás la próxima vez, ¿vale?»

El agua salía superrápida, como una bala. Los bomberos eran muy hábiles, han apagado todo el fuego en un minuto.

Cuando ha desaparecido el fuego, el parque infantil parecía asqueroso. Las partes quemadas estaban negras. Parecía todo sucio y muerto. Al verlo te daba la sensación de que tú también estabas muerto. Hasta te daban ganas de que se encendiera otra vez el fuego para que escondiera toda esa suciedad.

Todo el mundo gritaba para despedir al camión de los bomberos. Me ha dado pena que se fueran. No sabíamos cuándo los volveríamos a ver en acción.

Dean: «Si llego a saber que irían tan deprisa hubiera encendido unos cuantos fuegos más para que los apagasen.»

Mamá de Dean: «Sí, y yo de premio te hubiera dado una patada en el culo.»

Dean: «¡Iba en broma!»

Al apagarse el fuego he visto cosas que antes no podía ver, cosas tristes y locas que parecían fuera de lugar. He visto un trozo de cuerda muerta de la red de escalar. Estaba negra y brillante por culpa del fuego. Parecía una serpiente. Me parecía todo el rato que se iba a mover para alejarse deslizándose por debajo de los trozos de madera. He visto un penique muerto, enterrado en la tierra junto a la mariquita. La mariquita ha pasado tanto miedo con el incendio que se ha cagado encima. Aunque sé que es de plástico, me ha dado pena. Tenía la cabeza hundida y fundida de tanto calor.

Los más pequeños han empezado un juego nuevo, desafiándose a ver quién recogía los trozos de madera quemada del suelo. Aún estaban tope calientes. Nadie los podía sostener más de dos segundos. Entre el humo he visto a Killa. Estaba solo. Se había quedado a mirar el fuego, como todos los demás. Ha recogido un trozo de madera, lo ha rodeado con la mano y se ha quedado allí, aguantándolo, esperando a que le quemase los dedos. Le gustaba y todo, es que nada le importa. Se ha pasado un montón de rato sosteniendo la madera, no he empezado a contarlo desde el principio, pero cuando la ha soltado ya había llegado a 28. El secreto está en apretar el puño tanto como puedas. Luego se ha metido las manos en los bolsillos y se ha alejado sin mirar a nadie. Es como si le diera tanta pena como a mí, aunque él sólo usaba el parque de escalada para pasar el rato.

Entonces ha vuelto la luz. Ha empezado a disiparse el humo y me he acordado de que era de día. Ya no tenía sueño. La gente ha empezado a irse a casa. Dean y yo nos queríamos quedar, por muy muerto que estuviera el parque. Era tarde ya para cambiar nada, pero nos parecía que había pasado algo demasiado importante como para irnos tan pronto. Teníamos que ver qué salía de debajo de las cenizas, algún poder, noticias importantes, cosas muertas que antes estaban escondidas.

Había un peque llorando.

Peque: «Ya no me podré tirar por el tobogán.»

Mamá del peque: «No te preocupes, construirán otro. Será todavía mejor que el de antes, ya verás.»

Ojalá el tobogán nuevo sea el más largo del mundo. Ojalá te pases una eternidad para llegar al suelo. Cuando sólo tardas un segundo da mucha rabia. Me acuerdo de cuando todavía no era demasiado mayor para usar el tobogán. Me hubiera encantado ser pequeño otra vez para volverlo a usar.

He dado un paseo por las ruinas del parque infantil, dejando que el hollín tiñera de negro mis garras naranja. Tenía la esperanza de que las llamas trajeran consigo una concesión, un cambio de planes de última hora. Tenía la esperanza de chamuscar mis alas en las ascuas, pero no ha funcionado, aquí sigo, y bien entera. Aún tengo una tarea pendiente. No hay descanso para los malvados, y todo ese rollo.

Cuando dais un rodeo para evitarnos nos gusta más que cuando pasáis por en medio. Nos gusta que nos dejéis en paz mientras comemos y celebramos nuestros ritos de cortejo. Sólo pedimos los mismos derechos que vosotros: sólo queremos vivir nuestra vida, reservarnos un lugar propio, espacio para cagar y espacio para dormir, espacio para criar a nuestros hijos. No nos envenenéis sólo porque lo ensuciamos todo. Vosotros también ensuciáis. Sobra de todo si cada uno se limita a lo que en justicia le corresponde.

Dejadnos en paz y no habrá ningún problema. Sed amables con nosotras y lo tendremos en cuenta cuando llegue la hora de devolver los favores. Hasta entonces, sea con vosotros la paz.

Dean, Lydia y yo hemos ido andando juntos al colegio para mayor seguridad. No es que pareciera que la guerra iba a empezar hoy, pero era el último día antes del verano y tenía un hechizo imbatible. Un día bonito y caluroso. Todo el mundo iba con una sonrisa de oreja a oreja. Teníamos que gritar todos juntos. No nos podíamos aguantar.

Dean y yo: «**¡Es el último día! ¡Casi somos libres!**»

Lydia: «¡Ay! ¡No me gritéis al oído!»

Yo: «**¡Arrrrgggggggg!**» (Soy yo soltándole un grito fuerte a Lydia al oído.)

En Geografía, el señor Carroll ha encendido el ventilador. Cuando hemos llegado ya estaba en marcha. Ha sido una sorpresa guapa. Todo el mundo se ha vuelto loco al verlo. Hacíamos turnos para ventilarnos y el aire fresco daba gusto.

Algunos nos hemos atrevido a ventilarnos las partes privadas. En realidad no lo ha hecho nadie, sólo nos levantábamos la camiseta y nos ventilábamos la barriga. El aire fresco en la barriga era la sensación más dulce del mundo.

Kyle Barnes: «¡Mira, a Daniel se le están poniendo duros los pezones! ¡Pervertido!»

Daniel Bevan: «De eso, nada. ¡Cállate!»

Brayden Campbell: «Está pinocho. Mira, Charmaine. Toca la madera de Daniel.»

Charmaine de Freitas: «¡Que os den!»

Todo el mundo llevaba la corbata en torno a la cabeza. Todos fingían que eran ninjas. Los de undécimo llevaban las camisas llenas de garabatos. Sus amigos les habían escrito sus nombres y unos mensajes para que tuvieran buena suerte. Era la última vez que llevaban esas camisas. No iban a volver al cole nunca más, habían terminado para siempre. Tienes que cubrir toda la camisa de buena suerte para que te acompañe en tu viaje por el mundo. Es una tradición. Daba gusto verlo. Me muero de ganas de que me toque hacerlo.

BUENA SUERTE MÓNTATELO BIEN paleto
NORTHWELL MANOR HASTA LA MUERTE TYRONE
ENRÓLLATE
HACERSE RICO O MORIR EN EL INTENTO Naomi
ME IMPORTA UNA MIERDA A LA MIERDA EL COLE
LOS DE LEWSEY HILL SON MARICAS
A LA MIERDA LA POLI LEON LA O CON UN CANUTO
Damon EL SEÑOR PERRY NO MOLA FOLLAPERROS
EDUCACIÓN, LA JUSTA Cherise
TE SUDAN LAS TETAS
repite conmigo: ¿LO QUIERES CON PATATAS FRITAS?
UN SOLO AMOR
NO PAGUES IMPUESTOS, MEJOR VENDE DROGAS
NOS VEMOS EN LA OFICINA DEL PARO
FASAR CAPULLO
Donovan Peluquería, Tony & Guy – personalidad,
Ronald McDonald
MALACHI
FRIKI PAJILLERA GINGER Zaida
MUCHO TE VOY A QUERER MAÑANA ES EL PRIMER DÍA
DEL RESTO DE TU VIDA... Y SERÁ UNA MIERDA
No te preocupes, ¡sé feliz! MUUMBE
NADA ESPECIAL E.M. + S.T. HASTA LA ETERNIDAD Kieron
Soy el único gay del pueblo VIRGEN
Si quieres un subidón natural, súbete a un árbol
Todos mamones menos yo
VIVE TU SUEÑO

MARVIN P. ESTÁ BUENO QUE TE CAGAS
HAZ EL BIEN Y NO MIRES A QUIÉN
SIN UNIFORME
Un aviso: ¡el futuro no te necesita! MOTAHIR
putón verbenero en formación NATASHA VICKY C. INDIA
ECHAS HUMO
Dios era mi copiloto, pero nos estrellamos
en la montaña y me lo tuve que comer
A QUIÉN LE IMPORTA Jack PAVO
TE DIJE QUE TE QUEDARÍAS CIEGO APESTO A LEFA
CARDO BORRIQUERO SIGUE COMPRANDO BASURA
Lester
EL PARAÍSO ES UNA RAMPA PARA SKATES PUTERO MATT
Estamos hechos de estrellas SIMONE Corinne
¿Dónde están las nenas?
JASON B. SE FOLLÓ A MI MAMÁ
NINJAS CONTRA EMO
¡Dale un mordisco a mi culo metálico y brillante! Michael D.
GRANDES PALABRAS
¡Molo demasiado para el cole!
LA CHUPO A CAMBIO DE UN CHUPITO DE
BACARDI
¡Todo saldrá bien!
Cada vez que no te he dicho que te quería era mentira
Nahid
ME ENCANTA METERME UN DEDO EN EL CULO Y LUEGO
EN LA NARIZ ZORRA

Todo el mundo miraba por la ventana. A los de undécimo los han dejado salir antes que nosotros. Algunos han tirado el jersey a los árboles. Algunos llevaban pistolas y globos de agua y han montado una guerra de agua en serio. Se estaban empapando. Tenía una pinta bestial. A ratos se convertía en una pelea y entonces era más divertido todavía. Nos moríamos de ganas de salir. Todos queríamos dar vueltas en torno a ellos, corriendo como perros. Hemos empezado a cantar cuando faltaban cinco minutos.

Todos: «¡Queremos ser libres! ¡Queremos ser libres!»

Ha sido idea de Kyle Barnes. Se ha apuntado todo el mundo, hasta los miedosos. Te lo juro, ha sido bestial. Todos dábamos golpes en los pupitres, como en una peli de locos.

Todos: «¡Salir! ¡Salir! ¡Salir! ¡Salir!»

Al final, el señor Carroll ha cedido. Si no nos dejaba salir se iba a armar un follón.

Señor Carroll: «Venga pues, salid. Buenas vacaciones para todos. ¡No os metáis en líos!»

Todos: «¡No nos meteremos!»

Nadie se acordaba de que no se puede correr por las escaleras. Las piernas mandaban salir y había que hacerles caso. Era como una carrera por el futuro. El primero en llegar fuera sería el amo del verano.

...

Nos hemos puesto todos la corbata en la cabeza y hemos bebido agua de lluvia. Poppy y yo hemos ido juntos hasta la puerta de salida. Hacíamos manitas, como debe ser, era muy sexy. El corazón me iba tope rápido. Poppy estaba más guapa que antes. Daba miedo y todo. Parece una locura, pero es verdad, como que me ha recordado lo guapa que es y me ha dado miedo. Se me ha revuelto el estómago como si fuera en un avión.

Yo: «Que tengas unas buenas vacaciones.»
Poppy: «Tú también. ¿Vas a volver a Ghana?»
Yo: «No, pero iré al zoo. ¿Quieres venir?»
Poppy: «No puedo. Me voy a España.»
Yo: «¿Para siempre?»
Poppy: «No, sólo dos semanas.»
Yo: «¿Volverás a este cole?»
Poppy: «Pues claro que sí. ¿Y tú?»
Yo: «Creo que sí.»
Poppy: «Qué bien.»

Tenía ganas de decirle que la amo, pero no me salía. Es algo demasiado grande. La palabra también. Parecía demasiado grande y demasiado tonta para decirla en ese momento. Tenía que guardármela en la barriga para más adelante. Me la he tenido que tragar.

Poppy: «¿Me enviarás mensajitos?»
Yo: «Vale.»

Poppy me ha escrito su número en la mano. Era un bolígrafo lila y me hacía cosquillas. Daba gusto, era como recibir el mejor mensaje de buena suerte. No le he dicho que yo no tengo teléfono. Ya pediré prestado a Lydia el suyo, tendrá que dejármelo. A lo mejor me pido uno por mi cumple, en vez de la Playstation. Solamente falta un mes. Mientras me sirva para hablar con Poppy no me importa si tiene cámara o no. No quiero que corte nunca conmigo, es...

Es que Poppy me ha besado. No me ha dado tiempo a prepararme. Va y me da un beso ahí mismo, en los labios. Me ha encantado. Esta vez no me ha dado miedo. Era calentito, no demasiado húmedo. Y sin lengua. Le olía el aliento a Tic Tac de naranja. Me he olvidado de Miquita por completo, ni siquiera significaba nada.

He cerrado los ojos y me he dejado guiar por Poppy. Tenía los labios muy suaves. Era muy relajante. Me daban ganas de que no se acabara nunca. He apretado un poco las piernas para que no me hiciera tantas cosquillas la picha.

Connor Green: «¡Eh, mirad! ¡Harri está palote! ¿Qué pasa aquí? ¿Hoy es el día del palo duro o algo así? ¡A ver si te comportas!»

Connor Green nos estaba tirando bolas de papel mascadas. Hemos tenido que parar. Era como despertarte cuando no te apetece nada y encima estás en medio de un sueño precioso.

Poppy: «Lárgate, Connor.»

Estábamos en la puerta. La mamá de Poppy la estaba esperando. Yo sólo quería que su coche estallara para poderla acompañar andando a casa.

Poppy: «Bueno, adiós.»

Yo: «Adiós.»

Poppy se ha despedido moviendo la mano desde dentro del coche, por la ventanilla. Le he contestado. Ni siquiera parecía una mariconada, parecía lo mejor que podíamos hacer. Por eso la gente se saluda así, porque los ayuda a permanecer juntos. Es un mensaje para el mundo entero. Me he lamido los labios. Todavía sabían a Poppy. Era el único superpoder que me hacía falta.

Dean dice que espere hasta el lunes antes de hablar con la policía. Hemos de juntar todas las pruebas y pensar bien qué vamos a decir. Dean ha de decidir qué juegos pillará con la Playstation y se lo hemos de contar a nuestras madres. Tendrán que venir con nosotros a la comisaría por si los polis no se lo creen. Dean dice que a lo mejor nos la dejan visitar y nos enseñan la sala de torturas. A Killa le meterán la cabeza en un cubo de agua hasta que confiese. En las cárceles de Inglaterra hay tele y hasta ruedan bien las bolas de billar. Es mejor que estar muerto. Sólo hemos de seguir vivos hasta el lunes y luego todo irá bien.

Ha empezado a llover con más fuerza. He respirado hondo y me he preparado para salir corriendo. Iba a contar cuánto tardaba en llegar a casa.

Si llego a casa en menos de siete minutos significa que Poppy no me va a olvidar. Y que el caso está resuelto.

Primero he movido sólo los brazos para calentarlos. Los movía cada vez más rápido. Notaba cómo se me iba juntando la fuerza en la sangre. Cuando ya estaba listo, he arrancado a correr.

Iba rápido. He bajado la cuesta y he cruzado el túnel. He gritado:

Yo: «¡Poppy, te quiero!»

Había un eco muy fuerte. Nadie más lo ha oído.

He pasado corriendo por delante de la iglesia de verdad. Por delante de la cruz.

He pasado corriendo por el asilo.

He pasado por delante de la cámara de seguridad. Me he dejado retratar para que me diera suerte.

He pasado por delante de las otras palomas. He hecho como que me saludaban.

Yo: «¡Palomas, os quiero!»

No me sentía estúpido, sino brillante. He pasado por delante del parque infantil y la red de escalar muerta. Corría superrápido. Corría más rápido que nunca, mis pies eran como un borrón. Nadie me podía atrapar, estaba a punto de batir el récord del mundo.

He pasado corriendo a la señora de la silla. ¡Ni me ha visto llegar! He pasado por delante de las casas y del cole de los peques. Se me empezaban a cansar las piernas, pero no he frenado. Incluso iba más rápido todavía. Todavía notaba un cosquilleo en los labios, donde me ha besado Poppy. Me crecían los poderes por dentro. He pasado por delante de un árbol encerrado en una jaula.

Yo: «¡Árbol, te quiero!»

Le he dado una patada a una lata de Coca-Cola para quitarla de en medio. Casi me caigo, pero no. Ya veía las torres. Casi estaba en casa. En la escalera estaría a salvo. Cuando llegara a la escalera, se cumpliría el hechizo.

He pasado corriendo por el túnel. Ya casi no me quedaba aire, no podía ni pronunciar una palabra. En vez de hablar, sólo he hecho un ruido:

Yo: «¡**Aaaaaaaaaaahhhhhhh**!»

Te lo juro, el mejor eco de mi vida. No había nadie que lo pudiera estropear.

He pasado corriendo por delante de la torre y he doblado la esquina para llegar a la escalera. Ya no me quedaba aire. Me he parado. El sudor se me quedaba pegado en la cara. Tenía la sensación de que había tardado menos de siete minutos, quizá unos cinco. ¡Conseguido! La escalera me parecía preciosa y refrescante. Sólo me faltaba subirla para estar en casa y bien seco. Pensaba beberme un vaso de agua bien grande de un solo trago. Se puede beber del grifo de la cocina.

No lo había visto. Ha salido de la nada. Me estaba esperando. Tendría que haberlo visto, pero no estaba atento. Hay que tener ojos en el cogote.

No ha dicho nada. Lo delataba la mirada: sólo quería destrozarme y yo no podía hacer nada para evitarlo. No he podido apartarme, ha sido demasiado rápido. Ha chocado conmigo y se ha largado corriendo. Ni siquiera he visto cómo entraba. Creía que sólo era un engaño, hasta que me he caído al suelo. Nunca me habían apuñalado. Esa sensación es una cosa de locos.

Olía a pis. Me he tenido que tumbar. Sólo podía pensar en que no quería morirme. Sólo podía decir:

Yo: «Mamá.»

Apenas ha sonado como un susurro. Ni siquiera se oía. Mamá estaba en el trabajo. Papá estaba demasiado lejos, era imposible que lo oyera.

Aguanta, ya voy. Aguanta.

Me he agarrado el vientre para no dejarme ir. Notaba las manos empapadas. He metido los pies en un charco de pis y el pis me ha subido por los pantalones. Veía la lluvia. Todas las gotas chocaban entre sí. Iban a cámara lenta. No es que tenga una favorita, me gustan todas igual.

Hacía muchísimo frío y todo me picaba y ya sólo notaba un gusto metálico. No era un dolor agudo, sólo una sensación de sorpresa. No me lo esperaba. Sólo he visto el mango un segundo, no sé si era verde o marrón. Podía ser un sueño, pero cuando he abierto los ojos el charco ya era más grande y no era de pis, era yo. He mirado hacia arriba y tú estabas allí, parada en la barandilla, mirándome; tus ojos rosados no estaban apagados, sino llenos de amor, como una batería cargada. Tenía ganas de reír, pero me dolía demasiado.

Yo: «Has venido. Sabía que vendrías.»

Paloma: «No te preocupes, pronto te irás a casa. Cuando llegue el momento, te enseñaré el camino.»

Yo: «¿No me puedo quedar?»

Paloma: «No depende de mí. Te toca ir a casa.»

Yo: «Me duele. ¿Trabajas para Dios?»

Paloma: «Si te duele, lo lamento. Ya no falta mucho.»

Yo: «Me gustan tus garras. Son bonitas y vistosas. Me gustan todos tus colores.»

Paloma: «Gracias. Tú también me caes bien, siempre me has gustado. No tengas miedo de nada.»

Yo: «Cuéntale a Agnes mi historia, la del hombre del avión con la pata de mentira. Tendrás que esperar hasta que tenga edad de entender las palabras.»

Paloma: «Se lo contaremos, no te preocupes.»

Yo: «Ésa le va a encantar. Tengo sed.»

Paloma: «Lo sé. Relájate. Todo irá bien.»

Se veía la sangre. Era más oscura de lo que te imaginas. Era una sensación muy loca, no podía mantener los ojos abiertos. Sólo quería recordar; si conseguía recordar todo iría bien. Los deditos regordetes de Agnes, y su cara. Ya no conseguía recordarlos. Todos los bebés se parecen.

Agradecimientos

Mi primer agradecimiento va para Maureen, Mark y Karina por escuchar y creer. Gracias a Julius, Ali, Jordan, Kevin, Joyce, Lily, Justin y todos los que prestaron su ayuda a lo largo del camino, y a Mark Linkous por la inspiración musical.

Gracias, David Llewelyn, por echar la bola a rodar. Un agradecimiento especial a Jo Unwin por tu paciencia y tu apoyo, y a todos los de Conville and Walsh. Gracias a Helen Garnons-Williams, Erica Jarnes y toda la gente de Bloomsbury por vuestra sabiduría y dedicación. Mi más profunda gratitud y conmiseración para los niños y sus familias.

    www.damilolataylortrust.com
    www.familiesutd.com